CONTENTS

✦目次✦

アオゾラのキモチ―ススメ―

✦カバーデザイン＝齊藤陽子(CoCo.Design)
✦ブックデザイン＝まるか工房

イラスト・ねこ田米蔵✦

アオゾラのキモチ―ススメ―

北史鶴《きたしづる》が昼の休み時間を狙って訪れたデッサン室のなかは、無人だった。

前の授業でここを使用したとき、うっかりペンケースを忘れていったのだが、ほかの科の連中がいるなかに踏みこんでいくのは億劫《おっくう》だ。

灯《あか》りは落とされていたが、春先のうららかな陽光に、部屋のなかはふんわりと明るい。ちょうど中間批評をしたあとだったのだろう。教室の後方、ずらりと並んだイーゼルに立てかけたカルトンが人数分並んでいるが、ひとの姿はない。

視線をめぐらせると、イーゼルの背後にある棚のうえ、石膏像や静物などと並んで史鶴のペンケースがちんまり置かれていた。誰か親切なやつが、片づけておいてくれたのだろう。

(よかった)

ほっとした史鶴が、使いこんだ革製のそれを手に取ったとき、近くにあったイーゼルに手が触れてしまった。

「おっと」

ひとさまの作品に触れるのは、少し緊張する。あわてて倒れかけたそれを支えたが、史鶴はひと目見るなり、苦笑してしまった。

右から左へ並んだデッサンたちが、うまい順番になっているのは一目瞭然《いちもくりょうぜん》だ。そしてこの絵はもっとも左端に存在していた。

「なんていうか……アバンギャルドな」

狭き門の美大とは違い、美術系の専門学校は無試験のものも多い。史鶴がこの春から通いはじめた、この総合美術専門学校『東京アートビジュアルスクール』もまた、例に漏れない。

おそらく、高校を出るまではろくに絵など描いたこともなかったのだろう。たどたどしい描線は素人《しろうと》まるだしで、お世辞にも達者とは言えない。ただそのぶん、妙な気負いはなく、素直な子どものような絵だった。

「ん、でも、構図どりはいい、かな」

じっと見つめているうち、紙面左端の記名を見て、史鶴はさらにおかしくなった。提出用に学生番号と名前を書いてあるのだが、ウケたのはその名前だ。

『FD−0506／沖村功《おきむらこう》』

その名前には、史鶴の好きな画家と同じ字が使われている。三水偏の『沖』ではなく、二水偏の『冲』。

思いだしたのは、奇想の画家として知られる江戸時代の絵師、伊藤若冲《いとうじゃくちゅう》。圧倒的な技術に裏打ちされた、色もラインも濃く、繊細なのに力強いタッチは、どこか現代絵画やイラストレーションに通じるものがある。

「若沖と同じ字で、この絵か……」

自分でもそんなにウケることかと思ったが、妙にツボにはまって笑いが止まらなかった。

「がんばれ、冲村くん」

肩を叩《たた》くようにカルトンの角を叩いて、史鶴はその場をあとにする。

そして偶然見かけたデッサンに覚えた、ささやかなおかしさは、数メートルも歩くうちに忘れてしまった。

＊　＊　＊

季節は流れ、史鶴が専門学校に入って早数ヶ月が経《た》った。梅雨も明け、暦《こよみ》のうえでは夏を迎えたころの、ある日のことだった。

「げ、ここオタクがいる」

学生食堂のなかに響き渡った、あざけりを含んだ声に、史鶴は一瞬、足を止めた。

「やめてくれよ、なんでいんだよ。うっぜえ」

「これだから一般の授業がある日はやなんだよな」

吐き捨てるようなそれに、できるだけ反応しないようにと思いながら、史鶴は券売機に小銭を入れた。そして、そろりと小さくため息をつき、眉《まゆ》をひそめる。

（面倒くさいな）

街を歩いていたりすると、史鶴にはたまにこの手の声が投げつけられることがある。

数ヶ月に一度、近所の安い理髪店で散髪するだけの史鶴の前髪は、伸ばしっぱなしで顔がろくに見えない、いまどきそれはないだろうというくらいに適当なヘアスタイルだ。

昨今、おしゃれメガネとやらもずいぶん増えたが、史鶴のそれは実用性第一、粗忽《そこつ》な自分でもうっかり壊したりしないよう、プラスチックの厚いフレーム。むろん黒。

着ている服も、量販店で安売りしていたときに購入した三枚千円のＴシャツに、ノーブランドのジーンズ。冷房よけに羽織っているシャツにいたっては、高校時代からずっと愛用している、流行遅れも甚《はなは》だしいシロモノだ。けれど清潔さには気をつけているし、ものはいいからほつれたり破れたりという状態でもない。

（べつに、誰にも迷惑かけてないのに）

他人の服装にまで、ずいぶんと神経を尖《とが》らせているものだと、少ししらけた気分になった。ダサい見た目を、生理的に受けつけずに嫌う人種もいる。そして、そういうお高い連中を、これまた苦手に思ったり、不愉快に思う人種もいる。『自分』は世界の中心ではないし、自身の価値観が絶対ではないことを、声高《こわだか》に揶揄《やゆ》する連中は知らないのだろう。

「なあ、よそいってメシ食わねえ？」

「なんで俺があいつらに遠慮しなきゃなんねえんだよ」

「だってなんか、くさそうじゃん。同じ空気吸ってたくねえよ」

失礼な発言をされて、さすがにむっとする。声のしたほうをちらりと眺めた史鶴は、ひときわ目立つ集団に少し驚いた。

(ああ、ファッション科の連中か。なるほどね)

幾人かの男女がつるんだ中心に、ひどく背の高い青年がいた。オレンジと赤に染め分けられ、不揃《ふぞろ》いにカットした長めの髪は、ひどく目立つ。その周囲にいる連中も、ダークな赤紫や真っ白に近い銀髪で、あの恰好《かっこう》で通学しているのかと、史鶴はちょっと引いてしまった。

彼らのまとうなんとも複雑な形の服は、まったく機能していないだろうファスナーやボタン、ベルトがいくつも絡みあっている。パンクファッションにも少し似ているが、あれよりもっと装飾的で、奇抜。なかにはもう少し一般人的な服装のものもいるが、いずれにせよひとことで言ってしまえば、派手だ。

(あれも、ある種のパフォーマンスみたいなもんなのか？)

服装だけにとどまらず、くだらない真似《まね》をしてでも、目立ちたいのだろうか。考えつつ、史鶴はセルフサービスのカウンターからうどんをトレイに乗せた。

史鶴の通う、この東京アートビジュアルスクールには、ありとあらゆる学科がある。

現代アート、イラストレーション、グラフィックデザインと定番のものから、ファッションデザイン、メイクアップ、プロダクトにインテリア。史鶴のいるアニメーション、ゲームクリエイター、マンガコースと幅広い。そしてどの科を選ぶかによって、集う人種も自ずと変わってくる。

もっとも主流――要するに人数が多いのは、つぶしの利くグラフィックデザインとアートになるが、なかでも特に両極端な存在なのが、ファッション・メイクアップ系とアニメ・マンガ系の生徒たちだろう。

こうして昼休みの食堂ともなると、場所を選べないこともある。地味派手両極端な人間たちがうごめいているのを見やった史鶴は、あらためて、ここは奇妙な空間だと思った。

（ふつうにしてたら、絶対に接触しないよなあ）

衣服などに命をかけているタイプからすれば、たしかに自分の存在はいらつくのだろう。こと、オスが華やかに装うのは、求婚のためか威嚇のためと生物学上決まっている。人間も同じようなものだ。

しかし、史鶴自身はオタクと言われようが『事実ですが、なにか？』というタイプだ。だから揶揄の言葉を受け流すのは平気だが、どうもなにかが引っかかる。

そもそも史鶴は集団のなかにいると、本当に目立たない。自身が徹底的にそう意識して振る舞っているためだ。なにより、恨みを買う覚えはない。他人に恨まれるほど、この学校のなかでは人間関係を濃くしていないからだ。

（どう考えても、俺じゃない。でもこっち見て言ってるし……それはなんで？）

気のせいかもしれないが、彼らがオタクオタクとうるさく言っているのは、単なる考えなしの目立ちたがりというより、もっと明確な目的を持った攻撃、あるいは示威行動に思える。しばし考え、史鶴はすぐにその思考を放棄した。いずれにせよ、自分には関係ない。

（ま、ほっときゃ害はないだろう）

基本、十代から二十代のオスは縄張り意識が顕著で群れたがる。なので、パーソナルスペースに触れなければいいはずだ。彼らは史鶴から十メートルは離れているので問題ない。いささかわずらわしいけれど、無視すればすむ。

そう判断した史鶴はさほどの感情もなく視線を戻し、適当な席を確保すると割り箸《ばし》を割る。ネギとアゲだけのシンプルなうどんをすすりこみ、もしゃもしゃと咀嚼《そしゃく》。

とても喉《のど》ごしで味わうといった麵《めん》ではない。史鶴の出身地では讃岐《さぬき》うどんが主流だったので、こしのないぐにゃぐにゃ麵や濃くあまいしょうゆ味の出汁《だし》には慣れない。とはいえ専門学校の食堂の、一杯三百円弱のうどんに美味を求めても詮無《せんな》いことだ。

（我慢できないほどまずくはない）

右手で麵をたぐりつつ、左の手元には『３ＤＣＧアニメーション概論』のテキストを開いた。さきほど、講師の都合で休講になった本日午後の授業用のものだ。

来週には筆記試験も控えているため、カラーマーカーでマーキングした部分だけでも読んでしまいたかった。だが、目を落としたとたん、頭上から苦笑まじりの声がかけられる。

「史鶴、本読みながらうどん食うのよせって」

「……あれ？　相馬《そうま》」

顔をあげると、友人の相馬朗《あきら》がいた。アイドル事務所のタレントのような小さな顔に、小生意気そうな表情がよく似合う。史鶴と似たような体型——つまり細身で小柄だけれども、相馬はカジュアルな恰好をしていてもぱっと華やかな印象がある。

「あれ、じゃないよ。なんか、ごはん食べながら新聞読むオッサンみたいだよ？」

「時間もったいないんだよ。テストも近いし」

史鶴の飄々《ひょうひょう》とした物言いに苦笑した友人は「オッサンみたい、にはコメントなしかよ」と告げて隣の席に荷物を下ろす。

入学以前からの知りあいだった相馬は、グラフィックデザイン科のイラストレーション専攻だ。彼がこの専門学校に進路を定め、一緒に通おうと熱心に誘ってくれたため、史鶴も入学を決めた。とはいえ、アニメーション科の史鶴とは同じ学校にいても、こうして昼時に顔をあわせる程度しか接触がない。

「今日はデザインのほうも、基礎学科あったのか？」

「なに言ってんの。同じ講義受けてたっつの」

「だって相馬、いつもサボるじゃん。まともに出てるなんて、めずらしい」

史鶴が指摘すると、ばつが悪そうに相馬は「だって単位やばいし」と肩をすくめた。

専攻が違えば授業内容も違う。使用する施設の問題で、科によって通う校舎もまったく違うのだ。一年次の前半は教養課程があるため、水道橋にある本校舎の大教室で、講義を受けなければならない。それも週に一度、しかも半年こっきりのカリキュラムだ。

大教室ではみんな大抵、同じコースの連中とつるんでいる。史鶴は群れるタイプではないので、毎回いちばん前に陣取って授業に集中するから、声をかけづらいのだと相馬は言った。

「でも史鶴冷たいよ、昼になって追いかけたのに、すたすた行っちゃうんだもん」

「それは、悪かったね。ごめん」

口を尖らせる相馬に苦笑を返す。授業内容で頭がいっぱいで、友人に気づけなかったのはたしかに悪いが、ふて腐れて文句を言われる筋合いではないと史鶴は指摘した。

「でもね、相馬がちゃんと毎回出席してたら、来てるかどうかなんて確認しないけど?」

「え、えへ……注文してくるねー」

たしなめるように軽く睨《にら》むと、目を逸《そ》らした相馬は券売機のほうに向かっていく。にぎやかで明るいが、ちょっとサボりぐせのある友人にあきれ笑いを漏らし、史鶴はすぐに意識をテキストへと向かわせた。相馬が戻ってくるとなんだかんだと話しかけられ、読み進めることができないためだ。

しかし、集中しようとした矢先、またあの不快な声が背中に叩きつけられた。

「オタクとか、存在自体が信じらんねえ。キモいって感じ」

「アニメだってよー……つうか、少しは隠そうとおもわねえのかな」

「そういうつつましさがありゃ、あんな恰好しねえだろ」

ちらちらとこちらを眺めては、せせら笑うような顔をする彼らに、その場にいたあるものは同意し、あるものは不愉快そうに顔を逸らし、あるものは無関心を装った。

すでに無視を決めこんでいた史鶴は、ほんの一瞬だけ顔をしかめたあと、ひたすらテキストを読みながらうどんをすする。いまの史鶴にとっては、周囲の中傷よりも、空腹を満たすのがさきだ。

テキストから目を離さないまま、ふたたびすすりかけたうどんのせいで、メガネが曇る。シャツの袖《そで》でくもりを拭《ぬぐ》っていると、どん、と目の前にトレイが置かれた。

「同じ空気吸ってたくねーのは、こっちだっつの。中学生じゃあるまいし、あんなろこつな態度取るやついるとか、信じらんねえ」

メガネをかけなおしながら顔をあげると、不愉快そうな顔をした相馬がどすんと隣に腰かける。史鶴はそっとたしなめた。

「相馬、声おっきいよ」

「聞こえよがしはあっちがさきじゃん」

どうやらさきほどからの嫌味に、この友人は史鶴よりも腹を立てているらしい。定食のフライに箸を突き立て、相馬は吐き捨てた。

「俺、きらいだよ、ああいう『おしゃれで死ね』みたいな人種。しかも一般的に見て、おしゃれなのか？　恥ずかしくないのか、あれ。だいたいこの暑い時期に、なんで黒ずくめだよ。見てるだけで体感温度あがるよ。原宿でコスプレでもして、熱中症になっちまえ」

あまりの言いざまに笑ってしまいながら、「なんで相馬が怒るんだ」と史鶴が言えば、派手な連中をいまいましそうに見ていた相馬は、かわいい顔を歪《ゆが》めてぎろっと睨む。

「あいつら、史鶴のこと見て笑ったんだぞ！」

怒りもあらわな友人のあまりの剣幕に、史鶴はさらに笑ってしまった。

「だから、なんでおまえが怒るんだって。あれは俺個人に対してってより、オタク全般がお嫌いらしいんだから、ほっとけって」

この場にもオタクはいっぱいいるだろう。史鶴はいささか行儀悪く、箸を持った手で周囲を示してみた。

そして、ふと視界の端に入った青年の姿に、はっとなる。

（あ……あれって）

史鶴のちょうど斜めうしろあたり、どんよりした気配がそこにだけ濃く、わだかまっている。見覚えのあるそれにかすかに眉をひそめたのち、点と線が結ばれる。

ファッション科の連中がちらちらと眺めた視線のさきにある、本当のターゲットがやっとわかった気がした。しかしそれも単なる思いこみかもしれない。史鶴はできるだけ平静を装って口を開いた。

「……たまたま、俺が近くにいるだけだよ」

史鶴が告げたのは、憶測ではあるけれどもただの事実だった。しかし相馬はなにも気づいた様子はなく、ふてくされたように口を尖らせる。

「そりゃ、そうだけどさあ。いちいち言わなくてもいいじゃんか」

「こっちだって、いちいち反応しなくていいんだよ。短い間のことだろう」

いやなら外に食べに出ればいい話だ。学生街には安く食べられる店やファストフードも充実しているし、そこそこ懐に余裕があれば、おしゃれなカフェもたくさんある。

だがやはり、三百円程度で一食が可能なのは学生食堂ならではだ。常に金欠の史鶴にとっては、多少の嘲笑《ちょうしょう》を向けられるわずらわしさなど、たいした話ではなかった。それがたとえ、濃すぎて真っ黒なうどんつゆであろうとも。

それに、いまこの場で揉《も》めるのは得策ではない。なんとなくいやな予感を覚えて、史鶴は目の前の友人をなだめにかかった。

「ああいう自己主張も勉強の一環なんじゃないのか？　あいつら、自分らモデルでファッションショーとかやるだろ」

冷静に告げて、史鶴はずずっと濃すぎるうどんつゆをすすった。

「モデルって顔かよ。……だから史鶴、メシどきは本読むな」

短気な相馬はテキストを取りあげてしまい、空いた手を史鶴はぶらぶらさせる。このテキストのせいで絡まれたのだと言わんばかりだが、見た目を考えろと苦笑した。

「しょうがないだろ。アニメ科なんて、あっちから見りゃ異星人だ。そもそも、デザインの連中だって、オタク連中のことは苦手にしてんじゃん」

流行の最先端を目ざし、相馬いわく『おしゃれで死ね』——要するにファッションに命をかけている連中と、見た目なぞ二の次三の次、おのが内面宇宙にどっぷり浸《つ》かったオタクな人種は、もともと会話そのものが成り立ちにくい。

あたりまえのことだと史鶴は笑うのに、なおも相馬は顔をしかめる。

「……史鶴はべつにオタクじゃないじゃん」

「どこが。見るからにだろ、俺とか」

「違う！　史鶴はおとなしいだけだっ」

いまだぶつぶつ言っている友人に、困ったなと史鶴はため息をついた。

(代わりに怒ってくれる友情はありがたいんだけど)

このままでは、彼こそが火種になってしまう。もともとけんかっ早い相馬をどうなだめればいいやらと苦心しつつ、史鶴は落ち着いてくれと告げた。

「あのね、ある種の連中には、現代日本でファッションに気を配らないのは、その時点で負けだから。ステージ降りたって意味になっちゃうわけ。そしたらオタクでひとからげ」

どんなにアニメの世界が奥深いのかは、その道にどっぷり浸った人間にしかわからない。ましてや、身なりもかまわずインナーワールドに没入するタイプの人種を、毛嫌いする人間がいるのも、相手にするだけ無駄だということも、史鶴はよく知っている。

しかし、相馬は納得がいかなかったようだ。

「俺の定義するオタクってのは、まともなコミュニケーションが不可能で、話が一方的で、ヘンタイでひきこもってて、美少女エロマンガとか好きで、なんか変で、えっとっ」

「はい、はい」

「とにかくジャパニメーションは世界共通の文化だろっ」

相馬がここまでムキになるのは、彼自身、ちょっとオタク気質があるからだ。マニアックなマンガやアニメが好きで、読む本もほとんどがＳＦかミステリ。中学生くらいまではそれこそ地味なファッションをしていたから、よけいにいやな気分になるらしい。

「はいはいはい。だからね、ジャパニメーションも相馬もばかにされたわけじゃないんだから。あれはオタクの見た目を笑ってるだけ」

あまり怒りのテンションが持続しない史鶴は、早くも少し面倒になっていた。だが、相馬は史鶴のあきらめたような言い分にも、適当な相づちにも、さらに腹が立ったようだ。

「俺はそれがいやなんだよ……なんだよ、負けって。降りたって」

「べつに放っておけばいいよ。俺自身が負けだとか思ってるわけじゃないんだし。あくまで一般的な話。ね？」

メガネの奥から血気盛んな友人をじっと見つめる。落ち着けと伝えるための言葉は、本音が半分、嘘が半分だ。史鶴は、そういう意味では『負け』でいることを自分で選択した。

見た目に振りまわされることがどれだけくだらないか、もう知っているからだ。

「俺のことは、俺がいちばんわかってるしね。見た目でしか判断しない相手なら、そこまでのつきあいでしかない。内面まで知ったうえでのことじゃないんだから、俺は気にしない」

「だって、史鶴は……だって……」

なおもなにかを言いたそうな相馬を、じっと見つめて黙らせる。むう、と口を尖らせた彼をあえて無視したまま、史鶴は完食したどんぶりを置いて、ひと息つく。

「ごちそうさま」

汁までぜんぶ飲み干すのは塩分の取りすぎだとか言うけれど、貧乏学生としては少しでも腹を膨らませたい。

「んじゃ、また来週な」

「え、もう行くの？　午後は？」

立ちあがると、相馬も慌てて残りの食事を口に押しこんだ。

「言ったろ、休講になったから、このまま帰るって。相馬は？」

「デザイン概論が午後から……でも、一緒に出る。お茶飲みたい、おごるから、いこ？」

史鶴を追うようにして立ちあがった相馬が、食べ終えた定食の皿を重ねながら問いかけてくる。「つきあって」とあまえてくる友人に、史鶴は「おごりならな」と肩をすくめた。

「これから、すぐ帰る？　それとも、またバイト？」

「いや買いもの。やっと目標額たまったから」

嬉《うれ》しくて自然と頬《ほお》がゆるむ。帆布の肩掛け鞄《かばん》のなかには、ちまちまと貯めた現金が三十万円。どうしても欲しいと思いつめてから、生活費を切りつめバイトを増やして手に入れた、まさに血と涙——は流しちゃいないが、労働の汗の結晶だ。

「あ、買うんだ？　パソコン」

指定場所にどんぶりとトレイを片づけながら、史鶴はうなずいた。

「パソじゃなくてワークステーション。もっと高性能なんだよ」

この日は思いがけず時間が空いたので、通いつめていた電器店に行くつもりだった。マニアックな連中は秋葉原などでCPUやパーツを揃え、自分で組んだりするが、史鶴はマシン本体にそこまでの思い入れはない。インターネットで通販をするのもいいが、やはり店頭で買いものをするのが好きだ。保証の面を考えれば、正規ルートがいちばん。大型店舗であればポイントチケットも使えてお買い得だ。

「ガッコで貸し出すやつじゃ、だめなんだっけ？」

「俺は一応、自分のパソコン持ってたけどさ。スペック低くてきつかったんだ。ガッコのは月単位の貸し出しじゃん。いちいち申請するのも面倒だし」

専攻でコンピューターを使用する授業を取った場合、希望者には専用のマシンが貸し出されることになっている。生徒全員が自機を持てるとは限らないからだ。

高スペックで、課題をこなすのにはなんのさし支えもないけれど、貸し出し期間は限られている。まして史鶴のように個人でも作品を作りたいときには、共有マシンでは思うようにならない。

「それに共有だと、使ったやつがＵＳＢメモリそれぞれで突っこむだろ。デバイス認識、次次たまっちゃって、動作が重くなるんだ」

おまけにデータの消去をしていない人間も多い。自分の作品をフォルダ内部に放置しているだけならまだしも、個人情報丸出しのデータまで残っていることがある。史鶴は気づいたときにはパソコン内部を『お掃除』してあげていることとすらある。

「トゥーンレンダリングのアルゴリズム処理、いまのマシンじゃ重すぎてきつかったんだよね。でもワークステーション導入すれば、リアルタイムレンダリングもいけるようになる」

だがもうこれで、そんな面倒ともおさらばだと、史鶴は明るい顔で語った。しかし、相づちすらないことに気づいて隣を見ると、相馬は困った顔でじっと史鶴を眺めていた。

「史鶴、いつものことだけど、頼むから日本語で話して。わかんない」

「あ、ごめん」

「トゥーンなんとかって、ナニ？」

説明を求められ、史鶴も困った。相馬の専攻は手描きのイラストレーションだ。授業や課題でPCを使うことはあるけれども、自覚のある機械オンチだった。授業で習った一部画像ソフトとレポートを書くためのワープロソフト、メーラーと、インターネット用のブラウザくらいしか使えない。それも、教えられた基本動作以外は、怖くて触りたくないという。

だが、相馬の困ったところは、好奇心旺盛な性格だ。もともと高校までは文系だったらしく、意味のわからない言語があると気になってしかたないという。

「あーっと、3Dで作った絵は、輪郭線がないだろ。それを、線画を抽出して……えっと……とにかく手描きマンガに近い感じにする、これがトゥーンレンダリング」

史鶴も、ソフトを使うための手順や、それを指す単語を知ってはいたが、それそのものの意味を知識のない人間に説明するほど、長《た》けているわけではない。しどろもどろになっていると、さらに相馬が問いかけてくる。

「アルゴ……なんとかってのは？」

「アルゴリズムは、情報を処理するための基盤、つうか。えっとコンピューターでアルゴリズムを処理するために必要なのがプログラム、それを命令文として書きだすのがプログラミングなんだけど――」

「……細かいのはいい。ごめん、ますますわかんなくなった……」

説明すればするほどさらにややこしいことになってしまい、結果、相馬は眉をひそめてしまった。史鶴は苦笑いしながら、ごくシンプルな説明に留《とど》める。

「あー、とにかく、やりたいことやるのに、使えるマシン手に入れたってこと。で、俺のやりたい動きを、ちゃんと作れるようになる、環境が整った」

「うん、それはわかりやすい」

にっこりと笑うと、相馬はとてもかわいらしかった。感情の起伏がはっきりとした友人は、素直であたたかい性格をしている。人間関係が非常に不得手であまり感情的でない史鶴だが、相馬のこのストレートさには、いつも癒されている。

思わず頰をほころばせかけたところで、背後にいた男の皮肉な声がした。

「邪魔なんだよ。そこどけよ」

驚いて振り返ると、見あげるほど長身の男が立っていた。さきほど、大きな声でわめいていたグループでも、いちばん目立っていた男だ。小柄な相馬はもとより、一応平均身長はある史鶴よりも、頭ひとつは背が高いだろう。顔だちは端整だが、鋭すぎる目元が美麗さよりも怖さを前面に押し出している。

耳にはいくつものピアスがあり、オレンジを基調に染め分けられた髪はインパクトが強い。緑の目はカラーコンタクトだろう。およそ日本人には似合わない色調ながら、顔の造りがきわめていいので、不思議に違和感はなかった。

（なんか、若冲の描いた軍鶏《しゃも》みたいな男だな）

目の前の男の攻撃的な気配に派手な頭、奇抜な服。これでモヒカンだったら完璧なのにと、史鶴は睨《ね》めつけられながら、奇妙なほど冷静に思った。

「なにぼーっとしてんだよ。邪魔だからどけっつってんだろ」

言いざまも態度も失礼なものだったが、食べ終えた器を片づけるためのボックスの前で、立ち話をしていたのはこちらだ。史鶴は慌てて数歩引いた。

「そりゃ、悪かっ……」

「そっちこそ、その態度はねえんじゃねえの」

さらっと謝って流そうと思ったのに、ぎっと睨んだ相馬がそうはさせなかった。

（まずい）

ふだんはにこにこと愛らしい相馬だが、それは自分の『身内』と定めた相手にのみで、敵と見なした場合はとことん突っかかる。そして短気だ。おかげで、他人の神経を逆撫《さかな》でし、トラブルを引き起こすこともままある。

むろん、相手もまた不機嫌の度合いを増して睨みつけてきた。

「てめーには言ってねえよ」

「俺のツレに邪魔だっつうなら、俺にけんか売ったのと同じだろ」

「けんかとか売ってねえだろ。邪魔は邪魔だからそう言っただけで」

小柄なくせに一歩も引かない相馬に、仲間とおぼしき金髪が近づいてきて、背の高い男の肩を叩いた。

「落ち着けよ、なに絡んでんだよ、オキムラ。騒ぎになったらまずいだろ」

「絡んでねえよ中山《なかやま》、ただこいつらが――」

いさめるようなそれに、オレンジ頭は舌打ちした。だがその名前に妙に引っかかり、史鶴はレンズの奥で目をしばたたかせる。

「オキムラ……って、まさか、二水の冲村？」

問いかけると、ぎょっとしたように彼は目を瞠《みは》った。

「なんで知ってる」

「あ、いや……」

「おまえ、なんで俺の名前知ってんだよっ⁉」

史鶴の腕を摑《つか》み、怒鳴るように問いつめてくる。その反応は、いささか過剰にも思えたが、史鶴はこみあげてきた笑いに、口元をひきつらせるだけだった。

あの子どものような素直な――そしてへたな絵を、目の前の男が描いたのか。

（うっわ、ギャップありすぎ……）

こらえたのに思わず噴きだしてしまう。その意味のわからない反応に、冲村はかっとなったようだった。

「……んだよその態度っ、やっぱりけんか売ってんのか⁉」

「あ、い、いや。そういうつもりはなかったんだけど」

どちらかと言えば、売られたのは史鶴だ。ここで笑うのはまずいとわかっていながらも、くっくっと喉が鳴って、これではますます怒らせてしまうと史鶴は思った。

案の定、冲村はなおもムキになったようだった。笑い続ける史鶴を、グリーンの目が嚙《か》みつかんばかりに睨んでくる。

「てめえ、マジむかつく……キモいんだよ、なにいきなりニヤニヤ笑ってんだ！」

「ご、ごめん、うん」

慌てて顔を引き締めるが、口の端がひきつる。めったに感情が動かないぶん、笑い出すと止まらないのが史鶴の悪癖だった。

「これだからオタクはいやなんだよっ。意味わかんねーことばっかしゃべるし、わけわかんねえ反応するし」

嫌悪もあらわに吐き捨てられ、さすがに史鶴の顔が引きつる。たしかに専門用語ばかりをまくし立てるのは、一般にはわかりづらいこととは思うが——。

（きみに言ったわけでもないのに）

ちょっと言いがかりもすぎないか。そうたしなめるより早く、相馬がふんと鼻を鳴らした。

「ひとの話盗み聞きしてまで文句言いてえの？」

「つうか、そんなだせえやつの話とか、聞きたくねーし」

ちらっと史鶴の服を眺めて言い放つ。せせら笑う沖村に史鶴は苦笑しただけだったが、相馬はさらに沸騰した。

「じゃあさっさとどっか行けばいいだろうが！」

「だから邪魔してんのはそっちだろう！」

まずいな、と史鶴は思った。相馬も沖村もエキサイトしすぎていて、このままでは殴りあいに発展しかねない。もはや沖村だけでなく金髪の中山もいきり立っている。そして下から睨みつける相馬にも注目が集まるのを知って、史鶴はうんざりした。

皆そろって、好戦的すぎる。そしてあまりに幼稚だ。

「いきがってんじゃねえよ、クソチビ！」

「おまえなあっ、さっきから黙って聞いてりゃ……むー！」

「はい、相馬もそこまで。ちっとも黙ってないから」

なおも突っかかろうとした相馬の口を、とっさに手のひらでふさいだのは、これ以上悪目立ちしたくなかったからだ。

「小学生じゃないんだから、譲りあえばすむ。公共の場で立ち話してたのは俺らが悪かった。そこは認めるし、すぐに引くよ」

相馬の細い腕を引き、自分の背後にまわすようにして遠ざけておいて、あらためて沖村に向き直った。

「でもそっちも、いちいち刺《とげ》のある発言をするのはやめたほうがいいよ。いらぬ敵を作るのはあんまり賢いとは思えない」

穏やかに告げると、オレンジ頭は鼻白んだように眉をひそめた。おとなしげに見える史鶴が挑発にも乗らず、おどおどすることもないのが不愉快だと言わんばかりだ。

「なんだよ、てめえにそんなこと言われる筋合いねえよ！」

史鶴は笑っていたのが嘘のように、顔からまるで表情をなくし、低い声を発する。

「たしかに忠告する筋合い、まったくなかったね」

「なに……」

冷たいような無表情と平坦な声。さきほどまでとの落差に驚き、口をつぐんだ冲村の隙《すき》を突くように、口を挟む暇もないほどの早口で告げた。

「さっき笑ったのは個人的な話で、きみを笑ったんじゃない、ごめん。名前を知ってたのは、前にデッサンを見たことがあったからで、変わった字だと覚えてた。それだけ。そしてきみの視界に入るのがいやなようなので、この場を去ることにします。……行くよ、相馬」

「え、あ……」

史鶴は、冲村があっけに取られているうちに相馬の腕を引き、その場を去っていく。

まだ絡まれるかと思われたが、杞憂だったようで、学食を出てしばらく歩いても、誰も追いかけてくる様子はなかった。

そして、ほんの一瞬だけ、粘ついた重苦しい視線を感じた気がしたけれど、史鶴はそれをあえて無視した。

「なんだよ、あいつっ……ださいだの、オタクだのって、ほんとは史鶴がどんなか知らないくせにっ」

外へ出て史鶴が手を離したとたん、相馬はまくしたてはじめた。苦笑して、少し低い位置にある小さな頭を軽く叩く。

「そりゃ知らないだろ。知らせる気ないし。……ああほら、ここでいい？　お茶飲むんだろ」

適当に近場のカフェを選び、穏やかに告げると、相馬はもどかしげに呻《うめ》く。

「なんで史鶴はそうなんだよ……」

「そう、って言われてもなあ。どうせ夏すぎたら顔も見なくなる相手だし、ほっとこうよ」

科が入り乱れる講義があるのは、一年前期の間だけだ。後期になれば完全に専科のコースにわかれ、科によっては校舎自体がまったく別の場所になる。とくにファッション科の連中は、基本的に上北沢の実習所に通うため、水道橋にある本校舎に顔を出すことは少ない。

ごくまれに撮影のため、スタジオのあるこちらへとおもむくことがある程度だ。つまりふだんから接触自体も少ない。

「どうせ校舎も違うんだ。めったに、顔はあわせないって」

「それはそうかもしれないけどさあっ」

ぶつぶつ言う相馬は、喉が渇いたと文句を言って窓際の席を陣取る。むくれつつも「ちゃんとおごるからね」と宣言するのは、史鶴の懐具合をおもんぱかってのことだ。

「むかつく。あーむかつく」

注文したアイスラテのグラスの中身を半分ほど減らしても、相馬はまだぶつぶつ言っていた。

「しつこいねえ、相馬」

「あれじゃ逃げたみたいじゃん。こっちは悪くないのに」

「揉めるより揉めないほうがいいだろう？　お互いしこりになるだけだし、不毛だよ」

憤慨する相馬には悪いが、史鶴は腹が立つより面倒なだけだった。なにより、場の空気をあれ以上剣呑《けんのん》にしたくなかった。

「でも納得いかないよ。史鶴のこと、あんなふうに言われてさ……おまけに俺のことチビとか言うし！」

小柄な相馬が怒るさまは、スピッツが吠《ほ》えているかのようでかわいいとも思う。だがいつまでも不機嫌でいられるのは同行者としても困るため、史鶴は頭をかいた。

「あれは、問題は俺とか相馬じゃなくてさ……うーん」

「じゃ、なんだよ」

ただその場にいたダサいオタクを罵《ののし》るにしては、妙に執拗《しつよう》だった。そして史鶴をターゲットにしているにしては、妙に気配が素通りしている——それが彼らに感じた違和感の理由だ。

そして、周囲を見まわしてみたとき、史鶴はその視線の終着点がどこにあるのか悟った。

言わずにおこうと思ったが、気の済まないらしい相馬をなだめるにはしかたない。ため息をついて、史鶴は口を開いた。

「……いたんだよ、あの場に。『ダンジョンマスター』くんが。ものすごい顔して、冲村のこと、睨んでた」

眉をひそめた史鶴が、相馬にだけ通じるあだ名を告げたとたん、彼もぎょっとしたように表情を変えた。

「げっ、『あの』DMくん？」

「そう、『あの』DMくん。相馬、隣で冲村たちばっかり睨んでたから、気づいてなかっただろうけど」

「うわ、それであんなにオタクオタク言ってたのか？　あいつ」

「たぶんね。ほんとは俺に向かってじゃ、なかったんじゃない？」

さきほど斜めうしろにいたのは覚えのある顔で、同じ科にいる顔色の悪い青年だった。

史鶴は昨今流行《はや》りのオーラがどうとかいう、スピリチュアルなものには興味がないけれど、彼らの間をつなぐ黒っぽい負のラインが目に見えるような気がした。

なにが理由かはわからないけれども、彼らにはなんらかの軋轢《あつれき》があるんじゃないだろうか。そう告げると、相馬は微妙な顔になる。

「あっちゃ……。んじゃ、単に矛先がこっち向いただけか」

「たぶんね。たまたま、視線の対角線上に、俺がいただけっぽいから」

「俺、よけいなことした、かな」

それはまずったかも、と相馬も視線を落とした。ようやく、自分が事態をややこしくした自覚をしたのだろう。史鶴は気にするなとかぶりを振ってみせる。

「庇《かば》ってくれたのは、嬉しかったよ？　ちょっと見当違いだったけどね。それに冲村たちが俺にけんかふっかけたのは事実だから」

気落ちする友人に、お互いさまだからと頭を叩いてやった。

「ただDMくんは気になるね……史鶴じゃなく、あいつにオタクオタクって言うなら、正直、しょうがないって思っちゃうよ」

相馬の言葉に、史鶴も顔をしかめつつ同意するしかない。

「言いたくないけど、同意。さすがに俺も、あんまりつきあいたくないタイプだし」

趣味嗜好や見た目で人格まで貶《おとし》めるのは、くだらない。けれど、『ＤＭくん』こと、平井《ひらい》英雄《ひでお》は、かなりタチが悪いタイプの人間だった。といっても、一般的に言う不良っぽいだとか、そういう人種ではないのだが——そのほうがマシかもしれない。

史鶴はアイスラテをひとくち呑《の》みこみ、意味もなくストローをまわした。

「つきあいたくないって、そりゃそうだろ。話に聞いてるだけだけど、あれじゃ俺だって苦手だと思うもん。暗そうだし……」

「暗そうってより、実際、暗い」

「史鶴も、ろくに口きいたこともないんだろ？」

「一度も。睨んでくるばっかりで、会話が成立しない」

平井は完全なコミュニケーション不全で、必要がなければ誰ともろくに会話をしない。それも陰鬱《いんうつ》な顔で下を向いているだけならまだ害はないのだが、他人とのほんの些細《ささい》な接触にも神経を尖らせているのが困るのだと、史鶴はため息をついた。

たまに必要があって話しかけても、理由のわからないことでいきなり不機嫌になり、敵意剝《む》きだしで睨みつけてくることも多かった。そんな平井に、まともに友人などできるわけもなく、史鶴たちのクラスでもかなり孤立している。

「なにより言語が嚙みあわなさすぎるしね。話しただろ？」

あだ名の由来となったエピソードは、まだ記憶に新しく、史鶴は顔をしかめた。相馬も似たような顔のまま、「あれね」とつぶやく。

「そう、あれ。さすがに、DMはなんの略語ですか、ってテストで『ダンジョンマスター』とか書く相手じゃ、俺もなにしゃべっていいんだかわかんないし」

「ていうか、ふつう書かないだろ」

聞いた当初から驚愕《きょうがく》の表情を浮かべていた相馬も、疲れた声でツッコミをするしかなかったらしい。

あれは入学してすぐの話だ。まだ専攻を決定する前のオリエンテーションで、メディア全般の話をされた際に、教養テストが行われた。

――いまから解答用紙を配るから、終わったら隣同士で採点して回収してください。

講師がそう言ったのは、正式なテストというより、入学したばかりの見知らぬ同士に接点を持たせ、ディスカッションのツールにするためだったのだろう。そして、史鶴の隣席にいたのが平井だった。

ごく一般的な略語――『DM・AV・CF・PC』などの意味を書け、というそれは、通常、高校まで卒業した人間にとっては、簡易すぎるテストと言えるだろう。

ダイレクトメール、オーディオビジュアル、コマーシャルフィルム、パーソナルコンピューター。言うまでもないそれらのなかで、たとえば二番目の設問を『アダルトビデオ』と答えるくらいなら、若い男としてはご愛敬だ。ささやかな笑いをとることで、それこそ仲良くなるきっかけにもなったと思う。

しかし平井は、史鶴の予想をはるかに超えた解答で、紙面を埋めていた。

このほか、AVをアーマーバトル——ひそかにバトルは battle だから、それを言うならABだろうと史鶴は思った——PCをプレイヤーキャラクター、と答えた。あげく、CFをなんとかフェアリー——なんとかの部分はどうやらゲームのキャラクターらしい——と書かれた日には、もはや絶句するしかなく、ほぼ0点の解答用紙を彼に戻すとき、史鶴はひそかに眉をひそめたものだ。

(閉じきってる)

メディア全般の教養の授業中だ。常識的に考えても、設問の意味などわかるだろう。そんなことすら判断できないほど、おのが世界に浸りきっているのだと気づいたときには、さすがに顔が歪んだ。

胸に湧《わ》いた苦さは、たぶん、同族嫌悪だった。自分のなかにこもりきって閉じれば、誰にも傷つけられない。そういう逃げを、隣にいる顔色の悪い青年から感じとって、史鶴は小さなため息をついた。

(俺も、それは同じか……)

ごくささやかな息苦しさ、それを見透かされたのだろう。平井も解答用紙を戻す史鶴を睨むようにしていて、なんとも気まずかった。

以後も同じ講義を受けてはいるが、彼とはいまだに交流がない。

やりようもないだろう、と史鶴はうんざりとかぶりを振った。

「たぶん、ネットゲームの世界から出てこられないままなんだろうな。正直、冲村の態度は誉《ほ》められたもんじゃないけど、彼があいつを苦手なのは、わかる」

つぶやくと、相馬も「よくも悪くも、人種違いすぎるしね」と苦笑いする。

「けどDMくんか……なんで冲村たちと？　それこそ史鶴以上に接点ないだろ」

まったくともだちいなさそうだし、とつぶやく相馬に、史鶴もうなずく。

「同じクラスですら、誰ともつるんでないしね。どういう経緯があるんだか、謎だなあ」

お互い謎について考えこんだせいで、しばしの沈黙が流れた。

話が重くなったのをきらったのか、無理に明るく装ったような笑顔で相馬は言った。

「ま、考えてもしかたないけどさ……な、それより！　史鶴、夏休みの予定決まった？　海とか行かない？　花火とかさ」

「誘ってくれるのは嬉しいけど、バイトまみれだよ。講義がないうちに稼いでおかないと」

「えー、一日くらいあるだろ？」

遊ぼうよと食いさがられ、史鶴は困ったように笑った。

夏の予定はもう決まっている。生活費を稼ぐためのアルバイト、趣味のアニメ制作、学校の課題と、やらねばならないことは山のようにある。

基礎授業の多い前期とは違い、後期は専科の講義が集中し、カリキュラムも密になっていく。当然アルバイトをする余裕もなくなるため、史鶴はこの夏いっぱいを労働に費やすと決めていた。

「ごめん、ほんとにバイトつまってるし、空いた日はできるだけ制作に使いたいんだ。うちに遊びに来てくれるならいいんだけど、外出はちょっと無理」

懐具合も厳しいいし、とつけくわえるけれど、相馬は少しも納得しないようだった。どころか、ひどく真剣な、そして哀《かな》しそうな目で史鶴をじっと見つめる。

「……史鶴、まだ、ふっきれてないの？」

「なにが？」

唐突に問われて、史鶴は笑いにもならないあいまいな表情のまま、首をかしげてみせた。伸ばしっぱなしの髪が、さらりと揺れた。ごまかすなと睨んでくるまっすぐな目から、少しだけ視線を逸らす。その逃げを許さないと言いたげに、相馬は声をきつくした。

「二年前まで、史鶴、そんなじゃなかったじゃん。どうしてわざと、もっさい恰好すんの？なんで、遊ぶことも禁止みたいにしてんの？」

相馬の問いかけは予想の範疇《はんちゅう》にあったことだ。だから動じもしないいまま、史鶴はさらりと用意したとおりの答えを返す。

「わざとじゃないよ。いまは面倒だし、金ないだけ。相馬も知ってるだろ？　生活費は自分持ちってのが、親の条件だったんだ」

史鶴は上京当初、そこそこの私立大学に通っていた。自分の成績から消去法で選んだ経済学部で、あのまま順当に行けば平穏な生活が待っていたのだと思う。

だが大学二年の途中になるころには、いろいろなことが積み重なって、史鶴はひどく疲れていた。もともと興味のなかった大学にも通う気が起こらなくなり、すべてに投げやりになりそうだった気持ちのなかで、唯一残ったのが、アニメーションを作りたいというものだ。

――俺は、自分だけのアニメをちゃんと作りたい。

中退手続きを勝手にすませ、一方的に宣言すると、両親は趣味程度だと思っていたマンガ遊びにうつつを抜かした息子に対し、当然激怒した。正直なところ、つぶしの利かないアニメを学ぶなどと、許せる話ではないと史鶴も思う。それでも大学に払う予定だった学費のぶんを、専門学校にまわしてくれたのは破格の譲歩だった。

――その代わり、学費以外は自分でどうにかしなさい。あと、仕事で食っていけると確定するまで、家にも戻って来るな。

両親は、厳しい条件を出せば音をあげてあきらめると思ったのかもしれない。けれど、勘当覚悟だった史鶴にしてみれば、学費を出してもらえているだけ、ありがたいというものだ。

「本当に、ほかに余裕がないんだよ、それだけだよ」

「でも、史鶴」

言いつのろうとした相馬の頭を軽く叩いて、史鶴はかぶりを振った。話はおしまい、と告げる仕種《しぐさ》に、しゅんと細い肩が落ちる。

「俺、史鶴にはふつうにしててほしい」

すがるように言って、相馬は史鶴の長すぎる前髪をそっと払った。分厚いフレームの奥にある目を、隠さないでくれと覗《のぞ》きこむ友人の手を、史鶴はやんわりとはずす。

「ふつうだよ？　いまの俺は、これが、ふつう。楽だよ、とっても」

微笑《ほほえ》んで告げると、相馬はますます哀しそうになった。

「少なくとも、誰も俺を見ないでくれるし、好きなアニメ作るのに没頭できる。ともだちは、相馬がいる。だから、平気」

「史鶴……」

うそつき、という相馬の声にならない声は、聞かないふりでやりすごした。

＊　＊　＊

ワークステーションの購入と配送の手続きをすませ、自宅に戻った史鶴は、充実感と疲労でため息をつく。

「ただーいま……」

誰もいない部屋に挨拶《あいさつ》をするのは、ただの惰性だ。戻ってくる声もないまま、まっすぐ奥の部屋へと進んだ。

一週間後には届く予定のワークステーションのために空けた空間は、少し前にはデスクトップがでんと鎮座していた。もうすぐここに新しいマシンがおさまるのだと思うと、少しわくわくする。

（やっとこれで、パフォーマンス気にせずに作業できる）

にやにやと口元がゆるんでしまって、自分でも気持ち悪いと思ったが、誰も見る者はいないだろうと開き直った。

ネット用のノートマシンの電源を入れ、コンビニで購入したサンドイッチをかじり、一緒に買ってきた、カフェチェーン店の名の入ったあまいラテで流しこむ。食事をとりながらメールをチェック。何度か利用した通販ショップからのＤＭがいくつかと、同じ講義を取っているクラスメイトからの、グループ課題の分担が決まったという連絡。

それから古いマシンを売りに出した、ネットオークションの取引通知が舞いこんでいて、メールを読んでいた史鶴は声を明るくした。

「お、意外にいい値段で落ちた」

いまはぽっかり空いている空間におさまっていた、かつての愛機は、ほどほどの値段で引き取ってもらえそうだ。二束三文も覚悟していただけに、数万の収入でもありがたい。

メールを読み進めるうちに、まずくもないがうまくもないサンドイッチは腹におさまる。残りのラテをすすって、本日の夕食はおしまいだ。

「鍋焼きうどんにすればよかったかな」

秋も深まる時期には、わびしく冷たい食事とひとりごとは寒気を誘う。次は冷凍うどんにしようと考えて、すっかり自炊する気をなくしている自分に苦笑いした。

ぐるりと見まわす史鶴の城は、四畳半と六畳間のアパートだ。一見フローリングに見えるが、畳敷きの部屋にマットを敷いて、椅子や机で疵《きず》がつかないようにしてある。

家賃は五万、二十三区のはずれで二間のアパートとなれば、相当な破格だろう。十年以上前には風呂トイレが共有の、家賃が二万程度のボロアパートなども存在したというけれど、昨今の東京住宅事情ではあり得ない。大半が古すぎて取り壊されてしまったのだそうだ。

おかげで地方出身の貧乏学生たちは、かつてよりさらに苦しい生活を強いられている。長引く不況で親世代の懐も苦しくなり、仕送りは少ないうえに、家賃はお高いところしかない。アルバイト代の相場はあがっているけれど、それなりの時間を拘束されねば、やはりまとまった金額は手に入らない。そのため、せっかく頑張って入った進学先で講義を受けるどころか、アルバイトに追われて単位を落とすこともあると聞く。

（俺は、そういう意味ではラッキーだった）

少なくとも『東京』に慣れるまでの二年は、金に困ることはなかった。まだ関係が壊れていなかった親と——あのころ、常に隣にいてくれた彼のおかげで。

事務用椅子の背もたれに背中を預けると、きしりと鳴った。中古屋で購入した数千円のシロモノは、いまの史鶴にはちょうどいい。

オークションの取引詳細を見ると、史鶴のＩＤの出品履歴に、百を超える数字が出ていた。二年前、家財道具のすべてと言っていいほどのものを、ここで売り払ったのだ。

十八から二十歳までの二年、史鶴はそれくらいの年代の若者のご多分に漏れず、流行を追うゲームに参加していた。いや、当時の恋人に、強制的に参加させられていたというべきか。

そのゲームが終わったのちに残ったのは、雑貨に小物、そして衣類やアクセサリー類。いまブラウザのなかに、過去のデータとして表示されたそれぞれは、かなりいい金額で売れた。その金をもとにして買ったのが、いまここにあるノートマシンや、そのほかのパソコン類だ。

——どうしてわざと、もっさい恰好すんの？

あのころの史鶴と、いまの史鶴の両方を知っているのは、相馬だけだ。

気弱な田舎者が東京デビューし、恋愛に振りまわされて疲れて、精神的にひきこもりのオタクになるのに、二年は充分な時間だった。その間の、ものすごく濃くめまぐるしい史鶴の変化を、変わらぬスタンスで見ていてくれる相馬はとてもありがたい存在だと思う。そのぶん、心配もかけてしまっているだろうけれど、いまが楽だと言った言葉に嘘もないのだ。

(少し貧乏だけど、食えないわけじゃない。それに好きなことに集中していられる)

史鶴は幼いころからアニメに限らず映像作品が好きだったが、作る側にまわりたいと思ったのは中学生のころだ。いまでは世界的にも著名な、とあるアニメーションクリエイターが、CG技術を駆使し、たったひとりで長編アニメーションを作りあげたと知ったとき、その完成度にも内容にも感動し、ものすごい影響を受けた。

昔ながらの手描きのアニメーションは人海戦術となり、ひとりで作るには限界があるけれど、CGを使えば話は変わってくる。キャラクターをデザインしてモデリングし、基本パターンの動きを組みこむことで、かなり自由に動かすことができる。

むろん、ベースとなるモデリングや動きを作りあげるのは大変だが、動画枚数の多い手描きのものに比べ、格段に人件費がかからない。海外の有名プロダクションが制作するアニメーションのほとんどが、3Dになっているのはそんな事情もあるらしい。

CGアニメーションを動かすには理数系の知識と美術系の感性、双方が必要になってくる。その複雑なおもしろさも、史鶴にとっては魅力だった。

作品世界に没入していれば、侘《わ》びしい食事も殺風景な部屋のことも忘れていられる。

上京したばかりのころ、いまのようにオタクとして開きなおれなかった。そのせいで人一倍ファッションに気を配ったのは、くだらない見栄のせいでしかない。それを全部捨て去り、思うままにいられるいまが、史鶴の人生のなかでいちばん解放されているとさえ思う。

（だから、これでいいんだ）

軽く息をついて、ブラウザを立ちあげ、登録しているソーシャル《S》ネットワーキング《N》サービス《S》にログインする。

ここはプロのアニメーション制作技術者が、後進を育てるために開催している、会員制のSNSだ。個人でのアニメーションの制作ノウハウやCG制作の技術を高めあうため、自作のアニメーションや制作過程を見せあい、意見や情報交換をしたり相談をしあう。

幾人かの知りあいから、バージョンアップしたCG作成ソフトについての質問と相談や、アップしたミニ動画の感想コメントや質問などが届いていた。

【アフターエフェクトのパフォーマンスがいまいちなんですけど、SIZ《シズ》さんはどうしてますか？】

【SIZさんに見てもらおうと思ってアップしようとしたけど、なんでかエンコできません……誰か教えてください】

SIZは史鶴の使っているSNSでのIDネームだ。公開になっているコメント欄は史鶴あてのものもあれば、誰でもいいから助けてくれというものもある。

基本的に初心者が少ない空間なので、相馬あたりが見たら顔をしかめそうな専門用語がばんばん飛び交う。ただし、あせりのあまり質問の主点がボケた書きこみもあったりするのが、この手のコミュニティのむずかしいところだ。

【パフォーマンスに関しては、俺はマルチCPUにして、メモリしこたま積んでます。新し

いワークステーション手に入れたので、とりあえず今後はマシン追いこんでみないとわからないですけど】

【エンコーダはなに使ってますか？　あとコーデックの設定を確認されましたか？　とりあえず、それを教えてもらえますでしょうか】

ネットの世界では、文字のみがコミュニケーションツールとなる。スカイプや音声ツールを使えばテレビ電話のような使い方もできるが、不特定多数とはむずかしい。

なかにはくだけた言葉遣いや顔文字の多用をしたり、『ギャル語』に代表されるような、コミュニティの内部でしか通じない言葉を使うものもいるが、史鶴は基本的に『ですます』でしか書かないことにしている。堅いと言われるかもしれないが、万人が見ている場所でグダグダな言語を発するのは苦手だった。

また、高校生になってすぐにこのSNSに入会したためか、この場での史鶴はけっこうな古株扱いだ。プロフィールでも年齢は公開していないため、実年齢より相当年上だと思われているらしく、皆まるで先生を慕う小学生のように、自然に『さん』をつけてコメントをするし、全体に言葉遣いもおとなしい。

このSNSはアニメーション制作の互助に特化しているため、コミュニケーションそのものが目的ではない。視線が同じ方向を向いているコミュニティというのは棲《す》みやすい。史鶴のように、ひとと濃厚に関わることは避けたいタイプにはあっている。

最小限の人間関係と物言わぬマシンに囲まれ、電子通信を通した言葉だけの関わりが、いまの史鶴には心地いい。完全なひとりになれるほど強くはないから、本名さえ知らず、作品の見せあいという薄いつながりがちょうどよかった。

しかし、たまには痛いところを突かれて、顔をしかめることもある。

【悪くないと思うけど、色が重くて暗い印象を受ける。もっと全体にきれいな色にできないの？　あとキャラクターも地味すぎる】

【よくも悪くも日本映画って感じ。五分の作品で贅沢言うけど、もう少しカタルシスがほしかった。あいまいなエンドじゃすっきりしない】

冷静な批評だから腹は立たないが、史鶴は眉間《みけん》に力が入るのを感じる。自覚もあるだけに、まいったな、という気分だった。

とりあえずこの手のコメントを放っておくと、庇うようなコメントとの対立がはじまり、場が荒れてしまうので、『忌憚《きたん》ないご意見ありがとうございました。今後の制作に役立て、よりいっそう努力したいと思います』と、当たり障りのないレスポンスをしておいた。

「色ばっかりはなあ……わかんないんだよな」

ぼやいた史鶴は、背もたれのヘッドにうなじを乗せたまま、がくりと頭を落とした。

ふだん史鶴が作成するアニメーションは、キャラクターに関しては現実離れしたものがない。あまり目の大きなキャラクターは好きではなく、実際にいそうなつぶらな目をした顔だちが多い。髪型や衣装も奇抜とはほど遠く、色味もごく自然なダルトーンがメインで、総じて地味な仕上がりだ。

世界観はSFやファンタジータッチのものもあるけれど、全体にリアリティが漂っている。むろん、ひとによってはその現実味のある作風が好まれ、評価されもするが、やはり地味なのは致命的な欠点といえる。学校でも講師に『無難にまとめすぎる、画面に華がない』と注意されることがままあった。

マンガ的なキャラクターを使う2Dアニメーションにおいては、色彩設計がキモになる。日本のアニメーションが世界でも高評価を得たのは、その独特の鮮やかな色彩感覚だとも言われており、この業界において色彩感覚が弱いというのはかなりのマイナスポイントだ。

史鶴もいずれは、自分の作った作品で食べていけるようになりたい。SNSに参加しているのもプロへの足がかりをつけたいからでもあるし、そのためにいくつかのコンペにも応募している。

だが毎度返される批評は、講師の言ったのとほぼ同じ、『画面に華がなさすぎる』。手厳しい相手には、「リアリティは認めるが、アニメーションでわざわざやる必要性を感じない、実写でもいいなら実写で撮ればいい」とまで言われたことがあるくらいだ。

しかし史鶴は他人の思惑が入りこみやすい実写の世界には興味がなかった。そもそもパーフェクトに監督の要求する演技をこなす役者など、そういるわけがないし、二十歳で精神的ひきこもりの史鶴にそんな伝手《つて》があるわけもない。

むろん、夢は夢のまま終わる可能性もある。むしろその確率は高いだろうが、色塗りの下請けなどでかまわないから、せめてアニメ業界の端っこに関わっていたいと史鶴は思っている。その現実的な将来のためには、技術を学ぶこともおろそかにはできないし、あらゆる努力はしようと思う。

だが、だからこそいまは、ひとりで完結する作品世界を大事にしていたかった。

自分で描いた絵を自分で動かす。台詞《せりふ》は字幕で入れておけばいい。すべてが自分の思うまま、誰にもわずらわされず、誰の手も入らない、そういうものがいまの史鶴にとってはなにより必要なのだ。

（また相馬には、ペシミスティックだとか言われるかな）

自分ではただ現実的なだけだと思うが、相馬はそれを批判する。夢に向かって迷わずまっすぐ走れと、あの友人ならば言うだろう。だが、そこまで自分を信じきれもしないのだ。

苦い笑いを浮かべつつ、読み切れていないコメントをスクロールしていくと、そのなかに、純粋なファンレターじみたものがあった。

【ＳＩＺさん新作までですか？　楽しみにしています。この間のはすごい泣けました。こんな短いのに、ひとを好きになるせつなさが凝縮してて、素敵でした。ＳＩＺさんってどんなひとなのかなあと思います。わたしもこんな恋愛がしたいです】

文章から判断して、たぶん若い女の子だろう。恋に憧れる彼女が『ＳＩＺ』の実像を知ったら嘆くだろうなと、史鶴は苦笑する。

「……こんなやつですよ」

自嘲を含んだその声はひとりの部屋に響くだけで、誰にも届くことはない。

恋は、二度した。どちらも最悪だった。

ひとりは、ことあるごとに史鶴を押さえつけ、欠点をあげつらねて心をがんじがらめに縛りつけ、ぼろぼろになる前に東京へ逃げ出す以外の選択肢を残してくれなかった。

もうひとりは、過去の恋から抜け出そうとあがき、派手に見せかけた史鶴の表面だけを愛《め》でて、少しでも『自分の理想の史鶴』と違えば、冷たい視線で締めつけ、結局は中身を見てもくれなかった。そしてひどい形で史鶴を捨てた。

恋愛など、うんざりだ。他人の自尊心を満たすファクターになど、二度となりたくない。

史鶴の綴《つづ》った恋物語がもしも『素敵』に思えたのだとしたら、それはあり得ない幻想を、自分には得られなかったものを、作品のなかで昇華させているからだろう。

代わり映えのない、静かな生活を史鶴はこよなく大事にしている。波風を立てることも、他人と揉めることもなく、ただただひっそりといたいのだ。

だからオタクと言われるのだろうけれども、呼びたければ呼べばいい。

（ＤＭくんのこと、言えた義理じゃないな）

ああまであからさまに、他人を排除していないだけだ。見た目だけ穏やかに装って、ほんのごく少数の慣れた人間——自分を傷つけないようにしてくれるやさしいひとしかそばに置かないのは、間違いなく逃げの姿勢なのだろう。

けれどもう、気力がないのだと自分に言い訳して、陰鬱な思考に囚《とら》われそうになった瞬間、なぜか赤とオレンジの髪がぱっと脳裏に浮かんだ。

——これだからオタクはいやなんだよっ。

彼が吐き捨てた言葉に、史鶴としても苦いものはあった。けれど、顔を見るなり笑ったのは自分も悪い。なにより背も高く派手な青年の表情はどこか拗《す》ねた子どものようにも思えた。そして端整な顔に粋がったスタイルと、子どものように素直でへたな絵とが嚙みあわなさすぎて、やはり小さく噴きだしてしまう。

「ああいうパッショネイトなタイプには、わからないだろうけどなあ」

きっと彼には、史鶴の疲弊やうしろむきな部分は、理解できないだろう。燃えるような髪をした冲村は、意志の強さをあらわすような、ひどく強い目を持っていた。

軍鶏のようだ、などと思ったことを知られたら、きっと冲村は怒るのだろう。けれど、情熱的なオレンジと赤は、きりきりした攻撃的な冲村にはとても似合っていた。

あんな色の髪が日本人で似合うというのも、ある意味すごい話だが。

（……あ、そうだ）

ふと思いつき、描画ソフトを立ちあげる。

書きかけだった新作のキャラクターラフを開き、もともと焦げ茶色に設定していた髪の色を、冲村のオレンジに、黒い目を緑色へと変更した。派手なその色は、なぜかもとの色指定よりもしっくりする気がして、うん、と史鶴はうなずいた。

「いいかも。これなら少なくとも地味じゃないし」

華やかで強いあの存在は、遠目に見るだけならとてもうつくしい。

近寄ればつつかれて怪我《けが》をするから、見目のいい外観だけを、こっそり自分のインナーワールドに引きこんでしまおう。

青空のような伸びやかな希望も、燃えたぎるような真っ赤な情熱も、恋をするあわいピンクの気持ちも、史鶴はもうリアルでは摑めない。けれど、自分のなかにあるやさしい理想郷でなら、いくらだって再現できる。

ペンタブレットを持ったまま、ひっそりと自己満足の笑みを浮かべ、史鶴は内なる世界へと没入していった。

＊　＊　＊

あっという間に長い夏休みも明けて、後期の授業がはじまった。

「史鶴、ひさしぶり！」

待ち合わせたのはいつぞやに同じ、構内の食堂だ。元気に両手を振ってみせた相馬は、史鶴を見るなり嬉しそうな顔をした。休みの間は案の定、相馬ともほとんど会わないままだったせいか、飛びつく勢いで駆け寄ってくるのが微笑ましい。

「ひさしぶり。焼けたな、海でも行ってきた？」

「江ノ島いった、おみやげあるよ。史鶴は真っ白のまんまだな」

「はは、エアコン代稼ぐのに、夜のバイト集中してたから」

こんがりした肌と、やわらかそうな茶色の髪の相馬は、いかにも健康的な十代の青年、といった風情だ。対して史鶴は、言われたとおり夏前となにも変わらない。

「がんばってたのは知ってるけどさ、たまには日に当たったほうがいいと思う」

「そっちのほうが疲れるよ」

世間一般には開放的な季節として知られるが、インドアな人間にとっての夏というのは、ただ鬱陶《うっとう》しいだけの時期だ。まして、コンピューター類が狭い部屋にひしめきあっている史鶴にとっては、熱暴走の危険もあり、贅沢と知りつつエアコンをフル稼働させるしかない。

長期休み中の課題をこなしつつ、年内の生活を支えるため、実入りのいいコンビニの深夜シフトと飲み屋の厨房、ＷＥＢ系の下請け受注のアルバイトなどを複数かけもちしていた。

合間に自宅でこつこつとアニメを作る日々はある意味では単調ながら、充実していた。

「あ、そういえば。史鶴、なんか賞とったんだっけ？　おめでとう」

「ありがとう、なんとかね」

休みの間に、作品を提出したコンペではふたつばかり結果が出た。

母体がＩＴメディア系の会社のエンターテインメント部門が主催するものだが、大賞を取った公募作品のなかからは、キャラクターグッズや書籍化などのメディア展開まで発展した作品もある。そこで、史鶴は努力賞と佳作をとった。

「賞金とか出るの？」

「片方は、佳作だったんで、まあ五万円くらい？」

少ないなあ、と相馬は苦笑いをしてみせる。

「臨時収入あったなら、少しは足しになるだろうし、いいけどさ。後期も忙しそうだから、気をつけろよ」

「だいじょうぶ、そのために稼いでおいたから。授業に集中したいしね。いままでみたいな、みっちりのアルバイトは予定にないよ」

ならいいけど、と相馬はため息をつき、憂鬱《ゆううつ》そうな顔をした。

「でもやっぱ後期はきっついわ。授業のコマ数増えたし、俺も午前からハードで、頭パンクしそう。フォトショもイラレも嫌い」

朝いちばんのコマは、アドビの各種ソフトを使った講義だったそうだ。ただでさえマシンが苦手な相馬は基本の操作方法を覚えるのが関の山で、もっとも苦手な授業なのだという。

「必修だからしょうがないけど、手描きでいいじゃん。加工とかはＣＧの専門家に任せたいよ。専攻失敗したかなあ」

史鶴は自己流でマシンを使っていたためＣＧ方面は不得手ではないが、ＰＣそのものの概念となるとやはり素人だ。我流の知識があるぶん、覚え直しも多くて四苦八苦する面もあり、気持ちはわかるとうなずいた。

「正直、アート科にいってたほうが、相馬には向いてたかも、とは思う」

「だよね。最悪、来年から転科考えるよ。デザイン科はＰＣ関係必修だから、俺には厳しい」

パステルやアクリル絵の具を使った、ソフトでやわらかいイラストが相馬の得意とするところだ。イラストレーションという名称に惹かれて科を決めたそうだが、予想以上にＰＣ関係の授業が多くてかなりつらくなっているらしい。

「史鶴のほうは、どう？」

「こっちもきつかったよ。先生もかなり容赦なく追いこんでくるし……まあ、人数減ったぶん、ひとりずつに濃くなってんのかもだけど」

「あ、そっちも……？　相当減った？」

相馬の問いに、こくりと史鶴はうなずいた。

無試験の専門学校ではよくあることながら、入学時と卒業時の人数が大幅に違う。入学試験もあり、比較的、生徒の目的意識がはっきりしている大学などとは違い、ただ単に上京するための手段であったり、働くまでのモラトリアムな時間を稼ぎたいという理由だけで、この手の間口の広い専門学校に入る人間は多いからだ。

いつの間にか消えているクラスメイトというのも、めずらしい話ではない。

「いちばん減りがひどいのがデザイン系とアニメ、次がアート、って感じらしいよ」

「夏にいろいろ解放されちゃうんだろうなあ」

「アートの連中は仮面浪人も多いけどね。来年はもっと減るだろうな」

美大受験をやり直したい、しかし親に浪人を反対されたというタイプの学生は、とりあえず入れた大学や専門学校に在籍しておいて、虎視眈々《こしたんたん》と来期の受験を目指す。

「いいんじゃないの？　最終的に、ちゃんと勉強したいやつだけが残るなら」

「んー、どうなんだろうねえ、それも。……DMくんもまだ残ってるし」

ぽつりと史鶴がつぶやくと「あれ、まだいるんだ」と相馬も目をまるくした。

「うん、いるこた、いるんだけどね。いろいろ微妙っぽい……」

苦笑した史鶴がどう言ったものかと口を濁していると、背後から声がかけられた。

「いたいた、し……じゃない、北くん」

いささかボリュームのある身体にうっすら汗をかいた青年は、ふくよかな頬を押しあげ、細い目をにっこりと笑わせた。

「連《ムラジ》くん。どうしたの」

「あっあっ、話し中にごめんね、ちょっと、急いで話したいこと、あって」

「かまわないけど。座ったら？」

「い、いいの？」

人見知りのムラジはちらちらと史鶴と相馬を見比べていた。

「こっち、デザイン科の相馬。俺のともだち。で、彼は田中《たなか》ムラジくん」

「よろしくー」

「ど、どうもはじめまして」

史鶴がとりあえずお互いを紹介したのち席につかせると、ムラジは、まるい背中を縮めるように首をすくめる。もじもじと困った様子を見かね、史鶴は水を向けた。

「話ってなに？　昨夜《ゆうべ》、メッセであらかた聞いたと思うんだけど」

「ご、ごめん。えと、これがお願いしてた、ムービー用のデザインとコンテなんだけど」

早速と鞄のなかから取りだされた書類には、細かな設定が書き込まれたキャラクターデザイン。ピンクや緑色の髪をした女の子が、凝ったデザインの制服に身を包み、何人も並んでいる。いわゆる萌え系にあたる、目が大きくて派手なキャラクターだが、ただちょっと物騒なのは、彼女らの手にこれまた凝った重火器類が握られていることだ。

洗練された画力とデザインに、横から覗きこんだ相馬が驚いた声をあげた。

「わ、なにこれ、上手。これも課題？　プロみてえ」

「そ、そんなことないよ」

顔を真っ赤にしたムラジは慌ててふっくらした手を振るが、史鶴は微笑しながら言った。

「ムラジくん、ゲームサークルの売れっ子なんだよ。うちの科でも、うまいから成績はトップなんだよね。そのうち、ともだちと会社作るんだって。これは新作の恋愛バトルシミュレーションで、作画担当」

「え、それってもうプロじゃん！　うわ、すっげえ」

相馬が感嘆の声をあげると、シャイなムラジはますます汗をかきながら、まるい肩を縮めてしまう。

「ち、ち、違うよ……ぼ、ぼくがすごいんじゃないよ。シ、シナリオがいいから……」

大柄な見た目とは裏腹、彼は描く絵のとおり繊細な性格なのだ。あまりつついても可哀想《かわいそう》かと苦笑しつつ、史鶴は事実を述べた。

「謙遜《けんそん》することないじゃない、ラノベの挿画依頼もこの間来たんだろ？」

「し、SIZさんそれは言わないでっ。ま、まだ決定じゃないし」

ムラジはまた、どっと汗をかいた。半べそになりながら小さなタオルで顔を拭うさまは妙にかわいらしく、ごめんごめんと肩を叩いてやる。

「で、話なんだっけ」

「あ、あ、うん。昨日あのあと、スクリプトとシナリオ担当してるやつと話して、方向変わったんだ。ＳＩＺさ……じゃない、北くんに相談に乗ってもらいたくて」

幾度か言い間違いをしたとおり、ムラジはＳＮＳの仲間でもある。といっても史鶴はまったく気づいていなかった。

知りあったきっかけは夏休み中にメールで彼から「もしかして……」と問いかけられたことだ。以前から、課題で提出したものとＳＮＳ内部で発表したアニメの絵柄が同一であることに気づいていたそうだ。

——素性を詮索《せんさく》するみたいで、すみません。でも黙ってるのも、なんだか気が引けて。

とても真摯《しんし》で丁寧なメールに好感を持ち、史鶴はムラジの問いを肯定した。以後、メッセンジャーやメールで交流を深めてきたのだ。ネット上のやりとりはハンドルネームで行っていたせいか、学校では勘弁してくれと頼んでいても、つい「ＳＩＺさん」と話しかけそうになるらしい。

「この子と、この子フィーチャーさせたムービーが作りたいと思ったんだけど、どうかな」

「それはかまわないよ。さっき、授業終わりにでも言ってくれればよかったのに」

「ご、ごめんなさい。昨日話したのと、ぜんぜん変わっちゃったから、悪いかなって考えてたら、言いにくくて……でも、早く話しておかないと、やっぱり、悪いし」

抜群に絵がうまく、商業の仕事も舞いこんでいるというのに、ムラジはどこまでも謙虚だ。かといって卑屈なタイプでもないので、慣れればつきあいやすいし、妙にかわいげもある。

「悪いって言っても、どうせミヤちゃんがごり押ししたんだろ？」

「う、うん……ご、ごめんね……」

史鶴の言葉に、もじもじしながら顔を赤らめるのは、シナリオ担当のミヤがムラジの彼女だからだ。史鶴は微笑んで肩を叩いた。

「謝らなくていいよ。話はわかったから、持ち帰って検討しておく。それでいい？」

「お願いします。あ、それと、ちゃんと謝礼、受けとってください」

ぺこっと頭をさげたムラジに「それもミヤちゃんが言ったんだろ」と冷やかしてやったら、また赤くなった。

「あはは、ムラジくん、なんかかわいいなあ。テディベアみたい」

「そ、そ、そんな、ぼ、ぼくとか、かっ、かわいくないよ、ほんとにっ……！」

あわあわと両手を振ってみせたムラジの肘《ひじ》が、背後を通った男にぶつかった。けっこう衝撃があったのか、彼の手にあったトレイは、コップに入れた水が倒れてしまっていた。

「あっ、ご……ごめんなさいっ」

「……てめえ、なにすんだよ」

気の小さな彼は真っ青になって詫びたが、キャスケットをかぶり革のジャケットを着た金髪の男はじろりとうえから睨めつけてくる。慌てて立ちあがり、「すみません、すみません」と謝ってみせたムラジに、男は怒鳴りつけた。

「すみませんじゃねえだろ！　どうしてくれんだよ、これっ」

言いざま、彼は叩きつけるように乱暴にトレイを置いた。そのはずみで、水と混じりあった食事の汁が、広げてあったコンテ類に飛び散っていく。

「おまえ、弁償しろよ！」

気づいた様子もなく怒り続ける相手に、冷ややかな声で告げたのは史鶴だった。

「……そっちこそ、どうしてくれんの、これ」

「あ？」

「最初の不注意は悪かったと思うけど、こっちだって被害こうむったよ」

「んだよ、オタクのくせに偉そうに」

その言いざまにむっとして顔をあげると、見覚えのある顔だった。いったいどこで見たのだったか……と史鶴が記憶を探っていると、キャスケットの彼のうしろから声がかかる。

「なにやってんだよ」

「沖村ぁ、もう最悪だよこのオタ」

シナプスがつながり、史鶴は「あ」と苦い声をあげた。どうやら夏前、一悶着《ひともんちゃく》あった青年の連れであったのだと気づいたときには、沖村もまた史鶴を認識したようだった。

（髪の色、変えたのか）

いまの冲村は、髪をまだらなグレーに染めている。気づくのが遅れたのは、あの赤とオレンジの髪と奇抜な服にインパクトがあったせいだろうか。そして金髪の——たしか中山といったけれど、こちらもキャスケットで印象が変わっていた。

（まいった、面倒なことになるかも）

困惑する史鶴を一瞥《いちべつ》した冲村は、すぐに目を逸らして、案の定冷ややかに吐き捨てる。

「またオタクかよ。もうほっとけよ、こいつらと関わるとろくなことねえし」

こっちの台詞だろうとも思ったが、さきにぶつかったのはムラジのほうだ。そのムラジはといえば、泣き出しそうな顔で青くなっていて、とても話が出来る様子ではない。史鶴は内心で舌打ちをした。

（まいったな……こんなに突っかかってくる連中はめずらしいんだけど）

中学生くらいならともかく、この年になればいいかげん、タイプが違うという理由でイジメじみた態度を取るものは少ない。むろん、オタクを苦手にするものもいることはいるが、大抵の人間は異文化同士きれいに棲み分け、穏やかな無関心でいてくれる。

だが冲村とその周辺の彼らだけは、妙に執拗にアニメ科の顔ぶれを嫌っているようだ。

（どうにか平穏に場をおさめたいんだけど）

ムラジは繊細だし、相馬は短気だ。これ以上ショックを与えたり、キレさせて状況をこじれさせたくはない。史鶴は立ちあがって頭をさげた。

「……申し訳なかった。ランチ代払うよ。いくら?」

「いらねえよ。オタクなんかからもらった金で飯食ったら、腹壊す」

キャスケットの男は鼻で笑う。さすがにこの言いざまにはかちんときた。それでもこらえていたのに、冲村は汚れてしまったキャラクターデザイン類をちらりと眺め、鼻で笑った。

「つうか、なにこれ。おまえら、ロリコン? ひょっとして、二次元の女でマスかいたりしてるわけ? きっもいな」

ぎゃははっと冲村の周囲で品のない声があがり、史鶴はぶちっと自分のなかで音がするのを知った。そして財布から千円札を抜き取るなり、頭上にある高い鼻めがけてその札を叩きつけてしまった。

「なっ……」

ぎょっとした顔の冲村の高い鼻が赤くなり、そこからはらはらと千円札が落ちるのは、妙にコミカルだった。思わず笑ってしまいそうになったが、それではあのときの二の舞だと、こらえて冷静に言葉を続ける。

「きみらがどれだけ偉い人間か知らないけど、単なる思いこみや価値観の違いで他人をばかにするわけ? この絵に卑猥《ひわい》な意図を感じるなら、それはきみがいやらしいんじゃないのか」

「なんだと!?」

睨みつけてくる冲村に、史鶴はさらに冷ややかに言ってのけた。

「ひとの作品をリスペクトもできないような未熟な精神状態で、どれほどのものが創れるっていうんだ」

鋭い視線と言葉に、冲村はぐっと息を飲んだ。

「それに、彼はプロだよ。これはたまたま複製《コピー》だったからいいけど、手描きの原画なら、とても弁償できる金額じゃないんだからな」

「そんなマンガの絵に、いくら出せって――」

否定の言葉を皆まで言わせず、史鶴は冲村を睨んだまま言い放つ。

「ムラジくんのカラー原画は、オークションで十万で落札されたことあるんだよ。深夜のアニメ化が決定してる作品だから、いまならもっとはねあがる可能性がある」

「……マジかよ」

冲村は目を瞠り、キャスケットの男は「げっ」と呻いた。相馬は驚いた顔で「そうなの!?」とムラジを尊敬の目で見る。注目を集めたムラジはすでに涙目だ。

「SIZさん……それは言わないでって、言ったじゃないかあ」

「あ、ごめん。まだ内緒だっけ？」

「もう、アニメ誌とかネットでは公表されてるけどさあ……」

学校では内緒にしたかったのに、とめそめそしはじめたムラジをなだめていると、冲村が床に落ちた千円札を拾い、差し出してくる。

「……返す」

「いらないよ」

「こっちだっていらねえよ。それに、まあ……今日のは、こっちも悪かった」

ぼそっと、明後日《あさって》のほうを向いての謝罪の言葉は、たぶん史鶴にしか聞こえないほど小さなものだっただろう。冲村はぷいと顔を背け、去っていく。

「ま、待てよ冲村」

キャスケットも慌ててあとを追う。とりあえず終わったことに史鶴はほっとしたが、残ったのはぐちゃぐちゃの書類と汚れたトレイだ。

「片づけていけっていうのに……」

ため息をついて史鶴がトレイを手にすると「俺がいってくるよ」と相馬がそれを奪った。どこからか持ってきた布巾《ふきん》で、ムラジが汚れた机のうえを拭《ふ》いている。

「……ごめん、勢いでばらしちゃった。これもだめになったし」

「いや、それは、いいよ。データはあるし、プリントすればいいだけだし」

困ったような笑顔をみせるムラジに重ねて詫びる。

「でもまいったね。なんであんなに絡んでくるんだか」

まさか夏前に笑ったことを、いつまでも根に持っているわけではないだろう。そもそものときも、けんかをふっかけてきたのは冲村のほうなのだ。史鶴があきれまじりのため息をつくと、ムラジが眉をひそめていた。

「どうしたの、ムラジくん」

問いかけると、ムラジはしばし言いよどむように口を開閉させたのち、「あのね」と意を決したように顔をあげた。

「さっきの、冲村くん。オタク嫌いなの、わけがあるんだよ」

「え、そうなの?」

「うん、あの……あれ、見て」

ムラジの指で示されたほうには、出入り口に立つ冲村と中山、そして——。

「あれ? あれってDMくん?」

なにやらぶつぶつ言いながら絡むような平井に対し、冲村は本気で怒った顔を見せている。怒鳴りつけようかとしたところで、中山が冲村の腕を引き、足早に去っていった。

「……なにあれ、じつは知りあいとかだった?」

片づけを終え戻ってきた相馬も、意外なとりあわせだと首をかしげている。史鶴も「わからない」とかぶりを振ったのち、事情を知っていそうなムラジをじっと眺めた。ふたりから凝視されたムラジは、どこから話したものかと迷うように、小首をかしげて口を開く。

「んーと、あのね。SIZさん、前期のころ、忙しくてあんまり周り見てなかったでしょ？　つるむのは相馬くんだけだし、ぼくとも、仲良くしてくれたのは夏にSNSで正体ばらしてからだし」

指摘されたのは事実だったので、史鶴はうなずく。

入学したばかりのころは気負っていたし、大学の中退などいろいろあった末のことで、入学前から顔見知りの相馬以外は、あまり友人を増やしたくないと思ってもいた。ムラジに関しても、SNSがなければろくに口もきかないままだっただろう。

「沖村くんね、前期のはじめごろ、髪が青みがかった銀色でね。ネトゲ……オンラインゲームに出てくる、クエンツっていう、イケメンのアバターにそっくりだったんだ」

あまりアニメやゲームに明るくない相馬が「アバターって？」と問いかける。

「ゲーム内部のキャラクターだよ。それぞれのプレイヤーは自分専用のアバターを持ってるんだ。デザインが固定されてる場合もあるけど、髪の色とか服装とかで個性を出すことができる。クエンツはキャラのひとつで、基本の髪色が銀青色だった。だから沖村くんをはじめて見たとき、うわ、リアルにクエンツだって驚いたくらい」

「へえ……？」

史鶴は単純に「そうなのか」と思った程度だった。しかし、隣で話を聞いている相馬は、なにか気がついた節があるのか、むずかしい顔になる。

「で、その……平井くん、って少し独特、だろ？」

言いにくそうにするムラジも、あまり彼にいい感情を持っていないらしいと気づいた。史鶴も曖昧《あいまい》にうなずくしかない。

「ぼくも、そのう、美少女系アニメとか、ゲームとか好きだし、オタクだよ。コミケだっていくしね、ミヤちゃんなんか18禁のエロマンガも好きだし……あっ、ミヤちゃんは成人してるからいいんだけどね？」

話を脱線させながら、ムラジは訥々《とつとつ》と語った。

「でも、大抵のひとは、ふつうに……いやちょっとディープだけど、『趣味』で楽しんでるだけなんだよ。けど平井くんは、はまりこみすぎちゃってる、っていうか」

「生活とか精神状態が侵食されちゃってるんだろ。冲村とクエンツが、っていうかリアルとバーチャルの区別、つかなくなってんじゃないの？」

相馬が顔をしかめて続きを引き取ると、ムラジは言いにくそうに「かなり」と答えた。史鶴は考えもしなかった事実に、一瞬絶句し、おずおずと問いかける。

「区別つかない、って、具体的には、どういうこと」

「入学式のあとかなあ。冲村くんをはじめて見てから、クエンツ、クエンツって話しかけはじめたんだ。もちろん冲村くんは意味わからないから、気味悪がるし、怒るよね」

「うっげ……」

相馬と史鶴はげんなりとした顔を見合わせた。相馬が非常にいやそうな顔をしたまま、続きをうながす。

「もしかして、オンラインでもあいつ、揉めたりしたんじゃないの？」

「そのとおり。ぼくもミヤちゃんも、そのネトゲやってたから、途中から見てたんだけど……ネトゲでのクエンツ使いに、パーティーとかイベントの邪魔されたらしくて、メンバーチャットで、大げんか」

ため息をついたムラジに「あー……」と相馬はうめいた。

「そのパーティーとやらがどんなんかは知らないけどさ。そんなの、ネット上のクエンツ？そいつと、最後までけんかすりゃいいんじゃないの？　冲村じゃなくてさ」

相馬の問いかけに、ムラジは「それがね」と顔をしかめる。

「正直、最初の経緯はわかんないけど、見てるとクエンツ使いも平井くんも、どっちもどっちの状況だったんだ。でもクエンツのほうは途中でウンザリしたらしくて、けんかの幕引きしないで退会しちゃったんだよね。素性は、まったくぼくらもわかんない」

ムラジは、ではまさか、と顔をひきつらせたふたりに、苦い顔でうなずいてみせた。

「そのせいで行き場がなかったんだと思うけど、冲村くんには最初からけんか腰だった。顔見るなり、おまえのせいで迷惑したんだとか、意味不明に絡んだんだよ」

冲村もかなり気の毒な面があると言うムラジに、史鶴は「それでか……」とつぶやいた。

そんなことがあったなら、オタクに対してのあの態度もしかたないと史鶴は思った。相馬も同感だったようで、うんざりした顔をしている。

「それ、オタクがどうこうじゃなくて、あいつ個人がおかしいんじゃん」

病んでるよとつぶやく相馬に、ムラジも史鶴も深くうなずいた。

「偏見のあるひとたちもいるけど、大半はふつうに接してくれるし、こっちだってふつうにしてるよ。でも……一部に変なやつがいると、ね」

オタクといっても、日本では数百万人といる。一般的にマンガを読んだりゲームをする人数をいえば、有名少年漫画誌の部数やゲームの売り上げ数を考えればいい話だ。

数百万という人間のなかには、ちょっとばかりおかしな人種も混じるだろう。しかし世間はソレのみを見て『オタクはやっぱり』とまとめてしまう。一部の若い連中の派手で奇矯な言動がマスコミに取りあげられたりするたび、大多数のまじめでおとなしい連中のことは無視して、『いまの若者は』と、ひとくくりにされるのと同じだ。

見た目がイケメンで女関係が派手なオタクもいるし、アニメも漫画も見ないけれども地味な青年もいる。昨今の女性オタクについては、むしろファッションや遊びに長けているひとのほうが多いかもしれないと、校内にいる子たちを見ていても思う。

あくまで個性であり、個人の問題なのに、イメージでくくられるのは迷惑だと史鶴はため息をついた。

「そもそもDMくんの場合、ふだんからあの調子で、先生も困ってたみたいだしなあ……」

思わずこぼすと、相馬が怪訝《けげん》そうに「え？」と顔をしかめる。気のゆるみから口が滑ったと顔をしかめたが、このふたり相手ならいいだろうと史鶴は内緒事を打ち明けた。

「じつは、俺、前期から取ってる講義の先生に、バイト頼まれてたのね。夏休み」

「えっ、でも時間外に生徒とは口きいちゃだめだろ」

心底驚いた相馬の言うとおり、生徒と講師は一切の個人的交流、会話すら禁じるという決まりがある。これはなにも東京アートビジュアルスクールに限った話ではなく、専門学校では比較的ポピュラーな決めごとらしい。

「たしかに決まりはあるよ。個人指導するな、贔屓《ひいき》だ、だの言われるし、そうじゃなくても恋愛絡みやセクハラのトラブル多いからだろうけど……ほら、俺ちょっと違うから」

史鶴に同じく、他大学を卒業したり、一度企業に勤めてから専門学校に入学し直す人間は案外多い。そういう連中は、高校卒業後にそのまま入学した顔ぶれより真剣度も高く、年齢もうえであるため、いずれも好成績を残し、講師側からの覚えもめでたかったりする。

もともと基礎的な実力がついていて、授業中も熱心な史鶴に、講師はずいぶん目をかけてくれていた。そして夏の間、『内緒で』と資料整理の手伝いを頼まれたのだ。

「ごめん、先生にも迷惑かけるから、内緒にしといて」

「まあ……それは、黙ってるけど……」

内緒にされたのが不服だったのか、いささか複雑そうな顔で相馬はうなずいた。ほっとして、史鶴は表情をゆるめる。

「で、まあそのとき、多少の雑談もしたんだけどさ。……ＤＭくん、ちょっと前まで完全にひきこもりだったらしい」

さすがに史鶴に事情までは話さなかったが、ほとほと持てあましていると講師は言っていた。ここに入学したのも知識を得たり技術をつけるためというより、社会復帰のトレーニングの意味合いが大きく、少しでも興味のあるものならと親が突っこんできたのだそうだ。

「そんなわけで、正直『毎日通学する』だけで、親としては充分なんだって。しかも少しでも学校の愚痴とか出ると、すごい勢いで抗議の電話かかってくるみたい」

「うわ、なにそれ、マジ？　いわゆるモンスターペアレントってやつ？」

驚く相馬に対し、ムラジは「やっぱり」と眉をひそめた。

「それで納得したよ。平井くん、課題もあんまりまじめに出さないし、誉めてやらないと授業中でもふてくされて、まわりになんとなく当たるんだよね」

言葉は少ないが、誰彼かまわず陰鬱な目でじっと睨んでくる。他人が自分より少しでも優れていると知ると、剝きだしの悪意をぶつけてくる。周囲も困惑していると告げると、相馬は啞然《あぜん》となっていた。

「なにそれ、子ども……？」

「ある意味。でも、彼ほど極端じゃないにせよ、最近はそういうの、わりと多いらしいよ。デザイン系のほうは、どう？」

「うーん、俺の周囲はそこまでガキっぽいのはいないけど……」

でもクラスにはいないわけではないかも、と相馬はむずかしい顔で呻いた。

「先生も大変だろうけど、そんなのいたら、授業の進行響かない？」

相馬の質問に、史鶴とムラジは『ご推察の通り』とうなずくしかない。

「先生的には機嫌損ねると面倒、でもまわりの生徒に悪影響だし、不満持たれて大変、って感じみたい」

夏の間、資料整理の手伝いをしていた史鶴のもうひとつの役目は、おそらく愚痴聞き係だっただろう。作業自体は単純なものだったが、その間ひっきりなしに講師は愚痴っていた。

——専門学校ってのは、昔はコーチングだけすりゃよかった。いまは、ティーチングの場になっちゃってるからねえ……。二年しかないのに、どこまで伸ばしてやれるのやら。

例外はあれど、基本的には四年、ないしそれ以上の時間をかけて自分なりの学問を究める大学とは違い、短期間で実践的な知識と技術を詰め込むのが専門学校というものだ。

しかし、かつては『技術』の育成をコーチする場であったはずが、『教育』をし、精神的な指導までを請け負わなければならなくなっているのが実情らしい。

端的に言えば、自分で学ぶための場所に来ておきながらも、お客さま気分の学生は多数いる。講師はちやほやとご機嫌をとり、誉めそやしてやる気にさせてやらなければ、課題ひとつまともにあげてこないことに、頭を痛めているのだそうだ。

それでいて、生徒と講師間の『私的な交流禁止』の規約もあるため、なにをどうしていいのかわからないと、年配の講師はぼやいていた。

——もちろんね、きみや田中ムラジみたいに熱心な子だってたくさんいる。けれど朱に交わると……ってやつが、厄介でね。どうしても、水は低きに流れる。多数に負けて、やる気や才能を削《そ》がれる子がいるのも、事実なんだよね。

彼が史鶴にそんな話をしたのも、『いまはアルバイトだから、生徒扱いじゃないってことで』という、珍妙な抜け道のせいでしかない。

「ともあれ、平井DMくんが地雷キャラなのはわかったよ。おまけに冲村もけんかっ早そうだしなあ。なんかもう、小学生のけんかみたい」

うんざりとつぶやく相馬に対し、史鶴は少しだけ心配だと告げた。

「ああいうタイプは、意外と自意識強いから、厄介なんだよ。さっきもあんまり、よくない感じだったなあ。面倒にならなきゃいいけど……」

「面倒って、どんなふうに？　史鶴、なんかあったのか」

史鶴が言いよどんでいると、ムラジがため息まじりに暴露する。

「今日、夏の課題でSIZさんがA取ったんだ。で、それを先生にかなり誉められてたのね。

そしたらぼそっと『ばかにして』って言ってた。すごい顔してたから、周りもひいてたよ」

CGアニメーションの課題で、平井は自信満々で提出したらしい。しかしかなり趣味に偏った作品は、主軸の萌えキャラこそ丁寧な作りになっていたが、その他の部分が相当雑で、B′の評価がくだされたらしかった。

「ちなみにぼくもA取ったんだけどね。SIZさんのは、すごく丁寧だったから参考作品だってみんなに見せられたんで、目立ったんだよ」

「あれは基礎技術の課題だから、全体を丁寧に作ってさえいればいいんだけどね。なんか、先生に注意されるのもおまえのせいだ、みたいに恨まれちゃったみたいで」

うんざりと史鶴がこぼせば、相馬はますますいやな顔になった。

「うわ、なにその逆恨み……」

「いろいろ複雑な事情もある子みたいだし、しょうがないとは思うんだけどさ」

あのとき向けられた敵意を思い出すと、肩が重くてため息しかでない。同情するように見つめてくるムラジと相馬に向けて、史鶴は力なく笑ってみせた。

「まあ、放っておけば害はないだろ。俺は、なるべく遠巻きに見てるけど」

「史鶴、だいじょうぶかよ」

「刺激しなきゃ、問題ないよ。あの手のタイプは。だから沖村のアレは、ちょっとひやっとしたんだけどね。ただまあ、俺については一応、同類認識みたいだから、攻撃してくることはないんじゃない？」

微笑んで告げると、相馬はなんだか不服そうな顔をしていた。

「同類、とか言うなよ……」

「いや、だって実際、そうだろ？　同じ科だし、オタクだし」

つぶやいた史鶴に、相馬は眉をさげる。それは違うじゃん、と小さな抗議が聞こえた気がしたが、あえて聞こえないふりをした。

（どっちにしろ、彼らのことは彼らで解決してもらうしかないな）

同じクラスにいる以上、平井の雰囲気の悪さは我慢するしかないが、二年からはクラスが分かれる可能性もある。それまで気をつけてさえいれば、問題はないだろう。

だが楽観的にかまえていた史鶴に異変が起きたのは、それから数日経ってのことだった。

＊　＊　＊

「差し色に青を使いたがるひとは多くいますが、さきほども説明したように、影に青が入ることは、日本の空気ではあり得ない」

実習室のなかにはずらりとPCが並び、前方には黒板のかわりにスクリーンが設置されている。黙々と作業にいそしむ生徒たちは雑談もせず、キーボードとマウス、ペンタブレットを使用するごくわずかな音しかしない。

「では実際に青みを帯びた影は、どこでならあり得るのか。湿度が低く、からっと晴れた空気のところ、たとえばアメリカの西海岸などでしか見えない現象です。つまり、日本が舞台のアニメで、しかも室内で影に青みが入るのはおかしい」

課題となる基本素材を使っての2Dアニメーションの実習授業。背景の作成が本日のお題目だ。聞いているのかいないのかわからない生徒たちに向け、先日も説明された内容を、講師が繰り返す。

「そうしたリアリティのある画面を作るには、知識や正しい資料もまた必要になります。かといって写真を取りこんだそのままでは、アニメーションとしては使えない。現実の色そのままを取り入れると、空気感などで色が濁って、印象がのっぺりしてしまう。その対処として、彩度と明度の調整をし、フィクション世界の鮮やかな色にあわせる必要がある」

感性だけで押し通す前に、基礎をふまえて云々《うんぬん》——。

滔々《とうとう》と語る講師の声をBGMに、史鶴も背景画を作成していた。フォトショップのレイヤーに名前をつけたとたん、マシンでは小さなアイコンが明滅する。

（……ん？）

メッセンジャーの着信を知らせるそれに、史鶴は目をまるくした。送り主は『田中連』。

（ムラジくん？　なんなんだろう）

授業中でも、マシンはオンラインになっている。データを引き出したり、資料を調べたりするためで、私語を慎むため、生徒同士の個人的なメッセンジャーのやりとりは、原則禁止になっている。

まじめな彼にしてはめずらしいと思いつつ、史鶴はメッセージボックスを開いた。

【ＳＩＺさん、緊急。このＵＲＬ、見て。いまなら最新投稿にある】

【了解】

意味は不明ながら、端的な返事のあとに指定されたＵＲＬを表示させると、この学校の公式ＢＢＳがあらわれる。

（いったい、これがなんなんだ？）

東京アートビジュアルスクールでは、公式なインフォメーション用サイトとは別に、有志によって生徒の交流用サイトが開設されている。基本的には、学内の発表会や、制作の仲間を募集したりするためのもので、各種の用途のため、掲示板には画像がアップできるようになっている。とはいえ、さほど利用者は多くもなく、合コン待ち合わせの地図が貼りつけられる程度の使われ方しかしないため、管理もゆるやかなものだ。

ムラジの意図がわからず、トップの投稿画面からスクロールしていった史鶴は、とある写真が貼りつけられているのを見つけ、小さく声をあげた。

「え……？」

たしかに稚拙で、お世辞にもうまいとは言えないデッサンの全体図。史鶴も見た覚えのあるものだ。そして、学生番号と名前がはっきりわかるよう、わざわざ一部を大写しにしたそこには、【FD－0506／冲村功】とある。

(なんで、冲村のデッサンが……!?)

画面いっぱいにべたべたと、何枚も貼りつけられた写真に、妙な胸騒ぎがした。そしてマウスホイールをまわしてスクロールを続けた史鶴は、さらに現れた画像に愕然《がくぜん》となる。

【感動的にへたくそなデッサン画を発見！　いっそスバラシイ！】

【こんな程度でファッションデザイナー気取りですか】

【おしゃれを目指す人間のセンスのなさに、驚愕ですね（笑）】

揶揄まじりのそれは延々と続き、見るに堪えないものだった。しかも中傷はそれだけでは終わらず、冲村の顔写真に落書きをしたり、卑猥なコラージュをほどこしたものまで。

明白な悪意が滲《にじ》むそれに、史鶴はぞっとなり、あせりつつムラジにメッセージを打つ。

【なにこれ!?　どうしてこんなのあがってんの】

【いま、全部の科の連中に一斉送信メールでURLが送られてきてる。ご丁寧にサブジェクトは、『後期カリキュラムについての重要連絡』になってた】

史鶴があわてて自分のメーラーをチェックすると、たしかにそういう件名のメールが舞いこんでいた。開いてみると、ムラジの言うとおり事務的な用件を装った内容の文面に、必修単位のカリキュラムとしてURLを参照するように書いてある。

【オンラインの連中にはほとんど届いちゃったってこと？　これやばくない？】

【とりあえず、先生にはこんなの来てるってメール書いておいた。たぶん、もう誰か言ってるやつはいると思うけど……早くサーバー側で止めてくれるといいけど】

この掲示板では中傷にあたる言語などは、もともと投稿できないようにはじかれる設定になっているが、それを見越してコメントまでも画像にはめこんであげられている。執拗な悪意を感じ、史鶴は胸が悪くなった。

（いったいなんで、こんな真似……）

実習課題などやっていられる気分ではなく、眉間に皺《しわ》を寄せた史鶴が考えこんでいると、またムラジからメッセージが舞いこんだ。

【……SIZさん、ちょっと面倒なことになるかも】

【え、なにが？】

ムラジの返答を待つより早く、また別のメッセージが着信する。そちらを開くと、驚いたことにサイトのサーバー管理者である担当講師からのものだった。

【授業終了後、学生指導室まで来るように。またその際、誰にもこの件は言わないこと】

どういうことだ、と顔をあげてムラジを見ると、青い顔でこちらをうかがったのち、ちょいちょいと指で教壇のほうを指し示す。はっとして担当講師の顔を見ると、なぜか苦い顔でかぶりを振っている。

いやな予感がしつつ、さきほどの掲示板をリロードすると、サーバーメンテナンス中の表示となった。とりあえず対処したようではあるが、いったいなんだというのだろう。

(どういうことだ。なんで俺に呼び出し？)

周囲をさりげなく見渡すと、幾人か気づいたものがいたのだろう。さきほどまで静まりかえっていた室内が、ひそひそとした話し声に満ちている。

「こら、静かにしろ」

私語を咎《とが》めた講師の苦い声にも、ざわざわした空気はおさまらない。そのなかで、史鶴は不可解な視線を感じ、ちらりと背後を振り返る。

「……ふ、ふふ」

斜め後ろのほうにいた平井が、痩《や》せた頬をひきつらせ、目を伏せたまま妙な笑いを浮かべていた。彼の目は、じっとマシンのモニタを見つめている。

(なんなんだ)

むろん、ほかの生徒のなかでも、冷やかしまじりの笑いを浮かべているものはいる。しかし、口の端をひくひくとさせる平井のそれはけっして心地いいものではなく、ぞっと腕に鳥肌が立つのを史鶴は感じた。

＊　＊　＊

「失礼します、北史鶴です」

「田中連です」

理由はわからぬままだったが、呼び出しを無視するわけにもいかず、史鶴は学生指導室入り口で頭をさげた。どうしてもついていくと言い張ったムラジも、最初の通報者ということで、同行を許可された。

「入りなさい」

保護者などと話しあうこともあるのだろう、応接室のような室内にでんとかまえた革張りのソファには、学校長と複数人の講師、そして冲村の姿があった。

「単刀直入に行こう。北くんは、もう、状況はわかっているのかな」

口火を切ったのは、WEBサーバーの管理を担当しているという、デザイン科講師の栢野《かやの》だった。見た感じでいえば、まだかなり若い。おそらく三十歳前後だろう。ルックスもよく、デザイン科では人気の講師だという評判を耳にしている。

「正直、あまりよくわかっていません。BBSも見ましたが、知っているのは、なにかトラブルが起きたらしいことだけです」

栢野の穏やかな声に、史鶴はきっぱりと言った。ムラジは背後で青ざめつつ、なにか言いたげだった。どうやら事情を察しているらしい彼に「へたに詳しすぎると、却《かえ》って怪しまれるだろう。なにも言わなくていい」と告げたのは史鶴のほうだ。

（とりあえず、状況を知らないことにはどうにもならない）

ムラジは心配そうな顔をしていたが、自分がなにもやましいことをしていないのは史鶴がいちばん知っている。

「そもそも、なぜぼくが呼び出されたのかはわかりません。その件については、どなたからご説明いただけるんでしょうか」

冲村は、史鶴の言葉を聞いたとたん、足を踏みならすようにして立ちあがった。堂々とした態度がカンに障ったのだろう、ただでさえきつい目をさらに鋭くして言い放つ。

「なぜ、じゃねえだろ。おまえがやったんだろうがよ」

「……どういう意味？」

「とぼけんなっ。なんだってんだよ、これ！」

怒鳴った冲村の手で机に叩きつけられたのは、ＰＣ画面のプリントアウトらしきもの。表示されたページのレイアウトのほか、発信元を示すＩＰナンバーなども列挙されているから、おそらくサーバー側のデータなのだろう。

ちらりと目を通したのち、史鶴は冲村ではなく、栢野に説明を求めた。

「これがいったい、なんなんでしょうか」

「発信元のマシンは、うちから貸し出したもので、アクセス自体も校内からになってる」

「IPがわかるなら、特定できると思うんですが」

なぜわざわざ、部外者を呼び出したりするのか。怪訝な目をした史鶴に、栢野は困ったような顔で言った。

「……そのマシンの借り受け主が、きみになってるんだよ」

そこまで説明されて、ようやく史鶴は事態が飲み込めた。ちらりと背後のムラジをうかがい、彼がうなずくのを見てなるほどと思う。

（ムラジくんが言いかけたのは、これか）

どうやら、どこかの誰かが冲村への個人攻撃のみならず、史鶴をも罠《わな》にかけたかったらしい。史鶴以上にマシン関係に長けたムラジは、送信されたメールのIPから、なにかを読みとってでもいたのだろう。

だがその予測は顔に出さず、史鶴は動じないまま言い放った。

「俺は前期以後は一度もマシンを借り受けたことがないし、学校のものはPCルームの固定マシンしか使用していません。なにより、俺がそんなことをしなきゃならない理由がない」

「とぼけんな。あのとき俺と揉めたから、その腹いせだろ」

「うるさいよ。きみはちょっと黙ってて」

吐き捨てた冲村に、史鶴は冷たいひとことを放った。その冷静な態度になにか思うところがあったのか、彼は素直に黙りこむが、目顔で不服と訴えてくる。無視して、史鶴は栢野に言った。

「現物のマシンは、どこにあるんですか」

「休講だった無人の教室に、放置されてた」

「メールの送信時間は？」

「……さっきの授業中だ」

いいよどんだ声の微妙さに、栢野も史鶴を疑っていないのではないか、と感じた。

貸し出しマシンは、校内で無線ＬＡＮカードをさせばどこにいてもアクセス可能になっている。校内にいる人間であれば、遠隔操作の可能なリモートアシスタンスなどの機能を使えば、べつのマシンからＩＰ元となるマシンを経由して、メールを送ることも可能だ。

また予約送信を設定しておけば、その場にひとがいなくてもメールの送信は行われる。

(犯人はそのマシンをその場でその時間に使わなくてもかまわない。つまり、俺である可能性もゼロではない、ってことか)

なるほどとうなずいて、史鶴は言った。

「それで、どうして俺が借りたことになってるんですか？」

「マシンのなかには、借り受け時のオンライン認証をした履歴が残ってた」

「事務のほうの手続きは？　確認されたんですか？」

「……書類上は、きみの名前になっている」

栢野が言いよどむのは、この学校のマシンの貸し出し規定があまりにずさんだからだ。オンライン登録で学生番号を入力し、申請したのち、学生課に実物を借りに行くことになっている。むろんその際、学生証の提示なども求められるが、オンラインで手続きはすませてあるため、そのコピーを取るわけではなく、あくまで事務員の『目視確認』のみだ。借り受けをするのはマシンを持っていない常連がほとんどで、毎度の手続きをするのにルーズな学生も多いため、提示するのはコピーでもＯＫになっている。そのため、顔写真や学生番号の部分をべつの写真やデータに置き換えたうえでコピーをとれば、ごまかすことは容易になる。またその後、オンラインで個別認証をする際には、誰が操作してもわからない。

「いつもの事務員さんなら、俺の顔も覚えてらっしゃると思うんですが」

「受けつけたのが、アルバイトの子だったんだ。タイミングが悪かったんだが……」

貸し出しを開始した当初はむろん、もっと規定が厳しかったのだが、「証明書を忘れ、マシンが借りられなかった。だから課題ができない」と堂々と言い訳する生徒が相次いだため、事務員が講師に文句を言われることも増え、じわじわとゆるんでしまったらしい。

（学生にあまい体質が、仇《あだ》になってるんだな）

夏の間の愚痴聞きアルバイトのおかげで、史鶴はそのあたりの事情も把握していた。ため息をつき、とりあえず潔白を証明せねばと史鶴は疑惑を否定した。

「それって、結局証拠はなにもないですよね」

「ただ、マシンのなかにはきみの課題作品のデータも残されたままだったからね。個人を特定できる情報が、それしかなかったんだ」

反論する栢野も、とりあえず言わなければならない、という態度があからさまだ。むしろ史鶴自身にしっかり否定させるために言葉を発しているようだった。史鶴は苦笑する。

「だったらなおのこと、俺じゃないです。基本的に、マシンを戻すときには必ず、まっさらの状態にして戻すことにしてるんで」

史鶴は共有マシンにうかつに個人情報を残すような真似はしない。むろんプライベートなことに借り受けたマシンを使うことなどもしないけれど、念のためデフォルトの状態まで完璧にデータを消してから返却するようにしていた。

「……きみは俺なんかよりよほど技術も知識もある。レジストリいじるなんて怖くてできないからね」

さらりと言ってのけると、栢野や講師らは苦笑した。サーバー担当とはいえ、彼はあくまでデザイン科の講師であり、マシンやサーバーの操作に精通しているわけではないらしい。またこの場にいる講師陣も、栢野に同じくマシン操作に長けているわけではないようだ。

「北くんのスキルは知ってるよ。だからこそ、まずは話だけ聞きたかった。こっそり呼び出したのもそのためだ。業者さん呼べば、もっと細かいことはわかるけど」

マシンのデータを洗い出し、詳細に探ろうと思えば、外部SEを呼ぶ羽目になる。そしてこのトラブルがよそに漏れるのを、学校側は好ましく思っていないらしい。

「関係者以外を呼ぶような真似はしたくない、ってことですか」

史鶴がずばりと切りこむと、栢野はまた苦笑いをした。予測したとおり、彼らも史鶴が犯人だと思っていないらしいことが、その表情からうかがえた。

（ま、しかたない）

教育機関の公式サイトやBBSは、いまやイジメなどの問題の温床になりつつあると聞く。その手の問題がマスコミに取りあげられやすい昨今、学校側としてはこのいかにもなネタを広げたくないのだろう。

「そうですね……とにかく現物、見せてもらっていいですか」

「ここにあるよ」

史鶴は応接ソファのセンターに陣取り、栢野が取りだしたノートマシンを起動させた。まずメーラーを立ちあげると、案の定一斉送信した証拠のメールが残っている。

「確認したら、時間指定で送信するように設定してあった」

「リモートアシスタンス……は、解除されてるみたいですね。とりあえず設定だけしておいたのか」

リアルタイムの遠隔操作ではなかったようだ。予想の片方ははずれたが、さすがにつないなだままにするほど愚かではなかったのだろう。

続いてデータフォルダを開くと、言われたとおり史鶴の課題作品と同じタイトルのファイルが、ぽつんとひとつだけ入っている。ソフトを起動させて確認してみると、前期の絵コンテ作成課題で発表した、ショートフィルム的なフラッシュアニメーション作品だった。

「たしかに、俺のですね」

グレーと茶色で統一された色彩と、シンプルな絵。これを作るのは楽しかった——などと関係のないことを思いだしていると、画面を食い入るように眺めている冲村に気づく。またアニメがどうとかばかにするかと思ったが、史鶴の肩越しに覗きこむようにしていた彼は、真剣な顔をしていた。

「……なに？」

「いや、なんでもない」

振り仰ぎ、問いかけてみると、はっとしたように目を逸らし、数歩あとじさった冲村は、そのまま黙りこんだ。ものめずらしかったのかと結論づけ、史鶴はマシン内部のデータをさらってみる。

（俺の課題と、貸し出し手続きのオンライン履歴以外なにもなし、か）

確認してみたが、ＰＣ内部のほかのデータはまるっきり空っぽで、ゴミ箱のなかにもなにもない。一応の証拠隠滅は図ったらしいことを確認し、史鶴は口を開いた。

「この課題って、イントラネットで参考作品にって公開したやつですよね？」

「そのとおり。だからろくな証拠にはならないよ。むしろ、こうまで北くんに特定されると、かえって疑わしい」

栢野が広い肩をすくめてみせる。幼稚にすぎる手口だとあきれながら、史鶴はしばし画面を眺めたのち、ふたたび訊《たず》ねた。

「これ、ぼくたちが『勝手に』なかのデータをいじるぶんには、かまいませんね？」

問いかけると、講師らは視線を逸らしてみせた。栢野だけがにやりと笑ってみせる。

「そうだな。しばらくこの部屋をあけるから、きみたちで話しあってくれる？」

「了解です」

栢野が立ちあがり、同席していたほかの顔ぶれも部屋を出ていく。

史鶴とムラジは『見て見ぬふり』という了承のサインだと理解したが、冲村は事態がまったく飲み込めていないのか、ますます怪訝な顔をした。

「おい……なにがどうなってんだよ。なんで俺らだけ残されてんだ」

冲村が剣呑な声を発して睨んでくる。頭ひとつは大きな青年の視線を怯《ひる》まず受けとめ、史鶴は静かに答えた。

「いまから真犯人の足跡を探すんだ」

「え？　どうやって」

「説明するより、実際に見たほうが早い。ムラジくん、データの洗い出しお願いできる？」

「うん、わかってる。そのつもりでついてきたよ」

うなずいたムラジは、用意していたらしいＵＳＢメモリをマシンに差しこんだ。コマンドを打ちこんでディスクエディタを開き、すさまじい勢いでキーボードを叩きだす。

わけもわからず一連の流れをおとなしく見ていた冲村だが、さすがに気になったらしく、史鶴の肩に手をかけてくる。

「これで、なにがわかるんだ？　こいつ、なにしてんだよ」

「こういうのはムラジくんのほうが得意だから、任せたほうがいい」

顔一杯にクエスチョンマークが貼りついた冲村には顔を向けず、史鶴はムラジの手元を見守る。ムラジもモニタをじっと見つめたまま、ふっくらした指でコマンドを入力し続ける。

「……あ、もう出るよ」

ディスクエディタの表示画面には、大量のファイル名が列挙されている。それをざっと確認したのち、ムラジはため息をついた。

「やっぱりね。ゴミ箱で消去しただけだ。全部残ってるよ」

ざらざらと吐き出されていくデータの文字列は、史鶴とムラジには充分な情報と証拠だった。だが冲村は、意味がわからないとつぶやく。

「え？　だって、ゴミ箱空にしたら、あとはもう消えちゃうじゃんかよ」

彼はどうやらあまりマシンには詳しくないらしいと悟り、史鶴は口の端を少しだけあげた。

「戻せるんだよ、これがね」

「戻せるって、なんで？　なあ、どうして消えてないんだよ」

答えようとしない史鶴に焦《じ》れたのか、ぎろりとムラジを睨んでみせる。作業を続けつつも、ひとのいいムラジは説明をはじめた。

「え、えーとね。ディスクの記録面は、大別してマップ領域とデータ領域に分かれてる。マップは、データの住所が記述されてて、データには実データが記録される。ゴミ箱を空にするっていうのは、マップ部のデータの住所が削除されるだけで、実データは削除されてないから、破損してさえなければサルベージが可能なんだ」

「……だからオタクは意味わかんねんだよ。日本語で話せって！」

「しゃ、しゃべってるよ……」

苛立《いらだ》ったように怒鳴る冲村にあきれつつ、史鶴が説明を引き継いだ。

「要するに、ゴミ箱を空にするっていうのは『これはここにあるよ』って情報が消えるだけ。つまり、まだデータを取り出せる可能性がある。実データそのものが破損してれば、またちょっと違ってくるけど……拾えそう？」

「いま、データレスキューのソフトもインストールできたから……うん、問題ない。サルベージ完了」

ムラジがふたたびコマンドを打ちこみ、レスキューソフトの操作を行う。ほどなく、ソフト上で作業完了のビープ音が鳴り、データの復元が成功した。

そこに現れたのは、いくつかのフォルダと画像ファイル。そのなかにはフォトショップで作成した、課題のデータがあった。

制作途中の画面のなかには名前の入力はされていなかったが、規定どおり、ファイルタイトルには学生番号が記載されている。

「AD―0118……あー、こりゃDMくんの仕業だなあ」

やっぱりかと史鶴は眉をひそめ、作業を終えたムラジはまるっこい指を軽く鳴らし、ため息をついた。冲村は、苛立ちと困惑のあらわな顔でモニタを睨みつけた。

「DMくんって誰だよ。そいつが犯人なのか？」

「……DMくんについては、あとで説明するから、待って」

血気盛んな彼に、このタイミングで、因縁のある平井が犯人だと明かしたくはない。史鶴は適当にあしらいつつ、証拠となりそうなデータを集めるようムラジに告げた。

「ムラジくん、この件に関してなにか整合性のあるもの、見つけられる？」

「……というか、状況証拠としてそれ以外ないけどね。ちょっと待って、念のため、システム復元してみるから」

発見したデータ類をすべてUSBに保存し、証拠として画面キャプチャも取ったムラジは、システムツールを開いて数日前の復元ポイントにあわせ、マシンを再起動させる。

そしてふたたびディスクエディタをいじると、リモート接続したさきのマシンのＩＰが表示され、ムラジはあきれかえった声を発した。

「うっわあ。レジストリも掃除してない。まるわかりだよこれ。おまけに冲村くんの中傷書きこみをしたタイムスタンプと、この課題のデータの作成日が近い日付になってる」

ＩＰはあとで栢野にデータをわたし、課題提出のメールなどのＩＰと照らし合わせてもらえばいいだろう。だが、そこまでしなくともてんこもりの証拠に、史鶴は頭が痛いとメガネのブリッジを押さえる。

「ていうか、なんでこのマシンで課題やるかな？　うかつすぎ」

「証拠は消したつもりだったんじゃないのかなあ」

「……だから俺にわかるように話をしろ！」

ふたりのやりとりの意味がまったくわからないらしい冲村は、苛立ちを隠せない声で怒鳴り、史鶴を睨んだ。

「おい、これがなんだっつーんだよ!?」

「んー、あの中傷メールを送信した相手の、個人を特定する情報の一部がこれでわかった。この課題の作成主で決定だとは思う」

しっぽは摑んだものの、少しも嬉しいとは思えない。史鶴の説明に、冲村はますますわからないと顔を歪めた。

「どういうことだよ。なんで、じゃあ、おまえの名前で借りたりしてんだよ」

それを言わせるかと苦笑しながら、史鶴は疲れた声を発した。

「まあ、要するに、俺と冲村の両方に、いやがらせしたかったんじゃないのかな」

「なんだそれ!?」

目をつりあげた冲村にはとりあわず、史鶴はついでに掘り出したデータを眺めてあきれ声を出す。掘り出したアクセスデータそのほかを見て、史鶴もムラジもうんざりした。

「にしても、個人情報入れすぎだよ……ＤＭくん、うかつすぎ。それに、なんだこれ」

「どうも、中途半端に詳しいみたいだねえ。フィルタリング解除しようとして失敗したんじゃない？　サーバーのほうで設定してあるから無駄なのに」

復元したデータフォルダの中身、画像ファイルのひとつを開いてやると、冲村は「げっ」と顔をしかめた。

「なんだよ、そのエロ画像の山は」

「ネットでこういうの、落とそうとしたみたい。たぶん、レイティングかかってないサイトにプレビューだけあがってたんじゃないのかな。ったく、どうせ自宅にマシンあるんだから、家で見りゃいいのに。学校でなにやってんだ」

平井はどうやらエロ動画でも見ようとしたらしく、アクセスした履歴とサンプル画面のみがマシン内部に残っていた。しかも途中までフィルタリングに思いいたらなかったらしく、山のようにアクセス数が残っている。

「まあ、さらに穿《うが》った見かたをするなら、SIZさんに汚名を着せたかった、というパターンもあるのかも」

「勘弁してよ、もう……」

内心、こんなものには興味などないとげんなりしていた史鶴の肩を、冲村がきつく摑んだ。

「もう、わけわかんねえオタク談義はやめろ！　DMくんって誰だ、それが犯人なんだな⁉」

早く言えと短気そうな彼にすごまれ、もじもじとしたまま答えたのはムラジだ。

「えと、犯人……だと疑わしいのは、この課題を作った平井英雄くん、だよ」

あまりこの場で名前を明かしたくなかったのは、ムラジも同じようだった。てっきり激昂《げっこう》するかと思いきや、冲村は史鶴の予想とは違う反応をみせた。

「それはわかったけど、誰だそいつ？　なんでこんな真似しやがったんだ」

苛立ちもあらわに顔をしかめてはいるものの、怪訝そうに首をかしげた冲村に、ムラジも史鶴も目を瞠る。

「え、あ、もしかして。名前、知らないの？」

おずおずとムラジが問えば、一瞬冲村は虚を突かれた顔になる。

「知ってるって、なんで俺が、オタクの……」

言いさした冲村はややあって、かっと目を見開いた。その顔色が、憤りに赤くなる。

「まさか……平井って、あのキモウザ野郎か!?」

あまりに剣呑な表情に、ムラジはぐびりと息を呑み、史鶴は厄介すぎる事態に頭を抱えるしかなかった。

＊　＊　＊

いまにも平井を殴りに行こうという勢いで、全身から怒りのオーラをまき散らす冲村をなだめるのは、一苦労だった。

——冗談じゃねえ、なんで俺がこんな目に！

——待って、落ち着け、いま暴れたらこっちの分が悪くなるだけだから！

ムラジと史鶴は冲村をほとんど羽交い締めにして、とにかくまずは話だと、たしなめた。

だが、どうにか感情をおさめさせて臨んだ学校側との話しあいは、彼の怒りの火に油を注ぐようなものでしかなかった。

「……今回は不問って、どういう意味っすか」

ムラジは自分も残ると言い張ったが、思うより話がややこしくなるかもしれないからと、さきに帰された。

当事者である史鶴と冲村が戻ってきた講師たちに証拠を見せつつことの顚末《てんまつ》を話すと、学校長は視線を微妙に逸らしながら、もごもごと言った。

「問題行動ではあるが、あまりおおっぴらにしないでほしいんだ。むろん、本人に対する厳重注意と、保護者への勧告、ＰＣ貸し出しの禁止、反省文の提出はやらせるつもりだ」

事実上、なんの罰則もないお達しに、当然冲村は不服だったようだ。

「なんでその程度の罰則しかつかねんだよ」

学校長を締めあげんばかりの冲村に同情的な視線を向けつつも、立場上は講師側に立つしかない栢野は、苦く言い渡す。

「その程度のいたずらでしかないからだよ」

「ネットでの誹謗《ひぼう》中傷は、裁判だって起こせるぞ！」

嚙みつく冲村に、学校長は困った顔をし、栢野はため息をついて説得にかかる。

「といっても、閲覧するのはせいぜいウチの学生たちの一部だ。それに、前から揉めていたんだろう？　学生同士のけんかで、うえから圧力をかけるわけにはいかない」

「けんかとかそんなかわいいレベルかよ、これはっ。俺はともかく、巻きこまれたコイツに関しては、どう判断すんだよ⁉」

横にいる史鶴にふってきた冲村へ、妙に冷静な気分で返す。

「……指さすなよ、こっちを」

「んなツッコミ入れてる場合か、あほ！」

憤る冲村は気がおさまらないとばかりに、自分たちこそ被害者じゃないかと訴えた。

「俺はこいつに、ほとんどストーキングされてたんだ。顔見るたびに意味わかんねえ話されて、わけわかんねえけんかも売られてた」

入学時、いきなりゲームキャラと似ているという理由だけで難癖《なんくせ》をつけられたこと。その後もネットゲームでの敵キャラだかなんだかと混同され、顔を見るたびぶつぶつ言われ、気持ち悪くてぞっとしたこと。

内容の陰湿さと、平井のいささか異常な思いこみに、講師側は信じられないというような顔をした。だが、史鶴は「事実ですよ」と冲村の弁を肯定する。

「ぼくの友人──さきほどいた、田中くんも、その現場を見ています。平井くんはリアルとバーチャルの境目がいささか怪しい面はあると思われます」

「あー、それは了解した。……北くんに関しては、なにか思い当たることが？」

学校長の促しに、史鶴はしらっとした顔で「ぼくについては、こちらの成績がよかったことで、ばかにしていると難癖をつけられたことはあります」と告げる。そしてむろん、そのような意図でこちらが平井を攻撃したこともないとつけ加えると、講師たちは黙りこんだ。

「ほら見ろ、完全にやつあたりじゃねえか。あんなやつ野放しにしてたら、またおかしなことするかもしれねえだろうがっ」

冲村はここぞとばかりにたたみかける。しかし、事態がけっして楽観視できないと知りつつ、大人たちはことなかれに流そうとした。

「でも、実害があったのは今回だけなんだし——その、穏便にすまないかね」

「ネットの誹謗中傷が穏便か⁉　あんたたちは自分がやられてねえから言えるんだよ！」

なだめにまわるしかない栢野に冲村は摑みかからんばかりだったが、史鶴はその勢いを削ぐように、冷ややかな声を発した。

「ぼくも、罰則はあえてつけないようにしたほうがいいと思います。学校側が乗り出すと、なにかと面倒ですし」

「おいっ！」

もうひとりの被害者である史鶴がさらっとまとめにかかったことに冲村は怒鳴るけれど、講師陣はあきらかにほっとしているようだった。

史鶴はこの対応をある程度予想していた。あくまで学生同士のけんか、ということでおさめられれば、学校側としてはベストなのだろう。

けれど、冲村はむろん、史鶴も腹立たしさを覚えないわけではない。しらけた目でその場の大人たちを見まわし、きっぱりと言いきった。

「ただ、冲村くんはそれこそ、名誉毀損《めいよきそん》にあたる行為をされたわけですし、ぼくにしても個人情報を盗用、悪用されたわけですよね。今回は実害的には少なかったけれど、エスカレートするようでは本当に、警察沙汰《ざた》になりかねませんよ」

警察、という言葉にぎょっとした学校長をじろりと見たのち、こちらもやはり納得していない表情の栢野に向かって告げる。

「今後の掲示板管理については、面倒でも承認式に変更されたほうがいいと思います。あとマシン貸し出しの認証の強化も。それと、今回の件で強制的に休まされた授業の単位については、被害にあった側としてはフォローをお願いしたいんですけど」

「……わかった、公休扱いにする。掲示板についても肝に銘じるよ」

交換条件を出されて、禊《みそ》ぎはすんだと思ったのだろう。あからさまにほっとした顔の大人たちに、冲村は顔を歪めた。

爆発しそうな彼の背中を、史鶴は軽く叩く。いまはこらえろという合図を、とりあえずは汲《く》み取ってくれたらしく、彼はぎりぎりと拳《こぶし》を握り、奥歯を噛んでうつむいた。

「さ、じゃあ、悪かったね。もう帰りなさい」

やんわりと退出をうながされ、史鶴は「失礼します」と頭をさげるなり、冲村の腕を摑んで部屋を出た。

「待てよ、おい！」

足早に歩く史鶴を、沖村は追いかけてきた。イライラした態度も隠さないまま、行き場のない怒りを史鶴へとぶつけてくる。

「どういうこったよ、あとは勝手にしろってことか？　けんかっつうなら、やっちまってもいいってのかっ」

食ってかかる沖村に、細い脚の歩みを止めないまま史鶴は冷静に返した。

「殴ったら、沖村がばかを見る。それに、ああいうタイプは逆恨みが激しいし、しつこい。またいやがらせされたいのか？」

「けど、このまんまじゃおさまんねえよっ」

歯がみする沖村にうんざりと史鶴はため息をついて、足を止めた。廊下の真ん中でくるりと振り返り、腹立たしいのはこちらも同じだと剣呑な顔を向けてやる。

じろりと睨んでやると、沖村は一瞬飲まれたような顔をした。この男は史鶴より背が高いせいか、見た目の印象でおとなしいと思いこんでいるのか、史鶴がきつい顔をするたび、驚くらしい。それもまた不愉快だと、視線に険が宿った。

「もとはと言えば、彼のせいではある。でもそっちがムキになって、敵を作るような言動を、取ったのも事実だよね。俺は完全に逆恨みされて、ついでに巻きこまれただけだけど？」

手厳しい史鶴の言葉に、沖村は一瞬「う」と押し黙った。

「周りも省みずに言い捨てて、これが本当に彼じゃなかったら、さきに傷つけたのは冲村だ。反論できないんじゃないのか？　必要以上に、オタクオタクってわめいて」

「……けど、実際オタクじゃん。ださい恰好して、見てると我慢できねえんだよ」

「見た目だけで他人を判断するのはどうかと思うし、攻撃する理由にはならない」

いつぞやの食堂でのやりとりで、絡まれた形になったのは史鶴たちのほうだと自覚はあるらしかった。苦い顔のまま、冲村はもごもごと子どものように言い訳しようとする。

「けど、あいつがさきに――」

「じゃあ言うけど。自分でも言ってたよね。『俺はともかく、巻きこまれたコイツに関しては、どう判断すんだよ』って。そういう冲村が、俺に対してつっかかったのはどう判断する？　平井以外については、誰も威嚇したりしなかった？」

言葉を遮《さえぎ》った史鶴がきっぱり指摘すると、今度こそ黙りこむしかなかったらしい。

「ああして大声で悪口言うのは、冲村のなかでかっこいい行動なのか？　だとしたら、とてつもなくくだらない示威行動だね」

「……おまえはどっちの味方だよ」

唸《うな》るような冲村の声に、史鶴はふんと鼻を鳴らした。

「どっちでもないよ。勘違いしないでくれる？　それに何度も言うようだけど、俺も、とばっちりを食った人間なんだ。腹立たしいのは同じだよ。でも敵の敵は味方じゃない」

冲村はまた押し黙った。そして、ものすごく不愉快そうに顔を歪めたあとにため息をつき、降参と示すように、両手をあげてみせた。

「……わかった。ごめん。俺も悪かった」

「彼にも一度謝ったほうがいいとは思うよ」

「それはやだ」

「なんで」

即答されて、史鶴はむっと眉をひそめる。だが冲村はまだ怒りのおさまらない表情で、じっと史鶴を見ていた。

「だって、おまえがいちばんの被害者だろ。俺に突っかかられて、あいつに逆恨みで濡《ぬ》れ衣《ぎぬ》着せられて」

「まあ……それは、そうだけど」

「だから俺は、おまえには謝る。やつあたりした、ほかの連中についても反省はする。だけど、ああいう汚ねえことするやつに、死んでも謝りたくない」

真剣に、冲村は言った。まっすぐな視線には力があり、史鶴は妙にどきりとする。

（うわ、直球）

派手な恰好をしているけれど、彼は根はまじめな人間なんだろう。青みがかった白目の部分は透き通るように澄んでいて、直視し続けるには顔だちがあまりに整っている。

「……まったく。じゃあ、好きにしなよ」

ふいと目を逸らすと「そうする」と冲村はうなずいた。

そのまま別れるかと思えば、なぜか冲村は史鶴の横をついて歩く。仲良く会話するような間柄でもないのに、沈黙はさほど気詰まりではなかった。

(言いたいこと、言いまくったからかな)

史鶴は自身を比較的気の強い――というか我が強いタイプだと自覚している。だが見た目がおとなしげなせいか、ギャップに戸惑われることがよくある。実際、ムラジも親しくなってからは、かなり意外だと驚いていた。

だが、驚かれるだけならまだいい。あきらかに侮られていた場合、必要以上に史鶴を否定されたり、もしくは引かれることもあって、それはひどく疲れることだった。

けれど冲村とは出会いが最悪だったせいか、気構えをする必要がない。史鶴が言いたい放題しても多少面くらいはするらしいが、同じ力で押し返してくる。史鶴も史鶴で、冲村の直情径行な性格にはいささかあきれつつ、不快ではない。

対等な立ち位置でけんかができる相手と言われたようで、それは少し嬉しいと感じていた。

(それに、怒るだけ怒ってくれちゃったからなあ)

平井に対しての不愉快さや、学校サイドのぬるい対応。本当は史鶴だって腹が煮えそうだったが、さきにキレた冲村を見ているうちに、却って冷静になってしまったのだ。

なにより、自分のことについても怒ってくれたのは、ひそかに嬉しかった。

――俺はともかく、巻きこまれたコイツに関しては、どう判断すんだよ!?

もしかしたら、単に相手側を説得する突破口としての言葉だったのかもしれない。けれど、うながせばちゃんと反省もしたし、絡んだことを謝ってもくれた。

あっさり、いいやつだと思うことはさすがにできないが、悪いやつでないのはたしかだ。

(なんか、変なの)

隣を歩くにはあまりにちぐはぐな取り合わせで、けれど廊下ですれ違う生徒たちは、さして注目する様子もない。千差万別の個性的な若者たちがいるなかでは、冲村と史鶴のような極端なふたりすら、埋没するということだろう。

一定の距離を保って、ただ歩く。会話もないのに沈黙が怖くない。相手の機嫌をまったく気にしなくていいというのは、とても楽だと感じて史鶴はほっと息をつく。

そのタイミングを計ったかのように、冲村が口を開いた。

「なあ、ところでおまえ、名前なんつうの」

問われて、そういえば名乗ったわけではなかったなといまさら思う。

「……北、史鶴」

「ふーん。史鶴か。俺は冲村功」

「もう知ってる」

もうじき校舎の出口が近づいてきたというのに、さんざんやりあったのに、いまさら自己紹介をして話しかけてくるのが少しおかしかった。

「さっきのアレ、おまえが全部描いたのか」

「さっきのって……ああ、フラッシュアニメ？　うん、そう」

「ふーん。絵、うまいな」

「そりゃどうも」

史鶴も会話は得手ではないが、冲村も似たようなものらしい。まったく話が膨らまないくせに、気詰まりではないのがやはり不思議で、以後は会話もないまま、黙って歩いた。

「ＳＩＺさあん……！」

出入り口付近の学生ロビーまで来ると、ずっと待っていたムラジが飛んできて、半べそになりながら「どうなった!?」と問いかけてくる。

「大丈夫だった？　ずいぶんかかったから心配したよ！」

「あ、ごめんね。えと……」

なにから答えようかと思っているうちに、冲村はどんどんさきへと歩いていった。

もうこれで顔をあわせることもないだろう。妙なできごともあったものだと史鶴が息をつくと、彼は数メートルさきにいったところで、くるっと振り返った。

「じゃあな、また」

「え……？　あ、う、うん」

ぶっきらぼうながら挨拶をするのも、その言葉も意外で、なのに妙にくすぐったく、史鶴は少し笑ってしまった。

（また？　って言った？）

その言葉に少しの引っかかりを感じたものの、半べそのムラジをなだめるのがさきと、史鶴は意識を切り替える。

（変なやつだったな）

去り際、ひらりと手を振った冲村は、ごついシルバーのアクセサリーが似合う、きれいな指をしていて、それがひどく印象的だった。

＊　＊　＊

おそらくもう二度と会うこともないと思っていた冲村との再会は、相馬言うところの『DMくん事件』の発覚した翌日のことだった。

「史鶴」

わざわざ、昨日別れたロビーで待ち伏せしていた背の高い彼に、史鶴はぎょっとなった。

「えっ？　な、なんでいんの？」

なんの用かと思いきや、つかつかと近づいてくるなり、冲村は挨拶もせずに言った。

「あのな、俺、史鶴のアニメ観た」

突然の言葉に、隣にいたムラジも相馬もぽかんとしていたが、史鶴もむろん驚いた。

いきなりの呼び捨てもそうだが、冲村の目は、まるで泣きはらしたかのように真っ赤だったからだ。鋭い目元が腫《は》れぼったくなっているのに啞然としつつ、史鶴はどうにか声を絞り出す。

「観たって、どうやって調べたの？」

「昨日、ムラジが『シズ』って言ってたから、試しに検索したら出てきた。『ディレイリアクション』って、ネットで配信してるやつ。少しレトロな絵柄で、すげえ、かっこよかった」

冲村のいう作品は、半年ほど前にとある企業の、自作アニメの投稿サイトへ応募したものだ。とくに賞が設けられているわけではないが、閲覧のアクセス数に応じてランキングがつけられ、それなりに知名度をあげることができる。

史鶴の作品はそのサイトで、投稿から半年経っても一桁台《ひとけただい》の上位にランクインしていた。

いま見ると粗い面も多いものだが、制作に一年近くかかったものなので、思い入れも深い。

色彩センスが地味なことはそこでも批評されていたが、『ディレイリアクション』はひとりの青年の孤独と内面世界を、レトロＳＦふうの世界観で幻想的に描いたものだ。

過去の有名ＳＦへのオマージュをふんだんに盛りこんだもので、繊細でナイーブな作風だと好意的な反応をもらうことも多く、史鶴の現時点での代表作だった。

「あ……あれ観たのか」

わざわざ検索したのも驚いたが、それ以上に史鶴を動揺させたのは、冲村の反応だ。

「すげえ感動した。きれいだし、短いのに映画みたいだし。最後の『わたしは、ゆるぎなく、ひとりだ』って台詞で、すげえ泣いたし、感動した」

「え、ちょ、ちょっと」

思いだしたのか、じわっと目の縁を濡らす冲村に史鶴はぎょっとする。

直情径行だと思っていたが、彼の感情は喜怒哀楽全部がストレートらしい。

まだ生徒の行き交うロビーで、でかい男が半泣きになっているのは目立ちすぎる。慌てて腕を摑んで端のほうに寄ると、史鶴は困惑顔で冲村を見あげた。

「観てくれたのは、ありがとう。でも、わざわざ感想言いにきたのか？」

「それもあるけど、ちゃんと謝ろうと思って」

この日の冲村は、カラーコンタクトをしていないようだった。泣いたせいで目が痛いのだろうかと思うと、迫力のある彼が突然かわいらしく思えてくる。

なにも飾られていない潤んだ目は、日の光を透かすと琥珀《こはく》にも見える茶色で、とてもきれいだった。その目をしばたたかせ、がばっと冲村は頭をさげる。

「オタクとかばかにして、ほんとにごめん。あんなすげえ話作るやつに、いろいろ偉そうに言ったの恥ずかしいなって思った。一芸に秀《ひい》でてる人間のこと、くだらねえ思いこみでどうこう言うの、ほんとにみっともなかった」

「い、いいよもう。昨日も謝ってくれただろ」

なかなか頭をあげてくれない彼に、史鶴はさらにあわてた。いいから顔をあげてくれと頼むと、身体《からだ》を折った状態のまま、上目遣いで冲村が問いかけてくる。

「……許してくれるか？」

「許すもなにも、もとから冲村には怒ってないよ」

うなずいて、もういいよと告げると、ぱっと冲村は目を輝かせる。明るい表情に、彼がまだ十代だったことをいまさら思いだし、史鶴は笑ってしまった。

だが、そこで冲村はさらに予想外のことを言い出した。

「じゃ、メアドとケーバン教えてもらえるか？　ネットのはおおかた見つけたと思うけど、俺、もっと史鶴の作品、観たい。課題のとかでもいいんだ、ほかにもないのか？」

「え、ああ……いいよ。ほかにもいろいろ作ってるの、あるけど……」

戸惑いつつ、かまわないと告げた史鶴に、冲村はきらきらと目を輝かせたまま、勢いこんで言う。

「それも観たい。俺、ファンになったんだ、史鶴の」

「ファン、ってそんな」

ストレートな言葉が、嬉しくないと言えば嘘になる。拒む理由もなく、なんだかにやけてしまいそうになりながら、携帯で連絡先を交換した。

「ネットで公開されてるのはごく一部だから。いくつかサーバーにあげて、URL送るよ」

「まじで？　見せてくれんの？　すっげ」

沖村は、まるで少年のように素直な顔でにっこりと笑った。

（うわ。なんだこれ）

いままで怒った顔をしていても、相当な美形だと思っていた。けれどこの笑顔は破壊力がすごい。史鶴も赤くなったけれど、背後のムラジや相馬も、そして通りすがりの生徒たちも、ぽかんとした顔で沖村に見惚《みと》れていた。

史鶴は呆《ほう》けていた事実にはっとして、とりつくろうように言葉をつなぐ。

「と、とにかく帰ったらメールする。バイトあるから、夜中になるかもだけど」

「いい、俺もバイトあるし。じゃあ、待ってる。ありがとな」

いきなりでごめん、とまた詫びて、沖村は去っていった。あとに残った三人は、めいめいぽかんとした顔でその場に突っ立っていた。

「な、なにあれ。にっこにこ。すごいカワイかったんですけど」

「美形って笑うと崩れるパターンあるけど、沖村くんのはすごいね……少女マンガか乙女ゲーのメインキャラクターみたい」

相馬とムラジのコメントに、史鶴は深くうなずく。それでも欲しい情報を手に入れたのだから、今度こそ関わることもないだろう、などと思っていた。

だが——史鶴の予想は、今回もまた大きくはずれてしまった。

＊　＊　＊

「史鶴、これ返す」

「ああ、もう観たのか。おもしろかったろ」

「うん、でも史鶴のやつのほうが、俺は好き」

差し出されたDVDは、国際映画祭でも賞を取った有名なアニメーション作品だった。映像美も高く評価され、むろん作画やそのほかの技術的な面も、史鶴の素人作品とは比べモノにならない。場合によっては皮肉な言葉とすら言えるほどだ。

それでも冲村の性格を知るから、賛辞の言葉はいやみや追従《ついしょう》とは思えなかった。こそばゆく、そしてありがたく、史鶴は照れた笑みを浮かべた。

「ありがと、嬉しいよ」

目の前に派手な髪をした男がいることも、こうして素直に礼を言うことにも、まだ慣れないけれど、冲村が慣れろとうるさいからがんばっている。

あれ以来、ほぼ日参する勢いで冲村は史鶴の前に現れる。同じ本校舎で授業のある相馬ならばともかく、ファッション科は通う校舎も違うというのに、だ。むろんメールや電話での連絡もまめで、そのたび史鶴の作品の感想を言う熱心さだ。

のちに知ったことによると、あの日、ファッション科は本校舎になんの用事もなかったらしい。純粋に史鶴に会いにくるためだけに、わざわざ待ち伏せまでした冲村の、史鶴への入れ込みようは、本物だった。

「それにしても、まさか、こうまでなつくとはねえ……」

史鶴の気持ちを代弁したのは、あきれ顔の相馬だ。にこにこしたムラジも、隣で楽しそうにしている。

「うるせえな。ていうか、なんでおまえらまでいるんだよ」

「えー、ひやかし？」

「ぼくは、おつきあい」

最初はなんだかんだと冲村を警戒していたふたりも、いまではすっかり彼に慣れたらしい。

四人が集っているのは、校内のPCルームだ。事前に届けさえ出しておけば、授業のない時間は自由に高スペックのマシンを使うことができる。

「ひやかしって、冲村はまじめに習いに来てるんだから、邪魔するなよ」

「はーいセンセー」

相馬をたしなめた言葉のとおり、史鶴はここで、週に二度ほど、冲村のためのパソコン講座をやっている。

冲村に、「自分の課題について協力してくれ」と最初に言われたときは驚いた。

――俺、ファッションのこととかわからないよ？

――デザインそのものに意見ほしいわけじゃねえって。ただ、絵としてちゃんとしてるか教えてほしいのと、イラレの指導してほしい。

デザイナーを目指すわりに絵の下手な冲村は、実習での制作はともかく、デザイン画提出の際に毎回ひどい成績をとっているのだという。

――前期で、デッサンの必修があったときなんか、単位落としかけたくらいだ。

衣服のデザインについては、ひらめきと感性だけで作りあげるのだが、それをうまく紙面に起こすことができないそうだ。オートクチュールの一点モノを作り続けるならいざ知らず、将来的にデザイナーになった場合、パタンナーや針子などのスタッフに伝達することができなくてはどうにもならないと、周囲にも釘《くぎ》を刺され、本人も悩んでいたらしい。

――だったら、イラレでもフォトショでも、使えばいいだろ？

画像ソフトを使い、デザイン画を描く方法は授業で習っただろうと問えば、ふて腐れたような返事があった。

——マスターする前に講義が終わった。

基礎知識は前期の講義で学んだらしいが、カリキュラムの立てこんだ専門学校ではひととおりの授業しかなかったらしい。おまけに冲村が選んだ講義は実際に服を制作するほうに偏っていて、その後、技術をあげる時間はなかったようだ。

そのむっつりした顔にどうやらマシンに関しては相馬と同じタイプらしいと知らされ、史鶴は苦笑いするしかなかった。

(まあそれに……多少気にしてるんだろうな)

絵についてかなり致命的なのは、冲村としてもコンプレックスであろう。例の件で平井に、めちゃくちゃな揶揄と中傷をされたことも、表には出さないが引っかかっているらしい。

けれど、ならばデジタルの力で、と前向きに対処をするあたりに冲村の負けん気を見た。

史鶴は自身があまりアグレッシブではないぶんだけ、バイタリティのあるタイプは好ましいと感じるし、自分にないその部分が羨《うらや》ましくも思う。

だから、無償のPC講座を週に一、二度行うくらい、かまわないと思った。

「とりあえず、今日はベジェ曲線の練習ね。やってみな」

「わかった」

いろいろなソフトを検討したのち、史鶴が勧めたのはアドビ社のイラストレーターだ。ペンツールを利用していくつかのパターンを作成さえしておけば、組み合わせでデザイン画を作成するのが可能だし、沖村が手で描くラインよりははるかにすっきりとしたものになる。

「課外で講座もやってるじゃないか。そっちで習えばいいのに」

丁寧に指導する史鶴の横で、自身もマシンオンチのくせに、相馬がツッコミを入れる。沖村は平然と答えた。

「課外講座だと、また全部の操作習わないといけないだろ。そこまで時間ないし、史鶴なら俺の知りたいとこだけ教えてくれるから」

「おい、手抜きすんなよ」

しゃあしゃあとした沖村に、史鶴は苦笑した。相馬は「どっちもどっちだ」とあきれる。

「なんだかんだひとがいいよな、史鶴も。自分の時間わざわざ割いてまで教えるなんて」

「それは……」

プライドの高い沖村がまじめにいろいろ訊ねてくるのは、真剣さゆえとわかっているから、史鶴も突っぱねられないだけだ。そう言おうとしたとたん、なぜか相馬がにやりと笑う。

「ねえ、ずいぶん、あまいんじゃない？　沖村に」

妙に含みのある笑いに、なぜかはわからないが複雑な気分になった。

「……まあ、交換条件もあるし」

「交換条件？　なにそれ？」

理由もわからず言い訳したくなり、なにも沖村にだけ利があるわけではないのだと史鶴は告げた。

「俺、色の構成が苦手なんだよ。どうしても地味になるんだけど、冲村はさすがに派手な色使うの得意だし」

「おい、さすがにってなんだよ」

「見たまんまって意味だけど？」

史鶴はあえて笑ってみせる。じろりと睨んでくる冲村の、今日の目の色は青い。ころころ変わる髪の色は、このところはふつうの焦げ茶になっている。細身ながら骨格のしっかりした身体にまとうのは、目の色にあわせた鮮やかなブルー。すらりとした脚を包んだボトムは黒だが、白黒の目が大きなチェックの靴は、たしかに彼でなければ履けたものではないだろう。

「まあね、その千鳥格子の革靴が似合うのは冲村かファッションパンクスだけだよね」

「うっせえ」

「でも自分で作る服って、意外にモード寄りだよねえ。もっとかっとんでるのかと思った」

「俺に似合うのと作りたい服はべつなんだよ」

冲村は相馬を睨んだが、口の達者な相馬は、好き放題言いあえる相手ができて楽しいらしい。言いたい放題のふたりを見ているのはおもしろいが、作業が少しも進まない。

「はい冲村、しゃべってないで、やって。ＰＣルームあと一時間しか使えないよ。相馬も邪魔しない」

「……わかった」

「はーい、センセイ。あんまりお邪魔してても悪いんで、帰りまっす」

ふて腐れた冲村をにやにやと眺めていた相馬が、ふざけた声を出して立ちあがる。一連のやりとりをにこにこ眺めていたムラジも、それに続いた。

「ぼくも行くよ。新刊出るころだから本屋いきたいし」

「あ、ほんと？　じゃ、一緒に駅まで行こう。この間言ってたお勧め本、教えてよ」

ムラジも最近やっと、相馬や冲村に対しての人見知りが取れたようだ。とくに相馬とは読書の趣味があうらしく、最近読んだライトノベルやミステリの話で盛りあがっている。

「それじゃＳＩＺさん、おさきに。冲村くんも、また」

「おう、またな」

「……じゃあね史鶴、冲村。ごゆっくり」

なぜかにやりとする相馬の声に、史鶴はさきほどと同じ、妙な含みを感じた。

（なんだよ、その顔）

どういう意味だと追及するより早く、相馬とムラジはにぎやかに話しながら、仲良く部屋を出て行ってしまう。なぜだか取り残された気分だったが、それを払うようにため息をついた史鶴は邪魔された形になった冲村へと詫びた。

「まったく、なにしにきてたんだか……沖村、ごめんね邪魔して」

「いや、べつに気にしてねえし。こっちこそ悪い」

少し集中するからと、沖村は黙りこんだ。史鶴もまた、時間つぶしのため自分のマシンへと向かう。

液晶タブレットに表示された、描画用ソフト。白い空間に、キャラクターの顔を描きつけていく。輪郭のベース部分のうえに、表情差分のレイヤーがいくつか重なっている。コマンドを操作して絵を動かすと、にっこりと笑っていた少年が次第に激昂し、または泣く、と表情を変えていく。要はパラパラマンガと同じだ。

「……アニメって、そうやって作るのか？」

いきなり声をかけられ、史鶴はびくっとなった。いつの間にか沖村が覗きこんできている。

「こら、自分のは？」

「できたってさっきから言ってたけど、史鶴、返事しなかった」

言われて目をまるくする。

「……ごめん、集中して聞こえてなかった」

「邪魔すんの悪いかなと思って。頼んでるの俺だし」

あっさりと言った沖村は、史鶴に言い渡された『課題』を無事クリアできたらしい。

「ん、これでいいよ。次はこのパターン組み合わせて、色つけてみて」

「わかった」

思うより飲みこみも早いらしい。これなら授業で充分覚えられたのではないかといえば、

「先生より史鶴のほうが教え方がうまいんだ」と言われ、また胸がくすぐったくなった。

（なんだかなあ。素直すぎて調子狂う）

史鶴はもともと、誰かに頼りにされたり慕われると弱い。おまけに相手は、毛を逆立てた、気位の高い猫のようだった、あの冲村だ。

本当は、この件を頼まれたとき、少し迷った。課題も多いし、自主制作のアニメもある、アルバイトもむろん。時間があまっているわけでは、けっしてない。

なのにこうしてつきあってしまうのは、相馬が言うとおり『なつかれた』ことが、史鶴自身まんざらでもないからなのだろう。

（ちょっとひねくれた弟ができたような気分……なのかな）

史鶴が自分の気持ちを分析していると、冲村がさきほどの質問を蒸し返してきた。

「で、それ。いつもそうやって作ってんのか？　また新作？」

興味津々の顔で液晶タブレットをこつんと拳で叩かれ、史鶴は笑った。

「違うよ、これは課題用。２Ｄアニメの基本で、提出しなきゃなんないやつ」

「ふーん。自分ではどういう作りかたしてんの？」

彼は本当に史鶴の創るものが好きらしく、制作途中のものでも楽しそうな態度を隠さない。

だからつい、かまってくれと態度に出されると無下にできないのだ。

「ふだんは3Dでベース作って動かしてるから、これとは基本的に違うよ」

「え、あれ手描きじゃねえの？　アニメって、こういうふうにパラパラマンガみたいにして作るもんじゃないのか？　なんか紙いっぱい重ねてたの、テレビで見たことあるけど」

たしかにアナログ時代には、これらの作業は何枚も重ねた紙にトレースするという作業で行われていた。史鶴自身、もっと幼く、技術もなかったころには、何枚もの安い紙に動画用の原画を描いたものだったが、現在この手法で自作アニメを作ることはない。

「もちろん、いまも手描きにこだわるひともいるけど、俺は違う。3Dモデリングしたキャラを使うのもメジャーな手法だよ」

デザイン造形や色彩設計、細かい動きの設定などのあらゆるパターンを3Dアニメーションとして決定づければ、あとはそのキャラクターを自由に『操作』することができる。じつは手描きで動画を作るより、楽な面もあるのだと史鶴は説明した。

「でも、史鶴のはこう、ああいうプラスチックみたいなぺかぺかしたキャラクターじゃねえじゃん。マンガの絵っぽかった」

「えーと……レンダリングってわかるかな」

ぜんぜん、とかぶりを振る冲村に、画面を開いて見せながら史鶴は説明する。

「3Dで作ったCGを、2Dっぽい輪郭のある絵になるように処理をするんだ。あと、背景とかもまずは立体で作ったベースに、手描きのテクスチャ貼り込んだりすると、カメラで回りこんで撮影することができる」

説明しながら、史鶴はソフト上にサンプルのファイルを開き、高層ビル群が、ただののっぺりした箱状のデータで表示されているものと、細かい窓や看板、影の映りこみなどがなされているものを交互に表示し、画面を展開させてやる。

それでもぴんとこなかったらしく、沖村は目をしばたたかせていた。

「……なんかとにかく、パソコンで処理すんだな？」

途方にくれたような沖村の声に、史鶴は「またやったか」と苦笑した。

「うん、まあ、なんかとにかく処理するんだよ」

「むずかしそうだな」

「覚えれば簡単だけどね。まあ、要するに、そうだな……こうやって、モノが落ちる」

手近にあった革製のペンケースを史鶴は放りあげ、手のひらでキャッチした。

「これを、何枚も動画を手描きするか、データを入力して、物理演算の処理で動かすか、の違い。目的は『動かすこと』であって、方法そのものじゃない。むろん、ニュアンス表現の違いは出てくるけどね。沖村がいま描こうとしてるデザイン画と一緒」

最終的に作ろうとするものがはっきりしていればいい。使うツールがベジェ曲線だろうと手描きだろうと関係なく、作品そのものができあがるだけ。そう言ってやると、沖村はうなずいた。

「なんだかすごそうなことだけ、なんとなくわかった」

「……そりゃよかった」

相馬とは違い、冲村はそれはなに、どういう意味、と訊ねてこないぶんだけ楽かもしれない。ただ、やたら熱心に自分の描いた絵を覗きこまれるので、恥ずかしい。

「ところでさ、このキャラ、俺に似てないか？」

サンプルだと見せた画面の端にいるキャラクターを指さされて、はっと史鶴は息を呑んだ。それは、いつぞや冲村をモデルに髪をオレンジに染めたキャラクターだったからだ。

「ご、ごめん。言うの忘れてた。ちょっと髪型に苦労して、参考にさせてもらったんだ」

以前にも平井のクエンツ騒ぎで不快な思いをした冲村だ。もしかしたら腹立たしいと言われるかもしれないし、モデルにするならさきに話をとおすべきだった。

「もしいやなら、いまから変えるよ。うっかりしてた、ごめん」

「なんで？　俺、べつにいやだとか言ってねえだろ」

「でも……」

「べつにかまわねえよ。俺、史鶴のファンだし。史鶴なら、好きにしていい」

その言葉には含みがないとわかっているのに、史鶴は胸の奥がじくりと疼《うず》くのを知った。もう照れるとかいうレベルではなく、耳まで熱い。

（まいっちゃうんだよなあ……）

いままでにも、ファンだとか、作品が好きだとかいう言葉を、もらったことがないわけではない。ＳＮＳでのコメントでも、少しおおげさなくらい誉めてくれるひとはいたし、そこそこ人気もあることは、ネット公開している作品へのコメントやメールで知ってもいる。ムラジにしても、史鶴の作るモノをリスペクトしている、と言ってくれたこともある。

けれどあくまでそれは、画面のなかの文字が伝えてくるものばかりだった。ムラジについてはどちらかといえば、同じアニメーションを作る仲間であり、出来のよしあしについて批評の言葉をかけあったりもする。そのためか、ムラジに誉め言葉をかけられても、あくまで互いを高めあい、鼓舞するためのものだというか、ライバル的な認識が強かった。

けれど冲村は違う。同じ世界に属する人間ではなく、むしろこちらの世界には馴染《なじ》みが薄い。それでいて、百パーセントの気持ちで『好きだ』と伝えてくる。喜怒哀楽のはっきりしている冲村らしい、ストレートで熱のある言葉や視線、表情は、史鶴の感情を揺さぶる。

意識して平坦に均《なら》し続けた心を、波打たせる。

それが少し怖いから、茶化すように笑ってしまうのかもしれない。

「す……好きにしていいなら、本当にモデルにした作品、作っちゃうかも」

「え、まじで？　それ嬉しい。あ、でも『ディレイリアクション』の主人公みたいに、最後死んじゃう話は、ちょっと勘弁な。作品自体は好きだけど、哀しすぎてせつないから」

冲村について意外だと思うことはいくつもあったが、最たるモノは、この見た目に似合わない感受性のやわらかさと、それを口にするときの驚くほどの素直さだ。

ぶっきらぼうに思えるのは、言葉を飾らないからなのだと知ると、突っ張って見えていた態度すら、かわいいものだと思えてくる。

「わかった。じゃあ、考えてみる。ハッピーエンドで」

「かっこいいの頼むな」

言ってろ、と笑ってみせると、冲村も機嫌のいい顔をした。だが、その表情がふっとかき消える。

「どうしたんだ？」

唐突な変化に驚いた史鶴に、冲村は逡《しゅん》巡《じゅん》ののち、ぼそりと問いかける。

「いま、ふっと思いだした。……あいつ、どうなったんだ」

「あいつ？」

「平井だよ」

ほとんど忘れかけていたその名前に、史鶴は目を伏せる。

冲村と知りあうきっかけになったあの事件から、一ヶ月は経過していた。そして平井はあれ以来、学校に顔を出していない。冲村ももう忘れていたと思っていたのだが、この絵に記憶を呼び覚まされてしまったのだろう。

「親にも注意するって話だったけど、結局それ以外はお咎めナシだったのか？」

「もう、充分きつかったんじゃないかな、親に知られただけでも」

「どういうことだよ」

平井の事情について、話していいものかどうか迷ったのは、思うより彼の問題が根深かったからだ。しかし当事者のひとりでもある冲村には、知る権利もあると思った。

「先生にあのあと教えられたんだけど。平井、どうやら昔は優等生で、受験失敗してからひきこもったらしいんだ。そのことについて、親からのプレッシャーもすごかったみたいで……今回の件で、また親子関係がこじれて、ひきこもりに戻ったらしい」

復帰に向かっていた社会生活が、また壊れてしまったと嘆く平井の親たちは、かなりヒステリックに学校側を非難したらしい。

——正直、あの親にしてあの子あり、って感じだったよ。

内緒な、と疲れた顔で笑った講師に、史鶴も複雑だった。ありがちな話とはいえ、平井にも同情すべき点は、ないとは言えない。けれど冲村は「ふん」と冷たい目で嗤《わら》った。

「自業自得だろ。やったことは自分に跳ね返る。逃げたって、なんの解決にもなりゃしねえ」

冲村らしい言葉だと思ったし、正論だとも思う。だがその言葉が妙に突き刺さるのは、史鶴自身なにかから逃げたいと思ったことがあるせいだ。

「でも、俺はそういうの、わかる気もするんだ。だからあんまり、追いつめたくなかった」

「あんなやつ庇ってどうすんだよ」

ぽつりとつぶやくと、冲村はきつい声を出す。けれど史鶴は、あいまいにかぶりを振った。

「なんていうのかな。いつもいつも前向きでは、いられないだろ？」

「……そっか？」

「冲村にはわかんないかな」

ははっと力の抜けた顔で笑う史鶴に、冲村は不可解そうな顔をした。

「すっごくつらくて、すっごく疲れて、もうなんもかんもやだなあ、ってなったとき、冲村は、きっとないだろ？」

「なくはねえよ。でも、いやならやめりゃいいし、べつのことすればいいだろ」

「それは逃避じゃなくって、前向きな方向転換だよ。投げちゃうのとは違う」

やはりこのポジティブな彼にはわからないのだなと苦笑する。

冲村はとことん前向きだ。今回のいやがらせに使われた、苦手な絵についても、べつのツールを探すことで解決しようと切りかえ、なおかつ史鶴のように協力を求められる相手には、こだわりなく頭をさげることもできる。

それは、冲村のプライドが健全な意味で高いからだ。そして心も強い。好ましい性格だとも思うけれども、ほんの少しだけ感じる羨望《せんぼう》に、ときどき苦しい。

「史鶴は、なんか投げたことあんのか？」

冲村の静かな声には答えず、史鶴は画面のなかで反復した動きを繰り返すアニメーションを、じっと眺めたまま、逆に問いかけた。

「冲村はさっき、『ディレイリアクション』がせつないって言ったよな。どうして？」

突然のそれに面食らった顔をしたけれど、冲村はしばし考えたあとに答えてくれた。

「どうしてって……あの主役、ずっとひとりで旅してるだろう。なにもない場所で、ロボットだけ相手にしてさ」

主人公の青年は、旅の末に廃墟と化した街に辿《たど》りつく。そこで、ひとりで機械をずっと作り続け、ロボットと一緒に小さな街を復興させる。けれどそこに生まれてくるのはロボットの子ども、ロボットの家族。

人間である青年は静かに朽ちてゆき、彼が理想としたあたたかい世界を『ひとならぬもの』に託し、生身の鼓動が絶えた機械の街では、永遠の理想郷が続く。

そこで、目を閉じる青年は静かに微笑みながらつぶやくのだ。

――わたしは、ゆるぎなく、ひとりだ。

「最後の台詞、すげえ強いなって思ったけど、やっぱり寂しいなって思った」

ぽつりとつぶやく冲村に、史鶴は首をかしげてみせる。

「冲村は……あれを、強いって感じたんだ？」

「ああ。だって言えないじゃん、ふつう。ゆるぎなくひとり、なんて」

なるほどそういう解釈もあるのかと思い、史鶴はひっそりと嗤った。そして、本当に強いのは冲村なのだろうと思う。

（あれは、ただのあきらめだ）

主人公の男は、世界と人間のすべてに絶望し、朽ちていくことだけが望みなのだ。そのくせ寂しさに耐えられず、ひたすらロボットを作り、自分をけっして傷つけない、擬似的な家族や友人たちを生み出していく。史鶴はそれを、逃避の末の行動だと感じて作品を作った。

だが、ごく限られたポイントにのみ台詞を絞り込み、淡々と事象を綴った作品は、見る者によっていくらでもストーリーの解釈ができる。それもまた、史鶴の逃げだった。

じんわりと暗い気分に取りつかれそうで、史鶴は作った笑いを浮かべてみせる。

「強いか。そういうふうに受けとめてくれるひとがいるなら、よかったかな」

「え、もしかして、俺はずしてる？」

冲村があせった顔をするけれど、史鶴はそれを否定した。

「いや。……俺は見たひとのなかに、ほんのちょっとなにかが残ればいいなって思ってるだけだから、それをどう受けとめてくれてもいいんだよ」

ひとりきり、ただ作り続けるだけの孤独な男は史鶴自身だった。そして弱くて情けないと感じていた彼を、冲村が『強い』と言ってくれたことは、ほんのりとしたあたたかさを史鶴の心にもたらした。

それだけでもとても嬉しかったのに、冲村はさらに言う。

「残った。ちゃんと」

まっすぐにこちらを見て、強い視線に乗せられた賛辞が眩《まぶ》しすぎる。眠っていたはずの心臓が、さび付いた歯車のような音を立てている。

「あんまり、……その、誉めるのやめてくれよ」

「なんで？」

じっと見ないでくれ、とは言えなくて、史鶴は言葉をすり替える。不思議そうにする冲村は、やはり史鶴から目を離さない。

(だめだろ、それは)

誤解されると言いかけて、同性を見つめるのになんの誤解だと、史鶴は皮肉に思う。冲村はきっと、パーソナルスペースがひとより狭いタイプなのだと、そう判断した。

「なあ、これどうしたらいい？」

「あ、ああ……これはね」

まるで肩を抱くようにして顔を近づけてくる彼に、緊張しないようにとつとめる。

嬉しいのに、苦しい。楽しいのにせつない。冲村といると、相反する感情に振りまわされて——ひどく、疲れる時間だった。

　ＰＣルームの使用時間が切れると同時にふたりきりの集中講義が終了し、外に出ればもう暗かった。

「ありがと、今日も悪かったな」

「いえいえ、どういたしまして」

　毎回のことながら、ちゃんとお礼を言うあたり、意外にしつけられた青年らしいと好ましくなる史鶴に、冲村は「あのさ」と手にしていた紙袋を差し出してくる。

「……これ、なに？」

「おまえ、なんべん言っても、おごりもいやがるし、金も受けとらねえっつうから」

「え、なにそれ、困るよ。いらないって言っただろ」

　あわてて手を引っこめた史鶴を睨み、冲村は紙袋を押しつけた。

「史鶴、バイトの時間減らして俺につきあってるだろ。俺のほうが困る」

「でも、べつにいまはそんな、欲しいモノないし……ふつうにシフト入ってるし」

　指摘は事実だが、さほど影響はなかった。ワークステーションを購入する前まではアルバイトの鬼だったが、いまはあそこまで働かずともどうにかなっているし、いやだったり本当に困っていたら、さすがに断る。そこまでおひとよしではないと史鶴がかぶりを振っていると、冲村は少しだけ眉をさげた。

「それに、もらってくれねえと本当に困る。それ、史鶴以外には着られねえから」

「え……着るって、服？」

開けてみろと促され、おずおずと包みを開いて史鶴は驚いた。

「これ……！」

「図柄、勝手に使ったけど、いいよな？」

手縫いされたシャツにプリントされていたのは、史鶴が『ディレイリアクション』で背景のイメージにはめこんでいた、歯車の絵だ。茶色い布にグレーと焦げ茶のグラデーションで、わざと滲ませたような処理がされている。

「あれ見てから、ずっとそのデザイン頭にあって。まだ俺じゃイラレ使えねえから、仲間に言って図案起こしはやってもらったけど」

着てみろとうながされ、あわてて羽織ったそれは史鶴の身体にぴったりだった。

「採寸もしてないのに、どうして……」

問いかけには答えるつもりはないらしく、冲村はぶっきらぼうに言った。

「とにかく、わかっただろ。それ、おまえ以外、絶対着られねえから」

「あ……あり、がとう」

そこまで言われれば、受けとるしかない。困った顔になりつつも、嬉しいのは嬉しい。丁寧にたたみなおして紙袋にしまったシャツを、史鶴はぎゅっと抱きしめた。

「今度それ、着てこいよ」

「そんな、汚したら悪いよ」

「しまいこむために作った服じゃねえよ。いいか、次着てこい」

絶対だぞと念押しされ、勢いで史鶴はうなずいた。よし、と満足げに笑って、冲村は肩を叩いてくる。

「んじゃ、また三日後、頼むな」

「あ、え、うん……」

高い身長と派手な服装のせいで、宵闇《よいやみ》のなかにも冲村は目立つ。その背中をじっと見送っている自分に気づき、史鶴ははっとした。

(だから、だめだろ……)

受け入れられて、誉められて、素直な言葉やまっすぐな心にたびたび揺さぶられる。

冲村の目がきれいで、すっきりとした顔だちも、いまでは好ましいものにしか見えなくなっている。これ以上踏みこむのは危険だと思うし、あまり浮かれたりしたくない。

(なのに、なんでこんなの、くれちゃうんだ)

趣味を押しつけるわけでもなく、史鶴の作った作品の一部をとても上手にアレンジしてあるそのシャツが、嬉しくないわけがない。

世界でたった一枚、史鶴のためだけのものだ。そして冲村自身が史鶴を認め、見つめていてくれたから、できあがったものだ。

近づきすぎた距離と、走り出しそうな気持ちを持てあまし、史鶴は途方にくれていた。

＊　＊　＊

その晩、唐突に部屋を訪ねてきた相馬は、なにやら意味深な笑いを浮かべていた。

「こんばんは。お邪魔してもいい？」

ＰＣルームで妙な含みを感じる言葉を残していった相馬のことが気になっていたせいで、この来訪にはなにか予感があった。けれどそれがなんなのかはわからず、にやにやしている相馬に、つい眉を寄せてしまう。

「……だめって言ったら帰るわけ？」

「帰らなーい」

悪びれない答えにあきれつつ、史鶴は部屋へあがれと手招く。「お邪魔します」と靴を脱いだ相馬は、なかに入るなり苦笑いをした。

「あいっかわらずだね、この部屋」

二間ある部屋の片方はモノがほとんどなく、広げれば寝床になるソファベッドのみと言ってもいい。そのため四畳半でもけっこうひろく感じられ、居間兼寝室になっている。もう片方には複数台のPCにワークステーション、資料関係の本がぎっしり詰めこまれた状態だ。

「ここが一階じゃなかったら、床が抜けるんじゃないの？」

「土台はしっかり補強してあるから、大丈夫みたいだけどね」

古くて狭いアパートながら、幸いなのは収納棚の多さだ。しかしそのなかも周辺機器や書籍で埋まっていて、着替えなどの日用品を圧迫している。

ソファベッドを陣取り、史鶴の淹《い》れたインスタントコーヒーをすすりながら持参したクッキーをかじる相馬は、すっかりこの部屋の住人のようなくつろぎっぷりだ。

「でさあ、史鶴はオッキーとつきあうの？」

唐突で直球な質問に、史鶴は続き間になっている、パソコンデスクの前で深々とため息をつく。やはりあの妙な含みはそういう意味の言葉だったかと眉をひそめた。

「あのね相馬、オッキーってなに。冲村はそんなんじゃないよ、わかってるだろ？」

「わっかんない。ていうか、相当いいカンジなのに、なんで史鶴がそれ否定するのかもわかんない」

あえて無神経なふりをする相馬に、史鶴は頭が痛いと額を押さえた。

「あのね、相馬。俺と違って、冲村は、ふつうなんだから」

「史鶴だってふつうだろっ」

憤慨したような相馬の声に、申し訳なさと少しだけのわずらわしさを感じた。

(もう、放っておいてくれていいのになあ)

友人としての相馬はありがたいけれど、このいささかおせっかいなところだけはいただけないと思う。まして他人の色恋沙汰に口を出したがるのは、困りものだ。

「俺、史鶴好きだけど、そういう卑屈な物言いだけはきらいだよ」

「はいはい、卑屈なゲイですみません」

「またそういう言いかたする……」

睨まれても、事実だからしかたないだろうと史鶴は首をすくめた。

「ビビリなんだよ、結局は。相馬だって知ってるだろ?」

「そりゃね。二丁目行くのが怖くて、コントラストみたいなソフトなところでデビューするくらいだし? おかげで俺は史鶴とともだちになれましたけどっ」

皮肉った相馬の言ったとおり、彼とは『コントラスト』という池袋の小さなカフェバーで知りあった。そこはゲイの集まる店として、ネットの口コミでも知られていたが、異性愛者も別に拒否していないため、穏やかで明るい空気のある場所だ。

通例、ゲイ・タウンと呼ばれるのは新宿二丁目だろう。史鶴も思春期に自身のセクシャリティを意識してから、気になる場所ではあったが、上京して三年が経とうとしているいまも、寄りついたことはない。

なんとなく、怖かった。地元ではずっと、息をひそめるようにして生きていた。臆病とも言える慎重な性格は、たかが上京程度では変わらず、あまりにあからさまな場所に行くのははばかられたからだ。

「誰かに見つかって、ばれるの怖かったんだよ」

「……そういうのは、あーちゃんから聞いて、知ってるけどさ」

相馬はコントラストのマスター、あーちゃんこと昭生《あきお》の甥《おい》で、小さなころから店に出入りしていたそうだ。いまは通学の都合で実家を出て、昭生と同居している。

親しくなったきっかけは、史鶴がはじめて店を訪れた際、しつこいナンパに閉口していた相馬が「ともだち待ってたから！」と言い訳して史鶴の腕を掴み、相手を追い払ったことだ。気さくで明るく、歳《とし》も近いうえに、いずれイラストレーターになりたいという相馬と、趣味でアニメを作っていた史鶴は、すぐに仲良くなった。

以来、彼は史鶴をずっと見守ってくれている。いいことも、悪いことも。

「たった一回や二回失敗しただけで、恋愛自体放棄すんのはどうかと思う」

「一回も恋愛したことない相馬に言われたくないよ」

わざとせせら笑ってやると、図星を指された友人はむっとした顔をする。

相馬自身はとくに同性だけを好むタイプではない。といって、完全なヘテロでもない。誘われればそれなりになる可能性はあるという彼は、若いうちから色恋のあれこれを見ていたせいか、セクシャリティとしてかなりニュートラルだ。

「端的に言えば、耳年増だよね。知識ばっか増えて」

「うるさいなあ、俺は運命を待ってんの！　俺のことはいいだろっ」

相馬は赤くなり、ソファベッドに転がっていた枕代わりのクッションを殴りつけた。そして、ごまかすなと史鶴を睨み、まじめな声で問いかけてくる。

「まじめな話、沖村がどうだとか言う気はない。けど史鶴は、あいつのこと好きだろ」

答えないまま、史鶴はぬるくなったカフェオレをすすった。インスタントにたっぷり牛乳を入れたそれは、荒れがちな胃にやさしい。胃粘膜を保護するように、ささくれそうな気持ちもやわらげたかった。

「好きだろ！」

無言の史鶴に焦れたように、相馬はたたみかけてくる。やんわりと、内心を悟らせない笑みで史鶴は視線を逸らした。

「違うよ。まあそりゃ、観賞するには楽しいタイプだし、性格もかわいいとこあるけどさ」

「嘘つけ。ああいう手がかかるタイプ好きだろ、ほんとは。喜屋武《きやん》もそうだったじゃん、そんで言うなりになって、泥沼になって、やけくそで全部投げちゃったくせに——」

言いすぎたと気づいたのか、はっと相馬は自分の口を手のひらでふさいだ。

「あれについては、俺も悪かったし、若気の至りだから」

淡々と告げると、相馬のほうが泣きそうな顔をした。この素直さがあるから、どうにも憎めないなと思ってしまうのだ。静かに微笑む史鶴に、相馬は拗ねたような声を出した。

「喜屋武に捨てられたからって……大学までやめること、なかったじゃん」

「アニメのほうに本腰入れたかったんだから、これでいいんだよ。それに、本当にあの大学では、やりたいこともなにもなかったんだ」

きっかけは喜屋武だったかもしれないが、無目的に大学に通っていたのは事実だ。興味のない講義を聴くのに時間を費やすのもばかばかしく感じていたが、なにより自身のセクシャリティをオープンにしていない史鶴にとって、大学でできた友人たちに合コンにかりだされたり、色恋沙汰の話をされるのが苦痛でしょうがなかった。

聞き慣れない標準語での会話や平凡な大学生活に、半年で史鶴は疲れてしまったのだ。

コントラストに行ったのは、楽になりたかったからだ。相手を見つけようとか、そんなつもりじゃなかった。当時未成年の史鶴には、夜の街に行くのもやはり怖かったし、カフェとついていればもう少しハードルも低いかも、そんな程度で訪れた。

そして思いがけず、いい出会いがあった。よくない出会いも、むろん。

「あーちゃんだって、あいつはやめろって言ったのに」

かつて史鶴がつきあい、一時期は同棲までした喜屋武は、名前のとおり沖縄出身のフォトグラファーだった。日焼けした肌に、あちこちを巡っているという生きざまが、とても自由に思えて、いろんなことにくじけそうだった史鶴は憧れた。

——史鶴はかわいいな。もっと、ちゃんとした恰好すれば、もっとかわいい。

業界人である彼は、買い取ったという衣装を史鶴に与え、髪型もファッションも、すべて好みに仕立てあげた。

けれどそのすべてが無料の贈り物というわけではなかった。安く引き取れたから、譲ってやるという言いざまで、史鶴に金を出させていたのだ。

「本当は服だって、払い下げより高い値段で、史鶴に押しつけてたんだ。あーちゃんそれ知ったとき、喜屋武に詐欺じゃねえかって怒鳴りつけてた」

「……知ってたよ、全部」

昭生に注意されるまでもなく、喜屋武が質《たち》のよくない男だということは、薄々わかっていた。家に引きずりこみ同棲させていたのも、当時は頼りになると思っていたけれど、都合よく使うためだ。

年上ぶっているくせに実際には癇癪《かんしゃく》持ちで、少額とはいえ悪質なピンハネで学生の史鶴から金を巻きあげ、都合のいいときだけ、全身で寄りかかってあまえる喜屋武のマイナス面を見ないふりでいたのは、史鶴も寂しかったからだろう。

「たぶん——誰でもいいのは、お互いさまだったんだと思う。俺は寂しかったし、あのひとは都合がよかった。だからもう、いいんだ」

喜屋武を本気で好きだったのかと問われると、よくわからない。従順だがおもしろみもない史鶴に喜屋武が飽き、一方的に去っていったときも、むなしさしか残っていなかった。

そう告げると、相馬のほうが泣きそうになる。

「それに喜屋武には勉強させられたけど、モノが残っただけマシだろ。家賃もただで住まわせてもらってたのは実際だし。いきなり追い出されたのはまいったけどさ」

笑って言えるのは、喜屋武との終わりが、それこそ笑ってしまうくらいの、典型的な修羅場だったからだろう。

なんの前触れもなく、一緒に暮らしていたマンションにある日帰ってみれば、恋人だと思いこんでいた男はべつの誰かを引きずりこんで、一心不乱に腰を振っている最中だった。

浮気しやがってと罵ることもできなかったのは、呆然とする史鶴の耳に飛びこんできた言葉のせいだ。

――ああ、やっぱおまえがいちばんだな。ガキは青いばっかでつまんねえし。

漏れ聞こえる会話で、長い相手なのだと知れた。その後は史鶴がいかにおもしろくないか、だめなのかと、腕のなかの相手と比べてこきおろし続けていた。

どちらが浮気でどちらが本気なのかを知った史鶴は、さすがに衝撃を受けて彼らの長い行為が終わるのを、へたりこんで待つだけだった。

そして、ケダモノじみた淫猥なセックスが終わり、シャワーを浴びようと出てきた喜屋武は、放心した史鶴の姿に一瞬ぎょっとしたあと、舌打ちした。

——覗きが趣味かよ!? いいセンスしてんな、まったく!

逆ギレもはなはだしいそれに、史鶴はなにも言い返さなかった。そして部屋にひきこもり、目が覚めたあとには「プレゼントは全部持っていけ」という言葉だけが渡された。

情のないことに、同じ空間にいるというのに、メールでだ。後始末を面倒くさがる、卑怯な男らしい終わりだった。そして史鶴は言われたとおり一切合切を持ち出し、出ていった。

「少なくともアクセサリー関係はプレゼントしてくれてたしね。モノはよかったから、オークションでもたたき売れたし。おかげで引っ越し費用と、マシン買う元手ができた」

他人事《ひとごと》のように笑いながら語る史鶴に、相馬は呻く。

「でも史鶴は、そのせいで、実家にもろくに帰れなくなったじゃないか」

指摘されたのはいまだ苦い事実だけれど、それもしかたないと史鶴は言った。

「いきなりアパートから引っ越してるわ、大学はやめるわで、親が怒るのは当然だ」

正直に言って「独り立ちできるまで帰ってくるな」という彼らの申し出は、史鶴にはいっそありがたかった。中退に関してのできごとは、たしかに家族との溝を作った。だが、自身のセクシャリティを隠して肉親とつきあうことへの、罪悪感に疲れていた史鶴にとっては、ある意味渡りに船とも言えるものだったのだ。

「疎遠になってれば、隠しごととして神経すり減らすこともない。俺は、これでいいんだ」

「史鶴……」

「それに、俺のことで怒ってくれるともだちもちゃんといるし、いまは楽しいよ」

情けなく眉をさげた相馬の頭を、史鶴はくしゃくしゃとかき回した。

同棲を解消した一時期、史鶴は昭生と相馬の世話になった。さすがに当時は落ちこんでいた史鶴を懸命に慰め、喜屋武に怒り散らした相馬がいなかったら、この専門学校に入ろうとも思わなかったし、完全に目標を見失って、どうなっていたかわからない。

「べつに、絶対恋愛しなきゃならないわけじゃなし。喜屋武の前にも、つきあったやつは最悪だった。ただでさえゲイってだけでリスキーなのに、もう、ああいうの疲れた」

つぶやいて、史鶴は記憶の底辺に沈めておいた過去を思い、目をうつろにした。

上京する前につきあっていた相手は、同じ高校の同級生で、幼馴染みだった。

野島《のじま》という名の彼は、友人としても大好きで、信用していた相手だった。きっかけは中学三年生のころ、受験で離ればなれになるのがいやだと恋を打ち明けられ、同じ高校に入ったら、身体も欲しいと言われた。

史鶴も本当に彼が好きで、だからこそ好きだと言われて応《こた》えたのに、いつしか対等だったはずの立場がどんどんおかしくなっていった。

痛みをこらえて抱かれたあと、史鶴は出血した。野島は真っ青になったけれど、それは史鶴を痛ませた、傷つけたという事実にショックを受けたのではなかった。

――なんだよ、無理なら無理って言えばよかっただろ。

まるで我慢した史鶴が悪いと言わんばかりのそれに、史鶴は驚いた。けれど、きっと血を見てショックを受けたのだろうと、そのときは考えるようにした。野島はえらそうな振る舞いをするくせに、血や怪我がひどく苦手で臆病なところもあったからだ。

けれどそのとき、ばかにするなと言い損ねたことが、ふたりの力関係を決めてしまった。野島はもともと過保護なきらいはあったが、セックスしたあとから、史鶴に対し「おまえはだめなやつだ」「俺がいなければなにもできない」と執拗に言うようになった。

当時の史鶴は、すでにアニメーション作りを趣味にしていた。まだマシンなどは持っておらず、手描きのパラパラマンガに近いものだったけれども、こっそりと作成していたそれを野島はばかにしていた。

――史鶴、まだアニメとか好きなのかよ。どうせつまんねえもんしか創れないくせに。

当時の史鶴はプロの道を目指すなどと考えたこともなかったけれど、野島は違った。文芸部に所属していて、本気で小説家になるつもりだったらしい。史鶴の高校の文芸部はかなり本格的に活動もしており、文芸雑誌などにも何度か投稿し、佳作クラスまでは取ったこともあった。そのことがたぶん、野島の過剰な自信になったのだと思う。

――やるなら、俺みたいにちゃんと、本気で目指せよ。

佳作を取ったのち、編集者から連絡があったということを自慢げに語っていた。けれど、どこか野島の言葉が加虐的に聞こえたのは、編集が誉めたというアイデアが、じつは史鶴のアドバイスによるものだったからだろう。

当時、彼の初稿を読むのはいつも史鶴だった。いちばんの読者で、いちばんの理解者だからと言われて嬉しくて、懸命《すいこう》に目をとおしたし、機嫌を損ねないように考えに考えて、感想という形での指摘をし、推敲を勧めた。

そのことを、無意識のまま野島は厭《いと》い、史鶴をどんどん押さえつけるようになったのだ。傲慢に振る舞う彼は史鶴の才能や人格すら否定し、あげくには自分から告白してきたことすら忘れ、いやいやつきあってやっているという態度に変わっていった。

おまけに、彼の作品にアドバイスしたのは史鶴のほうであったのに、なぜか途中からその事実が野島のなかでねじ曲げられ、周囲に吹聴されたのには心底まいった。

——あいつ、アニメとか作ってんだけどさ。俺の書こうとした小説のアイデア、勝手に使ったりすんだぜ。まいったよ。

どうしてそんなことを言うのかと思ったけれど、理由はすぐに知れた。仲のよすぎる史鶴と野島のことを、『ホモじゃないの』とからかわれたのがきっかけだった。だから野島は、ことさら史鶴を軽く見ていると強調し、言ってまわる必要があったのだ。

好きだからこそ、虐《しいた》げられることがつらかった。もとのやさしい関係に戻りたいと願った史鶴の気持ちは受け入れられず、互いの関係をどんどんねじ曲げていった。

あげくには、地元の大学に行くと決めていた彼は史鶴の進路さえ阻《はば》もうとした。

――東京に行く？　ばか言うなよ、おまえなんかがやっていけるところじゃないだろ。一度も上京したこともないのは同じなくせに、そう言って史鶴をだめなやつだと決めつけた。同じ大学に行こうと言われたとき、もうだめだと史鶴は思った。

中学から高校時代をまるまる野島に虐げられ、史鶴は疲れ果てていた。

(こんなのが、あと四年も続くのか)

恋をしていたから、我慢した。けれどそのさきを考えたとき、史鶴のなかにあったのは、恐怖だけだったのだ。

結局は束縛に耐えきれず、逃げ出しはしたものの、野島から長年にわたって植えつけられたコンプレックスは拭えなかった。

(俺は、空っぽだ)

そこにつけこんだのが喜屋武だったのだろう。隙間だらけの史鶴に、自分の好みをつめこもうとすることで、意のままにした。

だらしない生活をする喜屋武の家に転がり込んでいた間中、史鶴はセックスつきの家政婦かのように彼の面倒を見続けていた。高校時代の彼氏は、さすがに自宅のためそこまでの面倒を見させられたことはなかったが、ことあるごとに世話をしたのは変わりがない。

相馬には「利用されている」と当時から怒られたけれど、胸のまんなかに空いた穴がふさがるなら、それでもよかった。

だから、喜屋武が去ると同時に、そこはまたきれいに空になって、今度こそ史鶴はどうでもよくなった。

部屋を追い出されたついでに、目的もなくなじめない大学を辞め、だらだらした生き方に足を踏み入れようとしていた史鶴を、叱《しか》りながら励ましたのは相馬だ。

——だったら、一緒に学校行こうよ。あきらめず、そんで史鶴の好きなアニメ、作ったらいい。

相馬は大事な友人で、恩人だ。あきらめず、わがままのふりで史鶴を引っぱってくれた相馬がいなければ、どうなっていたことだろうと思う。

「なあ、史鶴。面食いで、えらそうなふりしてあまえるタイプの男が、全部あいつみたいに最悪とは限らないよ」

「うん、そうだね」

否定もせず、微笑んでいる史鶴の顔に浮かぶ静かなあきらめに、相馬は哀しげな顔になる。

「俺、冲村はいいやつだと思う。少なくとも嘘つきじゃないし、自分で自分のことはちゃんとしてる。史鶴にあまえるのは、史鶴にできてあいつにできないところだけ」

「わかってるよ」

「怖くないと思うよ？　あいつは、史鶴からなにか取っちゃったり、史鶴を疲れさせる真似、しないと思う。だから、あきらめちゃうこと、ないと思う」

それは逆だ、と史鶴は思った。冲村はたしかに、いまは史鶴を頼っている。けれどそれはあくまで、必要な技術と知識についての教えを請うているだけで、そこさえクリアすれば史鶴が助けてやれることなどなにもない。

最初こそアニメオタクとばかにしていたくせに、史鶴の作るアニメーションに対して、尊敬の念すらみせる柔軟な潔さもある。ときに感情に振りまわされるけれど、それは若さだ。まっすぐで強い冲村は、たぶん曲がらないまま自分の道を歩き続けるだろう。

(冲村には、俺は、基本的に必要ない)

依存される恋愛を繰り返した史鶴には、冲村にとって自分は価値がないと最初から断じられているような気がして、それこそが怖いのだ。

「あきらめちゃ、いけない?」

「史鶴……」

華やかで強気だが、懐に入れた相手にはやさしい冲村に、惹《ひ》かれているのはわかっている。けれど行き止まりどころか、ひどい痛みを伴う終わりしか知らない史鶴は、三度目の恋をはじめるのは、怖いだけだった。

過去の男ふたりに双方に共通して誉められたのは、史鶴の顔だけだ。それからセックス。ちょっと髪を伸ばして、野暮《やぼ》ったいメガネをかければあっというまに隠れてしまう程度のものしか認めてもらえず、夜のベッドで執拗なまでに敏感な身体を追いつめられた。

多くの男が潜在的にそうであるように、常軌を逸しない程度にサディスティックな部分を持つ彼らは、史鶴相手に本能を剝きだしにし、ことにその開発者であった喜屋武などは、史鶴の『才能』を誉め称えた。

――おまえ、ほんとめったにない身体してる。離れらんねえよ。

さんざん睦言《むつごと》を囁《ささや》いておいて、見た目と快楽だけの器に飽きたとたん、勢いでぽいだった。自分の人格も存在も全部否定されるくらい、軽くてどうしようもない終わりだった。

そのことがよけいに、史鶴の虚無感に拍車をかけたことを、相馬は知っている。かつての反動のように、必要以上に身なりをかまわずにいることも、内面的な世界にこだわり続けるのも、根っこを同じにしている。わかっていて、史鶴もあらためたくないのだ。

ぬるい泥濘《でいねい》に浸っているのは、とても穏やかな気分だったから。

「あきらめてたほうが、楽なんだ。もうあんなしんどいの、やなんだよ」

結局、ふたりの男は史鶴のなかにあったものを貪《むさぼ》り尽くして、なにも与えてくれはしなかったのだ。いま思えば派手好みの喜屋武がよこす衣服を、好きもきらいもなく身につけたのも、せめて中身のなさを飾ろうとしたのかもしれないと気づいたときには、落ちこんだ。

「なにもないまま、ふつうに静かにしてたいだけなんだよ、俺は」

いまならまだ、淡い好意で終わることができる。これ以上、深みにはまりたくはない。

逃げ腰の史鶴を、相馬はじっと見つめたまま、言った。

「……なあ。冲村、服くれただろ」

唐突な言葉に「なんで知ってる」と問えば、相馬はなにか含みのある顔で笑った。

「だって、サイズ測るの協力したの俺だもん」

冲村に協力を頼まれて、相馬は史鶴が脱ぎ忘れたシャツをさっと測ったのだそうだ。どうりでぴったりだったわけだと史鶴は驚いたが、それだけではないと相馬は言った。

「いつも着てる服、安物で身体に合ってなかっただろ。史鶴、肩細いし薄いくせに、腕長いから、既製品じゃ浮くし。冲村、いつも気になるって言ってた」

「みっともないって？」

「違う。スタイルいいしきれいなラインの身体してるのに、もったいないって」

冲村の言葉に、含みはとくにないとわかっているのに、史鶴は赤くなった。相馬はからかうでもなく、さらに続ける。

「俺が測ったのは、あくまでシャツの寸法だよ。だから、史鶴の身体との誤差はカンで補正したって冲村言ってた。そんだけ、あいつ、史鶴のこと見てるってことだよ」

「やめてくれよ……そもそも冲村はゲイじゃないだろ」

力なく言うのは、もしかしての期待があるからだ。史鶴の揺らぎを相馬は見逃さない。

「確認もしてみないで、なんでわかるんだよ」

「わかるよ、冲村はただ、めずらしいタイプのともだちになついてるだけだ」

いままで自分を好きだと言った男たちは、一様にぎらついた目を向けてきた。あんな無邪気に距離をつめたり、肩に触れたりされたことはない。

だからこのままでいいのだと、史鶴は強く言った。

「あんなふうに、いやらしさとか、なにもない感じで、ふつうの男と仲良くなったことないんだよ。だから、いまのままがいい」

「それ、あきらめすぎだよ。まったくさあ……」

本当にろくな男にあたらなかったのだなと、相馬は疲れたようなため息をつく。

「……史鶴の恋愛は濃すぎるんだよ、いっこいっこが」

相馬の指摘に、史鶴は「そうかもね」と苦笑する。

「あーちゃんも、史鶴はふたりしか知らないのに、難易度高すぎたんだって言ってた。おかげで疲れきっちゃって、若いクセに気持ちだけ演歌の女みたいって」

「容赦ないなあ、昭生さん」

たった二度、たったふたり、それでも疲労しつくすに充分な重さだけ与えられ、老けこんだ史鶴を相馬の叔父《おじ》はきつい言葉でよくたしなめる。ある種愛情ゆえの口さがなさに、史鶴は苦笑した。

「……まあいいけど。自己完結してたって、恋愛は『相手』がいてのことだしね」

「わかってるよ」

史鶴さえなにも動かなければ、冲村のリアクションもまたないのだ。うなずいた史鶴に、相馬は深々とため息をつく。

「俺が言ってる意味、逆だけど、どうせ言ってもわかんないだろ」

「え？」

なんでもないよと顔をしかめて、相馬はさらに問いかける。

「いやらしくなくって、見場は派手でも中身はふつーの男と、爽《さわ》やかな恋愛をするってパターンは、史鶴のなかでは想定外なのか？」

「そんなもの、俺の人生に存在しないよ」

さらっと返すと「この演歌」と相馬は睨んだ。

「俺、いまからでも史鶴に、爽やかでかわいい、それこそ青空の下でデートできちゃうような、そういう恋愛してほしい。そんで、幸せボケしてる史鶴が見たいよ」

「爽やかって……少女マンガじゃないんだから、そんなのあるわけないだろ」

そんなの考えてみたこともない。明るくて楽しい恋などしたことがなかった。どこか薄暗くて、湿っていて、セックスのにおいがつきまとう恋愛しか史鶴は知らない。

笑ってしまうほかに、相馬の言葉をいなす方法もまた、知らなかった。

（冲村には、もうあんまり、近寄らないほうがいいのかな）

――などと考えたところで、それこそ相馬の言うとおり『相手あってのこと』は、なかなか史鶴の思うようにはいかなかった。

＊　＊　＊

週に何度かのふたりきりの『授業』は相変わらず続いていた。

きっちり教えてやると言った以上、断れるわけもない。おまけにひとつ教えれば次の疑問も出てくるらしく、ある程度を沖村がマスターするまでは、縁が切れそうにもない。

どうしたものかともどかしく悩ましい日々は、表面上だけ穏やかにすぎる。

「……なんだそれ」

いつものようにPCルームで落ち合ったとたん、史鶴が手にしていた大きな風呂敷包みに、沖村は目をまるくした。

「なにって、お重」

「んなの見りゃわかるよ。中身なにっつってんだろ。開けていいか？」

断る理由もなく、史鶴はうなずく。長い指が塗りの蓋《ふた》を開けると、そこにはつやのある粒あんでコーティングされたものが、ぎっしり詰めこまれていた。

「ぼたもち？　どうしたんだ、こんないっぱい」

「おはぎだよ。バイトさきでいただいたんだ」

重箱に詰めこまれたそれは、史鶴のアルバイトさきのコンビニで、店長の母親がこしらえてくれたものだった。こまめにシフトに入り、働きぶりもいい史鶴を彼女は孫のように気に入ってくれていて、「学校でおともだちと食べなさい」と、たっぷり渡してくれた。

「ムラジくんと相馬があとで来るから、あげようと思ってね」

まさか沖村がこんなものに興味を示すとは思わなかったが、しげしげと彼はつやのある粒あんの塊を眺めている。

「おはぎとぼたもちって、なんか違うのか」

「季節で変わるんだよ。春は牡丹が咲くから牡丹餅。秋は萩の季節で御萩。じつは夏には夜船、冬には北窓って呼ばれてた。だからいまの時期は、おはぎ」

ふうん、とうなずいた沖村は、いつもながらの凝視するような目を向けてくる。

「史鶴って、どうでもいいことよく知ってんだな」

「どうでもって……まあ、そうだね」

相変わらずの口の悪さに苦笑いする。その表情に、沖村は「あ」という顔をした。

「いや、えーと、雑学博士って言いたかった」

「あはは、ハカセってのも聞かない響きだな。まあ、俺の雑学は調べものするから、そういうついでもあるよ」

見あげるほどの長身、顔だちは端整で青年らしい精悍《せいかん》さにもあふれているのに、沖村はときどき発する言葉が、子どものように素直でストレートだ。それを不快と思うどころか、かわいらしいと感じてしまう気持ちを、史鶴はしっかりと奥にしまう。

「話を作るのに、設定資料とかも必要になるだろ。で、細かい部分調べるうちに、またわからないことも出てくる。ついでにと思ってあれこれ調べてると、どうでもいい知識が増える」

それだけ、と肩をすくめると、相変わらずの口調で冲村は長い指を伸ばした。

「まあ名前はなんでもいいや。もらっていいか？」

「え……」

いっぱいあるし、いいよな。問いに答えるより早く、冲村は手作りの素朴なそれを二口で食べきった。少し驚いた顔をする史鶴に、「なんだよ」と彼は問いかけてくる。

「なんか意外。こういうの、ださいから食べたくないって言うかと思った」

「え？　俺、あんこ系けっこう好きだぞ。和菓子とか。腹減ってたんだ、もいっこくれ」

ぺろりと二個目を食べきって、冲村はべとつく指を舐《な》めた。

「和菓子、好きなのか？」

「昔、姉貴がお茶習ってて、つきあいで和菓子しこたま食わされた。練りきりとかきれいだったから、食うのもったいねえなと思ったけど」

「なるほど。ああ、じゃあ、けっこう和柄とか好きなのって、そのせい？」

冲村は自分のデザインしたものに基本的に原色を好むけれど、少しやわらかいダルトーンの色調や差し色を使う。それを指摘すると、自分でも考えたことなかった、とつぶやいた。

「言われてみりゃ、そうかもな。昔から身近にあったものが影響してる可能性はある」

見た目は尖っているが、ファッションに携わる人間らしく、冲村は感性がやわらかい。色や形を『きれい』と認め、そう賞することに抵抗がないのも、史鶴には好ましかった。

「お重もこれ、いいやつだろ。塗りがきれいだし、柄もいい」

「そうかも」

目を伏せた穏やかな顔で、秋の草が描かれた蓋をしげしげと見る冲村に、妙な偏見を持っていたのは自分のほうかもしれないと史鶴は少し羞《は》じた。

「あますぎなくて、うまい。史鶴、愛されてんなあ」

「……ただのお裾《すそ》分《わ》けだよ」

「けどこんだけ作るの、大変じゃん。きっとバイトさきでもまじめにやってんだろ。かわいがられてんだな」

史鶴はあいまいな表情で動揺を隠す。頼むから、にっこりと笑いながらそんなことを言わないでほしいと思った。

冲村と話していると、自分がとても価値のある人間のように感じてしまう。かつて、どれだけ認めてほしいと願ったかしれない史鶴自身の本質を、理解してくれているような錯覚に陥ってしまう。

（勘違いすんな）

あくまで、頼りになる友人として見られているだけなのに、そんなのは沖村だって本意ではないだろうに、気持ちを預けそうになって、困る。

邪気のない笑顔を見ていられず、小さく息をつき、さりげなく目を逸らした。

「……そんなに食べて、胸焼けしても、知らないよ？　お茶でも買ってきてあげようか」

息苦しささえ覚え、逃げるように史鶴が席を立とうとしたときだった。勢いよくPCルームのドアが開き、相馬が走りこんでくる。

「史鶴、おはぎちょうだい……って、あ、なんだよ！　なんでオッキーがばくばく食ってんだよ！」

「早いもん勝ち」

「俺が食べるのに！」

ぎゃんぎゃんと噛みつく相馬と相手にしない沖村をよそに、うしろからゆっくりとついてきたムラジは、にぎやかなふたりを穏やかに見つめた。

「お茶買ってきたよ、ＳＩＺさん。みんなのぶん、あったかいの」

「あ、ありがとう……」

意外とマイペースなムラジが「ぼくももらっていい？」とふっくらした指でそれをつまむ。

ひとくちかじって、にこー、と笑った。

「おいしいねえ」

「そうだね」

ぬいぐるみのような笑顔に答えながら、史鶴は妙にせつなくなった。

どうということもない、ささやかなことが、こんなに楽しい。

やさしくて面白い友人がいて、にぎやかで、明るくて、心があたたかい。こんな日々を送ることができるようになるなんて、去年までは思えなかった。

（充分すぎる）

これ以上を望んでは、なにかとんでもない落とし穴がありそうだ。できれば、このままなにも変わらず、卒業までの時間を楽しめたらいい。

変化を怖がる史鶴のささやかな願いは、ただそれだけだった。そして、得てしてその手の消極的な希望というのは叶《かな》えられないものだと、史鶴は知っていた。

ただ、それがどのような形の変化であるのかまでは、予測がつかなかったけれど。

＊　＊　＊

毎度ながら唐突な沖村が、いつものＰＣルームに連れてきたのは、同じくらい派手な友人たちだった。

「史鶴、こいつ、同じ科の中山《なかやま》と、メイク科の川野辺《かわのべ》」

「ちわす」

「ども」

「……どうも？」

戸惑いつつ、史鶴はとりあえず会釈する。金髪に派手なピアスの彼の顔は見覚えがある。いつぞやムラジにぶつかり怒り出したキャスケット青年だ。

もうひとりの、真っ赤なベリーショートの女子、川野辺は初対面だった。ゴシックファッションのおかげで目の下と唇は真っ黒、真っ黒な服にストライプのニーソックスがおそろしく細い脚に映えている。小柄な吸血鬼といったその姿はやたらとインパクトがあった。

（慣れたせいもあるだろうけど、この子と並ぶと、冲村がぜんぜんふつうに見える……）

史鶴は強烈な川野辺のルックスにいささか引き気味だったが、中山はそれを誤解したらしい。少しだけすまなさそうに眉をさげ、軽く頭をさげてくる。

「あのときは悪かったな。冲村からいろいろ聞いた。むかついてやつあたったのは謝る」

「はあ……もう、昔のことだし、いいけど……」

まるで態度が違う中山に、史鶴はいささか状況が呑みこめないまま、あいまいにうなずく。

そして冲村を振り仰ぎ、どういうことだと問いかけた。

「ええと。彼らにもなにか、教えることがあるとか？」

「ちげーよ、うちら冲村ほど、絵がへたじゃねえし」

遠慮なく言ってのけたのは川野辺のほうだ。その小さな頭を、冲村は遠慮なくはたく。あまりの乱暴さに史鶴のほうがぎょっとしたが、彼女は忌々《いまいま》しそうに顔を歪めただけだった。

「いてーよ、ばかっ」

「うるせえ。てめえな、頼みたいことあるっていうから連れてきたんだろうが」

女の子ながら乱暴な言葉をつかう川野辺は、「あ、そうだった」と史鶴に向き直る。

「あのな、うちら今度、校外でファッションショーやるんだ。冲村と中山と、ほかの連中と組んで」

「は、はあ……それで？」

「それで、ショーアップにPVとか使おうと思ってたけど、既成のじゃつまんねーって思ってた。そんで、冲村に教えられて、史鶴の作ったアニメ、あたし見たんだけどさ。あれ、ちょっと編集して、ステージバックで流してもいいかなあ」

いきなりの呼び捨てにくわえ、思ってもみないことを言われた史鶴は目を瞠った。驚いた顔のまま冲村を見やると、「俺からも頼む」と言われてしまう。

「あれ見てから、川野辺のやつが『これ使う、これじゃなきゃいやだ』って言い張って、きかねえんだ」

「で、でも……ファッションショーなんだろ？　俺のみたいな、地味なのじゃ」

あわあわと史鶴が両手を振ってみせると、川野辺がずけっと言った。

「あれは地味じゃなくてシックっていうんだろ？　自分でいいと思ってやってるもん、うだうだ言うなよな」

「う、うだうだ？」

史鶴が思わず目をまるくすると、今度は中山と冲村が同時に彼女をはたく。

「どうしておまえはそうなんだよっ」

「そうやって片っ端からけんか売るから、映像科のやつも怒らせて協力してもらえなくなったんじゃねえかよ！」

「うるせえ、ちょっとけなされたくらいで折れるプライドなら最初から捨ててとけっつんだ」

「……っこの、クソ女……っ」

三人がぎゃーっとけんかをはじめるのを呆気《あっけ》にとられて見ていた史鶴だが、いつまでも終わらない口論にあわてて口をはさむ。

「あ、あの、代打でどうしても誰もいないっていうなら、べつに、俺はいいよ」

「ほんと!?　やった、史鶴やさしい！」

「わあ！」

おずおずと言ったとたんに川野辺が喜色を浮かべて抱きついてキスしてくる。振り払うこともできず目をまわしていると、真っ黒なキスマークがべったり頬に残された。

あまりのことに呆然《ぼうぜん》としている史鶴の代わりに声を荒らげたのは冲村だった。

「やめろ川野辺、史鶴に触んな！」

冲村がわめいても、小柄な川野辺は史鶴の首にぶらさがったままだ。

「うるせえよ、冲村のケチ。ずーっと紹介してくれって頼んだのに出し惜しみしやがって」

「史鶴はてめーみてえな無神経女と違うんだよ、とにかく離せっ」

冲村は川野辺を振り払いながら、まるで庇うように史鶴の頭を抱きかかえる。長い腕は、最近染め直しておとなしくなった栗色の髪にあわせてか、焦がしたようなチョコレート色のプルオーバーに包まれていた。

（う、うわ）

頬に、やわらかい素材のシャツをまとっただけの広い胸があたる。健康な肌のにおいと、冲村のまとう涼しいフレグランスがまじったそれに、ぎくっと史鶴の肩が強ばった。

「お……冲村も離してくれよ」

「あ、悪い」

赤くなった顔は長い前髪のおかげでさほどばれないと思いたい。あっさり離されたことがほんの少しさびしいなどと思っている自分を羞じて、史鶴は咳払《せきばら》いのふりでうつむいた。

「と、とにかく、協力するのはべつにかまわない。もし、必要があって再編集してほしいなら、それやってもかまわないし」

「……いいのか？　史鶴、忙しくないのか？」

冲村の心配そうな声に、問題ないよとうなずいた。

「どうせ趣味でアニメ作ってるほかは、学校とバイトだけだし。おもしろそうだ」

ファッションショーなどテレビ以外で見たこともないが、クラブでＶＪがいろいろいじっていたものなら、記憶にある。ただし二年ほど前のものだから、最近の流行はわからない。

「もしステージで流す音楽にあわせて編集してほしいなら、それっぽく仕上げるよ。あと、見てくれたのの再編集なら、そう手間でもないし、だいじょうぶだよ」

本当か、と見つめてくる冲村に、史鶴はふだんどおりの笑みを浮かべてみせた。

「あ、じゃあさ。ステージで、あの服使えば？　いっそ史鶴に出てもらってもいいじゃん」

中山がけろりと言ったそれが、例の冲村手製のシャツだということはわかった。だが史鶴は冗談じゃないとあわてる。

「は？　な、なに言ってんの。冗談やめろよ、なんで俺が」

あせる史鶴に、中山は「いや、まじで」と史鶴をしげしげ眺める。

「冲村にはめずらしいカジュアルラインで、いいと思ったんだよな。あれ、史鶴専用サイズだから、ほかのやつ着れねえし。それにおまえけっこうスタイルいいじゃん？　ちょっといじればいけんじゃね？」

「む、無理だって。けっこう派手なショーなんだろ？　俺みたいなのがステージに立ったら、みんな引くだろ」

史鶴があせりながら手を振ってみせると、川野辺がいきなり史鶴の頭を摑み、長い前髪を、がっとうしろにかきあげた。

「うわ！」

「この髪ばっさりいっちゃって、そのダサメガネやめれば、なにもいじる必要ないけど？」

突然、腰につけていたツールポーチからクリップを取りだし、ぱちぱちと留めていく川野辺は、なにかたくらむような目で史鶴の顔を凝視している。中山は驚いたように口を開けた。

「あれ、なんだ。素材はいいじゃん……」

「そんなもん、ひと目で見破れよ。だから中山はだめなんだよ」

冷たく笑ってみせながら、川野辺は史鶴のまっすぐな髪を熱心にいじる。

「ね、あたしにやらしてよ。セットとか面倒でも、そこそこ決まる髪型にしてあげるし」

「え……えっと、いや、そういうのはちょっと」

「眉もなんにもいじらなくていいんだし。……あ、いっそステージで髪切るのは？」

「あ、いいんじゃね？　それ。カットモデルいないって言ってたしな」

「いや、あの、待っ……」

史鶴を無視したまま、どんどん話を進められ、どうしていいのかわからない。目を白黒させていると、目の前にぬっと大きな手があらわれた。

「……だから、史鶴いじんなって言ってんだろ」

ひどく不機嫌な声の冲村は、史鶴を背後から抱きこむようにして、オモチャにしようとする彼らの手を止めた。

「それから、あのシャツはショーには出さねえ。それにこいつも、見せもんじゃねえ」

有無を言わせない口調に、史鶴はほっとしながら「そうだろうな」と内心うなずく。

冲村のセンスからしても、史鶴のようにふだんから地味な男を自分の作品のモデルとして発表するなど、みっともなくてできないはずだ。

（だいたい、俺なんかステージに出たら、あがってひっくり返るよ。冲村が恥かくだけだ）

止めてもらえたという安堵《あんど》と、それからほんのすこし、さみしさを噛みしめていると、冲村は史鶴の細い肩を摑んだ。

「あれは、俺がこいつの作品にインスパイアされて作ったもので、俺の作品とは言いきれない。一点しかないんじゃ、シリーズ構成もできやしないし。だからショーには出さない」

（……え？）

ほんのすこし、自分が思ったのとは違うニュアンスの言葉に驚くと、川野辺がむくれたように唇を尖らせる。

「じゃあ、冲村の服を使わなきゃいいんだろ。あたしがカットモデルに頼むぶんには、かまわないんだろ？　そんな髪型じゃ、もったいない――」

言いつのる川野辺の言葉を制するように睨み、さらに冲村は言った。

「史鶴はこのままで、べつにいい。自分が目立つのとか、史鶴はきらいなんだ。だから引っぱり出すな」

「え……」

内心を的確に読んだような言葉に、ぎくりとする。振り仰いださきの冲村は、史鶴の顔を見て逆に驚いたようだった。

「なんだよ。違ったか？　好きでそういう恰好してんだろ？」

「え、あ、……う、うん」

あわててうなずくと、「だよな」と少しだけ冲村は笑う。それがとても近しいものに向けたやさしい笑顔に見えて、うろたえる。それだけでも胸が震えたのに、冲村はさらにこうまで言った。

「史鶴は、中身で勝負したいやつなんだ。見た目いじらなくても、それで充分価値があるし、問題ないんだろ」

うん、とふたたびうなずきながら、史鶴は小さく唇を震わせた。

（どうして……）

どうして冲村には、全部見えているのだろう。

懸命にアピールしても、少しも見てもらえなかった史鶴の心を、あっさり看破したあげく護ってくれるような真似までするのだろう。

冲村の手はいまだに史鶴の肩に乗ったまま、逃がさないというように力がこめられている。そこだけひどく熱くて、手のひらの形に体温があがったりさがったりする。

（どうしよう）

このままじゃ本当に、相馬の言うとおりになってしまう。心臓が平常時の何倍も早いスピードで走りはじめ、落ち着かないことこのうえない。

表情に出さないまますうろたえていた史鶴の耳に、ふて腐れた声が届いた。

「……なんか冲村、史鶴ひとりじめって感じ。ずるい」

「え、ち、ちが」

川野辺が睨むからあせって否定しようとしたのに、冲村はにやりと笑って言った。

「なんか、悪いか？」

「うっわ信じらんねえ、ガキまるだし」

「ケチくさい……」

あきれ、驚いた顔の川野辺と中山の前で、いっそ誇らしげに笑われて、史鶴はどうしていいのかわからなくなった。

したくない、したくない、恋なんて絶対にめんどうくさいし、もういやだ。

そんなふうに強固に拒もうとする時点で、もう落ちているのかもしれない――。

＊　＊　＊

さんざんブーイングをしたあと、中山《なかやま》と川野辺《かわのべ》は沖村《おきむら》に追い出された。

「とりあえずつないでやっただろ、もう帰れ、俺は史鶴《しづる》に習うことあんだから」

さらに「横暴」という声もあがったが、やかましいのひとことで彼らを追い払い、あとにはいつもどおりの静かな部屋。

(浮かれるなよ)

さきほどの言葉は、単なる勢いというか、ノリのはずだ。実際川野辺たちも、あきれてはいたが変なニュアンスを感じとったような気配はなかった。だが、ふたりきりになったとたんの、この沈黙はなんなのだろう。

(なんか、そっぽ向かれてるし)

中山たちが出ていったあと、なぜか沖村は窓辺でぼうっと外を眺めたまま、妙に緊張した気配をまとっていた。つられて、史鶴も声をかけることすらできなくなっている。

ＰＣルームを課外になってまで使う勤勉な学生は少ない。おかげでいつもは、他人の目を気にすることなくいろいろ教えることができたし、静かな環境は好ましいと思っていた。

沖村も史鶴も、おしゃべりなほうではないし、必要なことを話しあい、互いに自分の作業に没入する時間は気詰まりではなかった。

なのにいま、この静けさが重たくてしかたない。自分でもどうしてかわからないまま、意味のない笑いを作って、史鶴は口を開いた。

「ち……ちょっと、意外だったなあ、さっきの」

「なにが？」

机の端に腰かけ、長い脚を軽く組んだ彼が、ようやく顔だけこちらを向いた。ほっとしたと同時に、強すぎる視線がまぶしくて、史鶴のほうが目を逸《そ》らしてしまう。

「いや。俺がこのままでいい、っていうの。沖村、ダサいの嫌いなんじゃなかった？」

理由のわからない動揺が苦しくて、茶化してみせたのに、沖村はごくまじめな顔で、「場合による」と言った。

「だらしなさが滲《にじ》んでるようなやつはな。史鶴のは、つつましくしてるだけだし。ふだんの状態見てても、すごく生活に余裕があるわけじゃないだろ。金かけるところは決まってるし、勉強とか目的のためにほかを切りつめるのは、ダサいわけじゃない」

そんなものは見ていればわかると言いきられ、さきほどからぐらぐらしたままの心臓が、またよろめいた。

「恰好《かっこう》だけ飾ったって、中身がなきゃどうしようもないしな」

「自分は、派手なくせに」

「俺だってコッチに金かけてるぶん、遊ぶ金はないぜ。それに大抵自分で作るしな」

雑《ま》ぜ返す史鶴に、コッチ、とシャツを引っぱってみせて、冲村は笑う。

「モノ作る連中って、結局は裏方だろ。俺らはひとに着てもらうために服作る。史鶴はアニメのクオリティ高めるために、いろんな技術使う。同じだろ？」

「……うん」

こくりとうなずく史鶴を見つめ、冲村はかすかに笑みを浮かべた。

「主役じゃないかもしれないけど、その主役を引き立てたり、いちばんかっこよく見せるのは俺らだって、誇れるようになりたい。そういう意味では、俺は、史鶴には一歩リードされてるけど」

「そんなことは、ないよ」

怯《ひる》まず、気負わず、まっすぐに言いきる冲村がまぶしかった。そしてクリエイターとしての道は違えど、評価してくれていると知れる言葉が、嬉《うれ》しくてたまらなかった。

「そんなことない、冲村のシャツ、すごく着心地よかった。図柄のアレンジも、色も……俺あんまり服のことわからないけど、かっこよかったし、それに、俺は――」

なかば興奮状態で言いかけて、史鶴は我に返った。なにかとんでもなく恥ずかしく、そして危ういことを言いかけた自分に気づいたからだ。

（だめ、だ）

かっと頬《ほお》が熱くなり、史鶴はあわててよそを向く。

史鶴自身を本当に、真っ正面から見てくれるきれいな目に、魅入られた。まだ自分自身でさえ肯定しきれない感情を、勢いまかせで口に出して、冲村を混乱させたくはない。そして、そのことできらわれたり、疎遠にされたりなんて羽目に、陥りたくなかった。

「え、と、じゃあ。こ、この間言ったパスツールで描画するやつ、できたかな……」

史鶴は冲村から顔を背けたまま、とりあえずパソコンを起動させると、毎度のソフトを呼び出した。だが冲村は史鶴の問いに答えないどころか、マシンに近寄ろうともしない。

「冲村……？」

顔をあげないまま、どうしたんだと問いかけようとして、史鶴は身じろぎすらままならない緊張のなかに自分がいることに、気づいた。

（なんで、こんな……ものすごく、見られてる？）

ちりちりと肌が焦げるほど強い視線は、気のせいなどではない。目を逸らしたままなのに、ただじっと、史鶴を見つめていることが体感でわかる。

どうしていいのかわからず、史鶴はひたすら神経を張りつめさせていた。

「なあ、史鶴」

「な、なに？」

いつもの彼らしくない静かな声で、名を呼ばれた。どきっとして、史鶴の声はうわずる。まだ、顔はあげられない。

「さっきの、怒ってるか？」

「さっきのって、な、なにが……」

「ひとりじめ」

いきなり核心に触れられ、史鶴は冲村を見られないまま硬直した。どん、と心臓が大きな音を立て、声を発することすらできなかった。

（なにか、言わなきゃ。変に思われる）

あせるほどに、声は出ない。史鶴の声は声帯の奥にしがみついたままで、無言の時間がすぎていく。夕暮れをすぎ、部屋のなかと外の光度が逆転するあいまいな光のなかで、冲村の顔が逆光によく見えなくなった。

冲村の高い腰が机から滑り、靴のかかとがとん、と軽い音を立てる。

冲村のハイカットブーツが、リノリウムの床を踏んだ。一歩、二歩、近づいてくる足取りはゆっくりで、なのに史鶴は逃げもせずにその場にとどまっていた。

伸ばされた冲村の長い腕、その親指でぐいとこすられたのは、さきほど川野辺がキスをした頬だった。遠慮のない力に、史鶴の頬が歪《ゆが》む。

「い、たい」

「ついてる」

ごめんごめんと笑った彼女が拭《ぬぐ》ってはくれたけれど、まだ少し色が残っていたのだろう。何度もごしごしと拭いながら、沖村は低い声を出す。

「さっきのあれ、俺が邪魔したか」

「え……」

「川野辺にキスされたの、嬉しかった？」

なんでそんなことを聞くのかまったくわからない。どういう展開に持っていくための会話なのかも、さっぱり理解できない。

「いやでは、なかったよ。驚いたけど」

目を逸らしたまま、とりつくろうように笑うしかない史鶴の頰をこすった長い指は、まだ離れない。いくらなんでも、もう汚れは取れたはずだ。そしてこすり取るようだった力はすでに抜け、沖村の指は、まるで史鶴の頰を撫《な》でるように動いている。

どうしよう、逃げたい。そう考えた史鶴の耳に、沖村の携帯が鳴り響く音が聞こえた。

「お、沖村、電話……」

「どうせくだんねーメールだから、どうでもいい」

一瞬だけ不愉快そうに携帯電話を見やった沖村は、間髪入れず答えた。そのまま頰を撫で続けられ、赤くなりそうな自分が怖くて、史鶴は目を逸らしながら笑ってみせた。

「えーと、離して」

「なんで」

「なんでって……」

「なんで川野辺はキスして、俺はだめなんだろ」

問いかけではなく、自問するようにつぶやいた冲村の声が不思議で、史鶴は思わず顔をあげる。そこにあったのは、なんだか途方にくれたような表情で、否応なしに胸がときめいた。

(違う、うそだ、だって)

混乱のまま、じっと見あげる史鶴を冲村もまた見つめている。

「……なんでだろ」

つぶやいて、屈《かが》みこんでくるきれいな顔をじっと見たまま、逃げも、拒みもしなかった。

触れた、と思った瞬間、吸われた。

(え、い、いきなり……)

冲村のキスは、少年のような笑顔に似合わず、どこか動物っぽかった。舌を吸い、しゃぶるような動きも、はじめてのキスだというのにやたらなまなましい。

ディープキスは苦手だった。他人の舌が口腔《こうこう》を舐《な》めまわすことに、どうしても嫌悪感が拭えず、過去の恋人たちからされるたび、史鶴はいつも逃げ腰で——なのに、いまは冲村がきつく舌を噛《か》んでも、痛いくらい抱きしめてくる腕のせいだけではなく、身じろぎもできない。

少しでも動いたら、ぎりぎりまで膨張した風船のように、ぱんと弾《はじ》けてしまいそうだった。

「んん……っ」

喉奥《のど》を探られて、さすがにえずいたのを機に、重なっていた唇が離れる。ぬめったキスは糸を引いて、名残を惜しむように冲村がそれを舌で拭うのもはずかしかった。

こふっと小さく咳《せき》をした史鶴の背中を、冲村はそっと撫でている。無言のまま抱きしめている彼の意図がわからず、ぐらぐらする頭で史鶴は必死に声を絞り出した。

「お、冲村ってゲイ、なのか」

「わかんね。いままで男とそういうふうにしたことも、考えたこともない」

激しかったキスのわりに、声が穏やかだ。そのギャップにも惑わされたまま、史鶴は混乱から抜け出せない。

(落ち着け、なんだこれ。どうなってんだ)

いまだに、なにが起きたのか史鶴は理解しきれていなかった。なんでこんなふうにキスを許したのだろうか。ゲイなのかと問えば、そうじゃないという。だったら史鶴が『そう』だということが、ひょっとしてばれているのか。なにか誘うようなそぶりでもしただろうか？

(誘う？　こんな男の、どこにそそられるっていうんだ)

過去はともあれ、喜屋武《きゃん》と別れたあとの史鶴は、相馬が嘆くほどの野暮ったさだ。見た目で惑う要素などあるわけもない。そう見せないように、誰の目に止まることもないように、必死で自分を隠してきたのだから。

「じゃあ、いまのってなに」

「なんだろ……けど、なんか」

まだ濡《ぬ》れたままの唇を長い指で拭い、弾力をたしかめるようにいじる冲村は、ぼんやりとした目のまま史鶴をじっと眺めていた。

「なんか、すげえ、こういうことしたい。史鶴に」

まっすぐで濁りのない目に、たしかな欲情が滲んでいる。カラーコンタクトくらいではごまかせないそれに負けて、史鶴は目を逸らした。

「たまってるのか」

「そういうんじゃなくて、史鶴にしたい。……いやか？」

いやなわけがない。触れてほしいのは史鶴のほうで、けれど迷いはあった。

たぶん冲村が史鶴に好意を持ってくれているのは事実だと思う。だが、それが恋愛感情かといえば、違う気がしてならない。好奇心か、それとも気の迷いか——いずれにしろ、ろくな想像はできなくて、史鶴は薄笑いを浮かべるほかにできない。

「冲村、シャレになんないよ。やめたほうがいい」

「シャレってなんだよ」

胸に手をついて軽く押し戻すと、冲村ははじめてむっとした顔をした。離れようとする史鶴の手首を握り、逃がさないと訴えてくる。

「こんなことしちゃったら、戻れないよ」

「戻るって、どこにだよ」

「どこって、その……」

友人同士という、うしろぐらいところのない関係に？　まっとうな道に？　浮かんだ言葉はどれもこれもありきたりで、いま口にしても説得力があるようには思えない。

「俺、史鶴がほしい。いま、ほしい。史鶴が好きだ。そういうの、だめか」

「ほ、ほしいって言われても」

想像していた以上にストレートな言葉と情熱をぶつけられ、史鶴はぐらりとした。

「ずっともやもやしてた。作品も好きだけど、なんか……うまく言えないけど」

逃がしたくないと訴えるように、冲村が抱きしめてくる。細身に見えるけれど引き締まった胸に顔を押しつけられ、伝わってくる速い鼓動が熱を煽《あお》る。

「史鶴のこと独占していい、そういう立場になりたい。俺にだけ、やさしくしてくれたり、面倒みてくれたり、笑ってくれたりしてほしい」

飾らない言葉で、こんなにまっすぐ求められたことなどない。誰かに見せびらかすためのアクセサリーでもなく、史鶴の好意を搾取し、利用するためのツールに色恋を使うのでもなく、ただただ史鶴そのものを欲していると訴える。

「いまだって、面倒みてるだろ」
「ムラジとか相馬《そうま》にも、するだろ。川野辺にも中山にも、はじめて会ったのにいきなり親切にする。俺は史鶴の、そういうやさしいとこいいと思うけど、イラッともする」
必死に恋をしないようにと戒めていた相手から告白されて、無防備な気分でいるいま、さ
さやかな言葉も胸を痛ませる原因になる。
「八方美人ってことか？」
「そうじゃなくて、史鶴は……ひとのことばっかだろ。自分なんかどうでもいいけど、って
顔する。あいつらは利用するようないやな連中じゃないけど、へたなやつに引っかかったら
どうなるんだろって、怖くなる」
史鶴のなかにある、静かな投げやりさまで見透かされていたと知って、本気で驚いた。
「俺だってそうだろ。すげえいやな態度取ったのに、巻きこんだのに、すぐ許して、いろい
ろ教えてくれて。嬉しいけど、俺は、そういうの誰にでもしてるんだとしたら、それがいや
だ。他人のために、史鶴の大事なもんがすり減ってるみたいな気がする」
じっと、まるで観察するように眺められていたのは知っていたけれど、こんなに奥底にま
で沖村の視線は入りこんでいた。
「心配、しなくても、ちゃんと自分の分はわきまえてるよ」
そこまでおひとよしじゃないとごまかそうとした史鶴に、沖村はさらに切りこんだ。

「それもあるけど、そうじゃなくて……そういうの俺だけにしろよ」

なあ、そうしろよと頭を抱えこまれて、誤解しようのない体温の高さと鼓動の速さに、史鶴は赤面した。

「川野辺の言ったこと、ほんとだから。俺、史鶴ひとりじめしたいから。俺だけ特別にしてくれ」

なにを言われているのか、ちっともわからない。脳がスパークしてしまって、事態の把握がまったくできない。

「なあ、一応口説いてんだから、なんか言え」

「なっ、なっ、なんかって、な、な、なに」

ものすごい勢いでどもった。まばたきを忘れていた目をせわしなくしばたたかせ、史鶴は遅まきながらもがきだす。

「っていうか、なに？　ごめん、展開についていけない。なんでキス？」

「なんでって……おまえ、さっきから俺が言ってたの、なんだと思ってんだ。それとも、そうやってはぐらかす手か」

さすがにイライラしはじめたらしい。じろりと睨《にら》まれ、史鶴は硬直した。ごまかすつもりではなく、ただわけがわからないのだと必死にかぶりを振ると、困ったような顔になる。

「いっぺんにあれこれ言いすぎたか。じゃ、とりあえず触っていいって許可してくれ」

「ちょ、ちょ、ちょっと、待って」

ちっともとりあえずじゃない。どころか、一足飛びになにか飛んだ。そして許可を出す前から、沖村は史鶴の肩や背中や腰や、ついでのように尻から脚まで撫でている。

「さわっ……触っても、べつに、気持ちよくないと思う。女の子じゃないし、ふかふかしてないし」

「感触フェチでも巨乳好きでもねえんだ。俺的には史鶴に触ることが大事なんだけど」

逃げ腰な言葉を吐きつつ、実際に腰でいざって逃れようとする史鶴を、沖村は長い腕で阻《はば》み、御託を並べるのはよせとすごんだ。

「史鶴、やならやだって言ってくれよ。そんな言い訳ばっかされるとあきらめつかねえ。ふるならふってくれ。俺、恨んだりしないし」

「沖村……」

「でも、可能性あるなら、いまは流されてくれりゃいい。そんで、おいおいでいいから、俺のこと好きになれよ」

耳をそっとかじられて、「な?」とあまったるい声でねだられる。

(どうすればいいんだ、どうすれば)

好きだというのは、たぶん本気だろう。いくらなんでも、こんな目をして迫られて疑うほど、ひねくれきってはいない。けれど沖村はゲイかどうかも考えたことがないという。

史鶴がものすごく悩んで苦しんで、認めるしかなかったセクシャリティを、気持ちひとつで蹴散らす沖村は、逃げる史鶴の腕を摑《つか》んで離さない。

そして震えた身体《からだ》が嫌悪していないのは、染まった頰でばれているらしく、沖村は強気に笑ってみせた。

「史鶴、ほんとはいやじゃないだろ」

「な、なんで言いきる……」

「だっておまえ、本当にいやなことは絶対拒否するもん。きっついこと言って、冷たい目で見るだろ。でもいま、ただ困ってるだけだし」

思うより性格を摑まれているらしい。それも当然だ、出会いが出会いで、お互いいちばんきつい部分を見せあった。

（それでもいいのか）

いままで史鶴に声をかけてきたり、アプローチしてきた連中は、一様に見た目のおとなしそうな風情がいいと言ってきた。そしてあとになり、史鶴の強情さや我の強さに面倒だと言って離れていったのだ。

にや、と笑って覗《のぞ》きこまれ、知るかと顔を背ける。

「だって、あとで、俺のせいで勘違いしたとか、言われたくない……」

かつて野島《のじま》に言われたことを思わず口にすると、沖村は、呆れたような顔をする。

「そんなこと言うかよ。俺が史鶴に惚《ほ》れたの。で、俺が史鶴といろいろしてえし、独占してえから、こんだけ頼みこんでんだろ」

冲村らしい潔い言いざまに、史鶴は少しだけ笑ってしまった。

「頼みこむってわりには、ずいぶん上から来てる気がするけど」

「性格だからしょうがねえじゃん。もういいだろ、とりあえず流されて、俺とつきあえ」

「えらそうに……っ」

返事も待たないまま、またキスされた。そもそもさっきも、そしていまも、触れた唇を拒んでもいないうえに抵抗もろくにしないのだから、冲村が図に乗ってもしかたないのだろう。

「ほんとに、強引」

つぶやきは、降参のそれと取られてもしかたないものだった。実際そうと受けとったのだろう、目の前の男は少しだけ、摑んでいた腕の力を抜く。

「でも史鶴、少なくとも俺の顔は好きだろ。あのキャラクター、すっげえ書き込んでるもんな。あ、よく見てんだなって思った」

「……冲村、よく、うぬぼれてるって言われない？」

しれっと言われて、ものすごく悔しかった。細部までを見つめていたことも、冲村をモデルにしたキャラクターに力を入れていたことも、無意識のままだった自分が、恥ずかしかったからだ。

「違うって言わないから、アタリだろ」

「厳密に言うと、違う」

「どこが」

たたみかけながら、逃がす気のない男は史鶴の髪や頬を好き放題さわっている。まだいいって言ってないのにと歯がみしそうになりつつ、彼の言うとおり拒んでいないのは史鶴だ。乾いた長い指が気持ちよくて、とてもじゃないが振り払えない。

「顔が好きとかっていうより、だから、……お、冲村が」

「俺が？」

そんなあからさまに期待丸出しの顔で見られたら、言うに言えない。肩すかしを食らわせてやろうかと腹も立ったけれど――冲村相手にそんなことができるくらいなら、はじめからあまやかしはしなかった。

迷いはある。混乱もしていて、けれどこんな目で見つめてくれる相手に、自分の気持ちを偽ることだけはしたくなかった。

「すっ……す、好きだっ……よ」

せめてクールに言ってやろうと思ったら、思いきり噛んだ。史鶴は真っ赤になり、冲村は爆笑する。

「すっげえ噛んだな、史鶴」

「う、うるさい、うるさっ……ん、んんんっ」

文句を言おうとした唇は、激しくもあまったるいキスにふさがれる。しばし暴れて、少し疲れて、結局は広い背中に両腕をまわした。自分の意志の弱さに情けなさを感じつつ、沖村を欲する気持ちに負けた事実は、妙にすがすがしかった。

「ゲイになっちゃうよ……？」

「史鶴に惚れた時点で、もうなっただろ」

そんなあっさりと言うことか。史鶴が二十年かけて、いまだわだかまりつつ認めるしかないセクシャリティを、ひとことでつるんと呑《の》みこんでみせる沖村に、敗北感がいや増した。

「もういいよ……好きにすれば？」

ぐったりと腕のなかで呻《うめ》くと、あははと笑ってまた抱きしめられる。その胸の鼓動が速いので、いいように振りまわされた感のあるいまを、許してしまおうと思う。

（なんだこれ、ありなのか）

ぎりぎり、自覚しかけたところで相手からにじりよられる、そんな恋愛のはじまりなど知らない。好きだと告げて、こんなに明るく笑われて、嬉しそうにされたことだってない。

――いやらしくなくって、見場は派手でも中身はふつーの男と、爽《さわ》やかな恋愛をするってパターンは、史鶴のなかでは想定外なのか？

相馬の問いかけは、これを想定してのことだったんだろうか。詮無《せんな》いことを思いつつ、耳

を噛んでくる冲村の次の言葉は、言われなくてもわかっている気がした。

「なあ史鶴、やりたい」

「なにを……」

「エッチさしてくんねえ？　いやならいいけど」

どこまでストレートなんだとあきれながら、こんなあけすけな誘いを断りきれない自分にこそ、史鶴は面食らっていた。

＊　＊　＊

むろん学校であれ以上のいかがわしい真似《まね》ができるわけもなく、史鶴のアパートに冲村を招いた。

「うお、すげえ本とパソコン」

「それしかないから」

積みあがった資料などを見て驚いた声をあげる冲村に、史鶴は笑う。

「冲村の部屋、どんなかんじ？」

「俺、実家だから。兄貴の部屋そのまま使ってて、捨てるなって言われたもんとか山みたいにある。今度来いよ」

「……うん」

ごくあたりまえの会話。道すがら、部屋に入ったときのことを考えてひどく緊張していただけに、いつもどおりの彼にほっとしたのは事実だ。

「お茶とか、飲む？　インスタントコーヒーと、ペットボトルのくらいしかないけど」

「いらねえ。けど、シャワー借りていい？」

そして不意打ちにこれだ。無邪気な目であたりを見ていたかと思えば、いきなり男の目で史鶴を見る。

「さっき、やだって言わなかったんだから、いいんだよな？」

「う、ん……」

腕を摑んで念押しされる。駆け引きもごまかしもなにもなく、欲しいと訴える気配に押されて、うなずくしかない。

「お、俺もあとで入るから。さきにどうぞ」

「タオルどこ」

「洗面台の脇の、棚に……」

わかったとうなずいて、なんでもない顔で冲村は風呂に向かった。脱衣所代わりの蛇腹カーテンの向こうに姿が消え、どっと脱力した史鶴は、自分を落ち着かせるために湯を沸かし、インスタントコーヒーを淹《い》れる。

（……くそ）

狭いアパートでは、玄関から直結した台所のすぐ脇が浴室だ。コンロの前に立ったままコーヒーをすすると、真後ろからシャワーの音が聞こえてくる。意識するなというほうが無理な話だ。

両手で包んだマグカップのなかに波紋がある。指が震えていることを知り、史鶴はがりがりと頭をかいた。

（ばかか、俺）

なんでいまさら緊張しているのか。それよりなにより、どうしてあの場でうなずいてしまったのかと、情けない後悔が押し寄せてくる。

だいたい、勢いで行くなら行ってほしいし、インターバルを作るならもう少しムードとか雰囲気とかがないと、どうしていいんだかわからないじゃないか――。

「史鶴、風呂もらった」

恨み言にも似たものを内心でぶつくさこぼしていると、いきなり仕切りのカーテンが開いた。悶々《もんもん》と考えこむうちに、さっさと冲村はシャワーをすませてしまったらしい。

うわ、と小さな声をあげて飛びあがると、「なんだよ」と怪訝《けげん》な顔をする冲村は、腰にタオルを巻いただけの状態で立っている。

「史鶴も入るなら、交代」

「う、うん」

ぎくしゃくと目を逸らした史鶴に気づいてかそうでないのか、冲村は手にしたマグカップに視線を向ける。

「なあ、コーヒーもらっていいか」

「ああ、いま淹れる――」

さっきはいらないと言ったくせに、見たら欲しくなったのだろうか。とりあえず意識を逸らす理由ができてほっとした史鶴だったが、伸びてきた腕にまた硬直した。

「これでいい」

長い指が、史鶴の手ごとカップを包んだ。冷めかけたコーヒーを一気に飲み干して、ふっと息をついた冲村は言う。

「あのさ、わりいけど、俺けっこうやばいんで。風呂入りたいなら、早くしてくんね？」

「え、え……」

「史鶴がそのままでいいっつんなら、すぐするけど」

濡れた髪をかきあげた男が、妙に光る目でそんなことを言う。なにを言うこともできないまま真っ赤になり、史鶴はカーテンの向こうに逃げこんだ。

必要以上に全身をしっかり洗ってシャワーを出ると、いつもはソファの状態にしてあるはずのベッドは、マットを平らにした状態でスタンバイされていた。

冲村はタオルを腰に巻いたまま、そのうえであぐらをかいている。史鶴もどうしようかと迷ったあげく、同じ恰好で風呂をあがった。

「……出た、よ」

「ん」

「電気、消していい？」

「いい」

こっち来い、と手招かれる。冲村は指が長いせいか、ひらひらと動くそれが妙な力を持っているようで、逆らえない。

冲村の前で膝《ひざ》をつくと、両手首を握ってじっと見つめられた。抱き寄せるのではなく、そのまま軽く引き寄せられて、史鶴が覆い被《かぶ》さる形でのキスをする。

「冲村、ほんとにすんの」

「あ？　これ見て言うのかよ」

舌を絡めるのではなく、軽く吸って離れただけのキスをほどくなり史鶴が問うと、冲村はいささか不機嫌そうにタオルを巻いた腰を指さした。かなり激しく主張するそれに、史鶴がどうしていいのかわからなくなっていると、今度こそ強く引かれて押し倒される。

「わ、い、いきなり」

「うっせえよ。風呂長すぎ」

いらいらと吐き捨ててお互いのタオルをはぎ取った冲村は、噛みつくようなキスをしながら史鶴のそれを握りしめてきた。

「勃《た》ってねえし」

「なん、そんな、言われても」

状況にまだ頭がついていかない。なにより、怖い。即物的すぎる行動に、乱暴されたらどうしようという怯《おび》えもある。

どう考えても冲村は男とそういうことをしたことがなさそうだったし、勢いまかせの欲情はどこまで保《も》つものなのだろうか。途中で、やっぱり萎《な》えたとか言わないだろうか。

（そもそも、やりかた知ってるのかなあ）

かといって、このプライドの高そうな彼に、リードするような真似をして、へそを曲げられたらどうしよう。そんな散漫な思考に振りまわされていた史鶴の様子を、冲村は少し勘違いしたらしかった。

「史鶴、緊張してんのか」

「う、そりゃ、するよ」

「べつに、やばい真似とかしねえから、怖がんなよ」

むすっと言われて、史鶴は相手の気分を害したのかと肩をすくめた。だが、薄暗がりのなかで見つけた冲村は、ちょっとだけ傷ついたような印象があった。

「俺、怖いか。ほんとは、いやか？」

「……そんなことないよ」

思いきって抱きついてみると、ほっとしたように腕の力が強くなる。緊張しているのは冲村も同じようで、考えてみると年下なのだったなと、急に余裕が出た。

「好きに、していいよ……」

小さくつぶやくと、ぐっと広い肩に力がこもった。今度のキスはねっとりと舌を絡ませてくるやつで、こうも執拗《しつよう》にキスをされた経験のない史鶴はたどたどしく応《こた》えるしかできない。なにかに気づいたのか、冲村は唇を離すと問いかけてくる。

「史鶴、あんまキスとか経験ない？」

「あ、うん……まあ……」

セックスはともかく、キスはあまり好きではなかった。うなずくと、そっか、と冲村が嬉しそうに笑う。

（あ、かわいい）

どうやら自分は冲村の笑った顔に弱いらしいと、身体の奥に走ったあまい痛みに気づかされる。それから、熱っぽく求めてくる舌の動きもけっこう好きだと思った。

首筋や肩にも口づけられながら、反応の鈍かったそれをさすってくる冲村の手のなかで、史鶴がゆっくりと熱くなっていく。

「これで、いいか？」

「ん……」

ふだん、画像ソフトをいじっているときにする確認の言葉と似たニュアンスに、史鶴は小さく笑いながらうなずく。とたん、鼻に抜けた声があまく響いて、冲村の手にこもる熱を高くする。

「俺の、も……」

「うん……」

ねだられなくても、触ってあげたかった。どうしていいのかわからないように、身体中にキスを落としながら史鶴を高ぶらせようとする冲村のセックスは、けっして技巧的ではないからこそ、真摯《しんし》にも思えた。

「史鶴、肩のラインやっぱ、きれいだな」

「そ、そう？」

「ん。いっつも、身体にあってないシャツ着てたけど。ここの骨の形、絶対きれいなはずだって思ってた。もったいねえなって」

人差し指で、鎖骨のうえから肩をゆっくり撫でおろされ、ぞくりと肌に震えが走る。冲村は無言で、視線と手のひらで史鶴の身体の形をたしかめるように撫で、やさしくさすった。

肌に触れる指は、少しぎこちない。男の身体だと違和感があるのかと、一瞬だけ暗い思考がよぎったけれど、熱心な手つきにそんな卑屈な気持ちはすぐに霧散してしまった。

（うわ、なんか、照れる）

言葉にはされないけれど、史鶴の骨格や身体つきに、賞賛のまなざしを向けているのがわかる。冲村は言葉でも視線でも嘘をつかないから、本当に純粋に嬉しく、また恥ずかしかった。そしてそれが思いこみでないことは、ぼつりと落とされたつぶやきで知れた。

「形、覚えた。今度は、ちゃんとぴったりのシャツ、作ってやる」

不思議な触りかたをすると思っていたのは、どうやら手でサイズを測ってもいたらしいと気づかされる。そうなればもう、もともとタガのゆるんでいた心は冲村に向かって開ききってしまい、史鶴は自分の身体からふわりと熱が放射されるのを知った。

「おき、……冲村」

「ん？」

「冲村……」

少しだけ感極まって、何度も名前を呼ぶ。呼びかけに意味がないのを悟ったのだろう、冲村はとくに「どうした」と問うこともなく、史鶴に何度もキスをした。

大事、かわいい、と指先が語っていて、それだけで史鶴は熱くなることができた。

たぶん、緊張しているのは同じだったのだと思う。言葉は少なく、キスと小さなあえぎだけが狭い部屋の狭いベッドを埋め尽くしていて、その代わり闇雲《やみくも》な興奮だけがあった。

「あ、はあ、あ」

「やべ、い、いきそ……」

「うん、うん」

お互いに触れた手を激しくしながら、舌を舐めあう。肌が汗ばみ、緊張と弛緩《しかん》を繰り返す腿《もも》が引きつったように揺れて、冲村の長い脚と絡みあうことすら、史鶴の性感を煽った。

「はふ、あ……うあっ!?」

突然の刺激に、史鶴は声を裏返した。

性器をこする間、もうひとつの冲村の手は、なだめるように幾度も史鶴の背中を撫でていた。それが滑り降り、尻の肉を摑んで狭間《はざま》にすべりこんできたのだ。

「あ、悪い。痛かったか?」

「ううん、そうじゃ、ないけど……」

無意識だったのか、意図的なそれだったのかわからない。けれど、『入れる場所』を探しての動作だったことはたしかだろう。

(入れたいのかな)

いきなりでは無理だと、教えてあげたほうがいいだろうか。一瞬迷っていると、冲村は史鶴の汗で湿った前髪を額から払う。

「あのな、怖かったら今日は入れねえから」

「え……？」

「史鶴、慣れてねえだろ、こういうの。俺、今日は手でしてもらえりゃ、それでいい」

思いもよらない言葉に、史鶴は言葉を失う。そして、いまさらなことに気がついた。

（そうだ……沖村、俺がそっちの経験あるって、知らないんだ）

ぎこちないキスや、戸惑う態度に、ほとんど経験なしだと思いこまれているのがわかった。そんな相手に堂々と身体を求めてくる剛胆さにも驚くが、うかうか流されている自分が肝心のことを言い損ねたことにもまた、愕然《がくぜん》とした。

（どうすりゃいいんだ。これって言うべき？　それとも……）

若くてプライドの高い男は、自分より経験のある相手を敬遠する節がある。沖村の思考回路はいささか変わっている部分もあるから、ステレオタイプなくだらないこだわりはないかもしれないが、この手のことはかなりデリケートで、一歩間違えると悲惨なことになる。

「えと、あの……」

いまからでも、だいじょうぶだと教えてやればいいのか。それとも、いきなり「うしろもオッケー」などと言えば引くかもしれない。

（俺いままで押し倒されてやられてばっかかで、こういうスキル、ぜんぜんあがってない）

野島とのことはお互い余裕がなさすぎて、疵《きず》にしかならなかった。喜屋武は有無を言わさず史鶴を翻弄《ほんろう》するだけで、あとはあちらからあれこれと指示が飛んだから、そのとおりにしただけだ。つまり、いずれも思考停止状態だった。

おまけに、ほとんどノンケの男に対しての、スマートな誘いかたなど、なにも知らない。

いまこの場で、過去について言及するのがいいことなのかどうかもわからない。

埒《らち》もないことでぐるぐると史鶴が迷っていると、沖村は勝手に答えを決めつけたらしい。

「いいって。しねえから困るなよ。触ってるだけでいい。俺、待てるし」

そっと笑いながら囁《ささや》いて、眉《まゆ》のあたりを撫でたあと唇を押し当てる。そんなあまったるい真似をするから、よけいに史鶴の混乱はひどくなった。

「おき、むら」

「あ、でもいつか、やらしてくれ」

子どものようにねだるかと思えば、意外なところで包容力まで見せつけられて、たまらなくなった。じわりと涙目になったのは感激のせいだったが、沖村には安心と取られただろう。

いままでの史鶴の恋人たちと、沖村の違いがあまりにはっきりしていて、ずいぶんきれいな男に触ってもらえているんだなあと、しみじみ感じる。

そして、それだけに、とんでもない罪悪感が胸にこみあげた。

（きらわれたく、ないなあ）

この身体が新品ではなく、たったふたりとはいえさんざん使い捨てられたものだと知っても、冲村は同じように大事にしてくれるだろうか。そう思うと、舌が強ばってなにも言えなくなった。

「史鶴、もっと、こすって」

「……うん……」

胸は苦しいのに、大事にされるのが嬉しい。矛盾を抱えたまま、身体より気持ちが高ぶって、冲村の手をどんどん濡らしていく。けれど触れられるたびに身体は震え、硬直し、ますます史鶴を慣れないふうに演出してしまう。

「な。史鶴……入れないから、素股して、いいか」

「うん、うん……あ、う……っ」

腰をあわせて互いの手でいじりあうだけでは物足りなくなったらしく、もう少し欲しいとねだられる。もうなんでもいいとうなずいて、火照《ほて》った脚を冲村の望むとおりに抱えあげ、きつく閉じ、ぬるりと挟まれる質量に胸を反らした。

(うわ、すごい)

自由に動くことを許されたしなやかな腰が、史鶴の身体のうえで踊る。屈曲位のスタイルに、本当に挿入されているような錯覚を覚えて、ぶつかる肌の音に史鶴は悶《もだ》えた。

(これ、いれられたら、どうなるんだろ)

想像したとたん、じん、とうしろが痺《しび》れた。思わず身体を反らすと、「くう」と子犬が鳴くような声が食いしばった歯の間から漏れる。

その反応に目を細めた冲村は史鶴の脚の間で高ぶったものを刺激しながら、感触を愉《たの》しむように尻から腿を揉み撫でる。

「けっこう、これ、いい……史鶴の脚、気持ちいいな」

「ばか、なに言って」

かっと頬が熱くなり、睨みながら文句を言おうとした唇に長い指が差しこまれる。ぬるぬると舌先をつまんで遊んだあと、思わせぶりに抜き差しされて、眩暈《めまい》がした。

「次、さ。今度……フェラ、できるか？　やじゃなかったら、でいいけど」

「……っい、いよ？」

卑猥な遊びに史鶴の目が潤む。くわえたままうなずくと、冲村はキスのためにそれを抜き取り、舌を絡めて吸いあげた。濡れた指は胸に落とされ、舌の動きと同じリズムで、尖《とが》った乳首が撫でられる。両方を舐められているかのような感触にびくびくと震え、史鶴はくぐもったあえぎを漏らした。

「んふ、ふ、ふっ」

「ん、史鶴……史鶴」

そろそろ限界が近づいたらしい。冲村は動きを早めながら史鶴の乳首をこねまわし、もうひとつの手で史鶴の性器を揉《も》みくちゃにする。

「ああ、くそ、入れてえ……っ」

冲村が史鶴の頭を抱えこみ、思わずといったふうに小さく呻く。言葉で突き刺されたかのように奥深くが疼痛《とうつう》を覚え、痙攣《けいれん》した史鶴の腿が冲村を締めつける。

（いれられ、たい。冲村に、あそこ、あそこを）

指でも、いま脚に挟んだそれでもいい。めちゃくちゃに突きあげられ、奥まで叩《たた》きこまれ、なぶられたい。考えたとたん、史鶴の深部がまるで挿入されているときのようにじわんと疼《うず》き、濡れておかされているかのような錯覚を覚えた。

純度の高い快感とつながる安心を求める身体が、想像のうえで再現した感触を追う。腰が勝手に浮きあがり、冲村の動きにあわせてゆらゆらと淫猥に揺らいだ。そのことに冲村は一瞬目をまるくし、ややあってひどく嬉しげに、それでいて卑猥に微笑《ほほえ》む。

「史鶴も、いいか？　なあ？　腰、動いてる」

「や、あ……い、いいよっ！　あ、あ……はっ」

はしたなくあえぎそうになり、史鶴は唇を嚙みしめた。自分の身体のうえで、ぎゅっと眉を寄せた冲村の顔を見ているだけで、腰の奥から熱いなにかが溢《あふ》れていくようだ。

こすりあわせる腰のぬるつきがひどくなる。張りつめた性器のさきが、じくじくと脈打って開くのがわかる。腿の内側にねじこまれるそれは、史鶴の反応のよさをきちんと読みとっ

て覚え、快楽の根本を狙うかのように突いてくる。

「あっ、あっ、それや、やめ」

うわずった声で制止を訴えると、よけいに執拗にされた。たわめられる肉の感触が、冲村がどれだけ硬いのかを伝える。

お互いの荒い息が肌にぶつかる。腕を伸ばし、汗の滲んだ身体を捕まえようと躍起になる。

「あ……いく、史鶴、手ぇ貸して。さきんとこ、握って」

「ん、んん、うん……っ」

「強く、もっと、ぎゅって……あー、うん、そう」

腕を摑んで、腿の間から突き出たそこを刺激してくれとせがまれるままに手を動かすと、ぐっと腰を押しこんだ冲村が身体を強ばらせる。史鶴の性器の裏に押し当てる形になったそれがひくひくと震えるのを知ったとたん、びくっと腰が跳ねた。

「んん……！」

喉の奥が苦しくなって、溢れていく情欲の熱さに焼けつきそうだと思った。どろりと吐き出されていく粘液が呼び水になったかのように、冲村もまた史鶴のそこへと精液を浴びせる。

「ふ、あ……っ」

はたはたと腹のうえに落ちてくる熱に、二度、三度と史鶴は身体を震わせた。どっと汗が噴きだし、力が抜けたように覆い被さってくる冲村の背中もまた、さきほどよりずっと湿っているようだった。

「……だいじょうぶか？」

しばらく息を整えていた史鶴だが、身体のうえにのしかかったまま身じろぎもしない冲村が心配になって問いかける。耳にちょうど息があたるのか、小さくぶるりと震えた冲村は、長い息を吐いたあとにつぶやいた。

「あー、やべ。脳味噌、ぐらぐらする」

言いざま、汚れた身体にもかまわずぎゅっと抱きしめられ、史鶴はまた赤面した。

「触りっこだけなのに、すげえよかった」

「あ、そ、そう……よ、よかった」

高い鼻のさきで頬をこすられ、ゆっくりと視線が近づいた。まだ快楽の名残をひきずる冲村の目は潤んでいて、どきりとするほどなまめかしかった。

吐息に頬を舐められ、唇の端に吸いつかれた。上唇と下唇を交互にやさしく食《は》まれ、思わずため息をこぼすと舌が入りこんでくる。

「史鶴、俺の舌、吸って。で、口んなかで、舐めて」

「ん……」

唇をすぼめ、言われたとおりに舌を締めつける。粘膜が触れる感触はあまり好きではなかったはずなのに、冲村のそれならかまわないと思った。

（この調子で、どんどん許しちゃうんだろうなあ）

さきほど、指でいたずらされながら告げられたおねだりは、かつての史鶴なら一も二もなく断っていただろう。

あんまり口淫は好きではない。えずきそうになるし、不潔感もやはりつきまとうから、いままですんなり了承したこともなかった。けれど、冲村の言う『今度』に、またこんな声でねだられたら、史鶴はきっとしてしまうだろう予感があった。

それどころか、冲村がしてほしいことは、自分から望んでしてしまうかもしれない。

（俺、どうなっちゃうんだろう）

短気なところがあるくせに、やさしいわがままで史鶴を振りまわす冲村を、身体をつなげるより前から、すっかり受け入れきっている。

長いキスは、後戯そのものだった。熱っぽいあまさで互いのなかを探りあったあと、名残おしくて何度も吸いあい、史鶴が「もう痛い」と笑ってしまうまでそれは続いた。

だるい身体の汚れを拭って、まだ起きあがる気になれないまま、湿った肌で抱きあう。

「史鶴、いくとき、静かだな」

「え……？」

「黙って唇嚙んで、すげえ我慢してるみたいな顔、してた」

興ざめだったのだろうか。少し不安になって見あげた冲村の顔は、予想とは違いどこかとろりとしていた。

「あえいだり、したほうがよかったか？」

「んー、声かわいかったから、聞けたら楽しいかもしんねえけど、べつにいい。そのうちで」

そのうち。次。なんでもないことのように言うそれが、史鶴のかたくなな心のなかにするすると入っていく。

「……あのさ、沖村」

「んー？」

「俺、沖村のこと、すごく好きかもしれない」

「かもってなんだよ」

怒るかもしれないと思ったのに、沖村は、ふは、と気の抜けた笑いを漏らした。

「無理に言わなくていい。史鶴のことは、だいたいなんとなくわかったから」

「なんかあいまいな……」

「だって全部はわかんねーだろ。でもだいたい知ってりゃ、だいたいどうにかなんだろ」

おおざっぱなのかおおらかなのかわからない言葉を吐いて、沖村は史鶴の身体を捕まえ、大きなあくびをした。

「あ、こら。そのまま寝るなよ、シャワー浴びろよ」

「めんどくさい……」

「やだっ、俺のベッドに変なにおいつくだろ！」

「うわ、色気ねえっつか、えげつねえ」

からからと笑った冲村は、ふざけ半分眠気半分の顔をしたまま史鶴をきつく抱きこむ。本当にいやだとじたばたしていると、髪に鼻先をうずめてくる。

「こうしてりゃ、史鶴にだけにおいつくんじゃねえの」

「な……っ」

「てか、史鶴、いーにおい……」

さらりとんでもない台詞《せりふ》を吐いたあげく、くんくんと髪のにおいを嗅《か》いだ。大型犬にじゃれつかれている気分だと思いつつ、史鶴は小声で問いかける。

「……冲村。俺、冲村のことカレシって思っていい？」

「はあ？　いまさらなに言ってんだよ。ほかのなんなんだよ」

不安も、あきれたひとことで吹き飛ばされる。

「俺とつきあうの、面倒くさくないのか」

「いままで、ずっとつきあってきただろ。あれはなんだったんだ？」

「でも、あれって、ともだちで……」

「区分け、意味あんのか？　俺、史鶴好きだぞ」

とことんストレートで、もう少し深く考えろと言いたいけれど、これが冲村だ。思わず失笑してしまうと、冲村はまた腰をすりよせてくる。

「え、うそ、や……」

腹にこすりつけてくるそれは、もう湿ってきていて、さすが十代と大して歳《とし》の差もないくせに史鶴は驚く。

「……いやか？　でも俺、勃った」

「言わなくてもわかるっ」

「史鶴、じっとして……ちょっとだけ、我慢して」

なにもしなくていいなどと言われても、こんなに卑猥に腰を動かされて反応せずにいられない。冲村のことを言えない程度には、史鶴もまだ、若いのだ。

「なあ。今度は、イク、って言えよ」

そのおねだりだけは謹んで却下し、意地でも口を結んでいたけれど、意固地さについてはお互いさまの冲村に執拗にいじられ、いじめられて——三回目に至るころにはついに、エスカレートした要求を史鶴は呑んでしまっていた。

＊　　＊　　＊

冲村となるようになってしまったことを、史鶴は相馬にどう報告すればいいのかわからなかった。あれだけ「ありえない、もう恋愛面倒くさい」と否定しまくっていたくせに、急展開であのありさまというのは、さすがに恥ずかしいと思ったからだ。

しかし、冲村言うところの『触りっこ』から数日経ち、史鶴と冲村がつきあうようになった件は、すぐに露呈することとなってしまった。

「……史鶴、そのおんぶおばけ、なに？」

「えーと……」

毎度のPCルームで、ひやかしと称する相馬とムラジが入ってきたとき、冲村は史鶴の背中にべったりと抱きついていた。

ひとが来たらまずいから離せといくら言っても聞かず、画像ソフトの扱いを習うどころか史鶴の髪をいじったり首のにおいをかいだりと、信じられないべったりぶりにあきれていたが、続いた言葉にそれらがすべてわざとだったのだと知らされた。

「相馬、もうあんまおまえ、史鶴に触んなよ。ムラジも、あんまこいつ頼るな」

「え、な、なんで？」

「はあ？　なにそれ。なんで冲村がそんなこと言うんだ」

意味がわからなそうに目を瞠《みは》るムラジはともかく、相馬は笑みを含んだ顔で史鶴を見やる。視線を受けとめきれずにうつむくと、これ見よがしに史鶴の耳朶《みみたぶ》をいじりながら、冲村は言

ってのけた。

「俺がむかつくから。つうか、これ、俺のにしたから」

あまりに堂々とした態度に、さしもの相馬も絶句した。ムラジはぽかんとなったまま、史鶴と冲村の顔を交互に眺めている。史鶴は顔中を赤らめ、怒鳴りつけた。

「冲村っ！」

「んだよ。いーだろ。そう言ったただろ、史鶴」

悪びれない冲村に、相馬は唖然《あぜん》としながら史鶴を凝視した。

「なにそれ。そんなことになっちゃったの、いつの間に？　ていうかそんなこと言っちゃったの、史鶴」

「言ったというか……」

状況を思い出せば、とても説明できないと史鶴は赤面する。

はじめて部屋に泊めた日が金曜だったのをいいことに、連日冲村は史鶴の部屋に居続け、史鶴を堪能し続けたのだ。当然、「次によろしく」と言われたあれこれはあっという間に遂行する羽目になり、あまつさえ「お返しする」と宣言した男に返り討ちにもあった。

アルバイトをはじめてサボらされ、しつこく元気な冲村に言質《げんち》を取られたのは、狭苦しいベッドのうえで、史鶴は恥ずかしいことこのうえない。

「ばらすなって言ったのに、なんで言うんだ！」

「俺、うんって言ってねえだろ」

知るかと吐き捨てた冲村の顔は不機嫌そうだった。もう全部冲村のだから、約束するから、相馬にもムラジにも内緒にしてくれと頼んだのに、冲村は承諾しなかった。どころか、なんで隠す必要があるのかとむきになり、却《かえ》ってしつこくされたくらいだった。

「史鶴、ひとりじめしていいって、言ったじゃねえかよ」

「……っ、だからなんでいま、言う……っ」

頭を抱えて机に突っ伏した史鶴は指のさきまで真っ赤になる。平然としている冲村は、その隣の椅子に背もたれを抱えるようにして座り、史鶴の長めの髪をいじった。

どこからどう見ても、できあがりたてのカップルがいちゃついているようにしか見えない状況に、むしろ平然としているのはムラジだった。

「あー、なるほど。冲村くんってそういうキャラだよねえ」

ひとり納得しているムラジに「そういうって、なんだよ」と冲村は眉を寄せる。不機嫌顔にも慣れたのか、ムラジはうんうん、とうなずきながら言った。

「グレーゾーンないよね、なにごとにも全力。好きなら好きでまっしぐらっていうか」

「まっしぐらすぎだろ……」

あきれかえった相馬の言葉に、史鶴はもう顔もあげられず、どうしていいのかわからない羞恥《しゅうち》に悶絶していた。親友はため息をついて、苦笑まじりに言う。

「史鶴、もう開き直れば？」

「無理……」

「羞《は》じらっててもかわいいだけだから、沖村よけい喜ぶだけだと思うけど」

相馬の声に横目で窺《うかが》えば、満足げに笑いながら史鶴の髪をひと房こより、じっと眺めている沖村がいる。ふたりきりのときとまるで変わらない、嬉しそうな表情を前にして、史鶴はまた沈没するしかなかった。

「あとさあ、たぶんオッキー、俺らだけじゃないと思うよ。牽制《けんせい》したの」

相馬のとんでもない発言にがばりと顔をあげると、沖村はさすがに目を逸らした。

「……まさかと思うけど、ほかに言ってないよな」

ひきつった笑いを漏らしながら問いかければ「なにが？」と沖村は明後日を向いたままだ。

「川野辺さんとか、中山とかっ、言って、ない、よな⁉」

無言で視線をあわせない沖村に摑みかかり、がくがくと前後に揺さぶってやる。目をつりあげてつめよると、沖村は舌打ちをした。

「しかたねえだろ。川野辺、まだ史鶴口説くってうっせえし」

「言ったのかっ。なに言ったたっ⁉」

「手ぇ出すなっつっただけだし。だってあいつ手ぇ早えんだもんよ。牽制しとかねえと、聞いてなかったんだから関係ねえとか言うぞ」

むくれた顔で、なにが悪いと開き直った冲村に、史鶴はもう魂さえ抜けそうになる。

「ショーの打ち合わせしなきゃいけないのに……次、どんな顔で会えばいいんだ……」

「べつになんも変わんねえだろ。あいつらも、特にどうって言ってなかったぞ」

その言葉に、ぷしっと空気が抜ける音がした。あまりのことに、じんわりと涙まで滲んできて、ぐったりと史鶴は机になついた。

(もうやだ、なんだこれ、なにこの展開)

突っ伏したまま意味もなく机に爪を立て、がりがりと引っかく。学校の備品に疵をつけてしまうかと拳《こぶし》を握り、把握しきれない状況に混乱する頭を振る。

「オープンすぎるよ……噂になったらどうする気だよ」

ぐったりしながら呻くと、苦笑したムラジがなだめるような言葉を発する。

「SIZさん、そんなに気にしなくてもいいんじゃないかなあ。親しいひとにしか漏れてないんだし。高校とかみたいに、閉鎖された空間でもないんだし」

「ムラジくん、平気なの……?」

「だって、オタクな連中の趣味嗜好とかに比べたら、ゲイくらいどってことないじゃない」

もはやHENTAIは世界語だしねえと笑うムラジは、気の弱い面があるわりにときどきおそろしく剛胆だ。

(いいのか、そんなんで)

高校時代、はじめてつきあった相手とは、いつもびくびくしながら抱きあった。喜屋武にしたって、外の世界ではゲイだということをオープンにはしていなかったし、街中で知りあいに会ったときは、助手のアルバイトだと言ってごまかされたりした。

人目をはばかる関係で、それがあたりまえだと理解していた。だが頭でわかっているのと、感情はやはり違って、うろたえる自分を史鶴は持てあます。

「……史鶴、そんなにやだったか？」

なのに冲村が、困ったような顔で覗きこんでくるから、怒りきれない。ムラジは笑っているし、相馬は少しだけ複雑そうに、でもやっぱり微笑んでいる。

本当に泣きそうになった。くしゃりと顔が歪《ゆが》んで、そのとたん冲村が頭を引き寄せてくる。

「史鶴がそんな困ると思わなかった。ごめん」

「おき……」

「でも俺、恥ずかしいとかぜんぜん思ってねえし。知られても、言いたいこと言うやつはほっときゃいいし、俺は困らない」

この考えなし、と怒ってやりたいのに、真っ正面から謝られて、それももうできなくなった。怒るなと髪を撫でられて、ムラジも相馬もいるというのに、史鶴は顔があげられない。

「いんじゃないの、史鶴。青空デートでもなんでも、やってくれるよ？　こいつ」

「相馬……」

「まあ、冲村に青空が似合うかどうかはさておいて」

しあわせに、なっちゃいなよ。

史鶴にだけ聞こえる声で相馬に告げられ、うなずくのが精一杯だった。

＊　＊　＊

年の瀬も近づき、急激に寒くなっていく季節に覚える肌寒さが、人恋しさを募らせていく。

ひとり暮らしの史鶴の家に、冲村はちょくちょく泊まりに来るようになっていた。

「なに、またお母さんにメール？」

「あ、ああ。うん。一応、泊まるって連絡」

冲村と交代で風呂をあがった史鶴は、携帯を操作する彼の姿に小さく笑った。照れくさいのか、冲村は慌てたようにフラップを閉じる。

連休でアルバイトがないときには、それこそ朝から晩まで一緒で、ずっとくっつきあっている。それでいて、けじめなくずるずると泊まりこむような真似はしなかったし、外泊の際にはちゃんと家に連絡も入れているようだった。

「親、心配かけるとまずいし。未成年で、スネかじって好きなことやらしてもらってるうちは、報告すんのも義務だろ」

まめなんだなと言うと、気負いのない声で彼は言った。本当に見た目の派手さを裏切る男だと感心すると同時に、彼の家族に対して心苦しいものを感じた。

(ちゃんと、しつけられてきたんだろうな)

泊まりに来たときの態度などでも、それは知れた。冲村はデザインだけでなく自分でも縫製などをするせいか、基本的にこまめで手先が器用だが、それだけでなく日常のことも案外きちんとしている。

相馬などはあまやかされてきたせいか、史鶴が夕飯を作ったりしても手伝えと言わない限り片づけをしない。しかし、自主的に皿洗いを申し出る十九歳の男子というのは、正直史鶴は見たこともなかった。

(喜屋武なんか、二年近く一緒に暮らしてて、皿洗ったこと一回もなかったのに)

料理についても、通っていた高校で家庭科があったらしく、レパートリーは少ないもののそこそこ作ることができる。見た目ではまるっきり、その手のことなどやりそうにもないのに、つくづく意外性の男だった。

「そういえば、この間史鶴にならったスープ、家で作ったらお袋にウケた」

「え？　ああ、ガスパチョもどき？」

ひとり暮らしで重宝する料理といえば、カレー、シチューなどの汁物系だ。史鶴はスープ類が好きで、大量に作っては一週間食べ続ける、ということをよくやる。冲村に教えたのは、トマトやセロリなど冷蔵庫の余り物の野菜を角切りにして塩コショウで下ごしらえし、ミキサーで一気に混ぜるタイプのものだ。

「つーか、男の子のひとり暮らしでミキサーあるのって、めずらしいってたぞ」

「はは、福引きで当たっちゃったから」

引っ越してきたばかりのころ、近所でいろいろと買いものをした際、ちょうど福引きをやっていたのだ。山ほどもらった福引き券で、物は試しとやってみたら、大量のティッシュのほかに唯一引き当てたのが小型の万能ミキサーで、どうせなら使ってやれと重宝していた。

「ていうか、お母さんとかに俺のことは、なんて言ってんの」

「学校のダチに泊めてもらってるって、言ってる」

ごまかすのも当然なので、そうだねとうなずく。けれど史鶴が気持ちを引き締めるより早く、彼は少し気まずそうに、しかしなんらうしろぐらいところはない顔で言った。

「や、だって親に、つきあってるやつんとこ泊まるとか、言えねーだろ」

照れさえ滲ませるそれに、史鶴は虚を衝《つ》かれたような顔をしてしまったのだと思う。むしろ沖村のほうが怪訝な顔になり、そのあと少しだけ考えこんで、「あ」といまさら気づいたような、少し間抜けな声を発した。

「あ、そうか。史鶴、男だから内緒にしなきゃって、気にしてんのか」

友人連中に暴露したときもそうだったが、沖村はどうも、自分の状況がわかっていないらしい。あれがカミングアウトに相当するということすら、いまだに理解しているかどうかもあやしいものだと思う。

「……ふつう、気にすると思うんだけど」

ぽつりとつぶやくと、冲村はむっとした顔をした。その顔を見て、史鶴は思わず笑ってしまう。

まだ冲村には、よくわかってないのだろうと思う。去年までは高校生で、同性に恋をしたのもはじめてで——挫折らしい挫折も、たぶん知らない。

冲村の性格上、かつての恋愛もさっぱりしたものだっただろうし、終わりに向かっていく怖さを、実感として持ったことなどないだろう。

(ていうか、俺がやっぱ老けこんでんのかな)

相馬の叔父《おじ》である昭生《あきお》にも、「おまえはもはや、精神年齢が中年だ」とまで言われたことがあるのだ。

——老人ってほど達観もしてねえし、若者らしい潑剌《はつらつ》さはない。ただ漫然と終わっていこうとしてる、それが気にくわない。

甥《おい》にそっくりな口調で説教されたとき、おせっかいは遺伝なのかとさえ思ったものだ。

そんな史鶴の新しい恋がはじまったと知って、人一倍喜んでくれた彼には、これでもう少し若返れとまで言われた。

けれどおいそれと性格など変わるものではなく、どうしても一歩引いてしまう自分がいる。それを感じとるのか、冲村はときどき苛立《いらだ》ったように、考えすぎるなと怒る。

「あのな。史鶴には俺が惚れて、口説いて流されたんだから、変な責任感じるなよ」

その言葉に、史鶴のなかでじくりと罪悪感に似たものが疼く。だがその痛みを冲村に悟られてしまうのがいやで、史鶴はごまかすように笑って言った。

「でも、責任感じるよ。一応年上だしね」

「え？」

「ん、なに」

「史鶴って、俺より年上だったのか？　嘘だろ？」

いまさらなんだ、と驚いた。だが考えてみれば同学年で、史鶴が大学を辞めたことなどまでは話していなかったのだから、当然だった。

「年上だよ。もうすぐ、二十一歳になる。保険証、見る？」

「や、べつに、証拠とかいらねえけど……」

そんなことすら話さないいまま、気持ちだけ近づいてしまった。史鶴は少しだけひんやりした気分になり、不器用な笑いを浮かべたまま、問いかける。

「えと、引いた？」

いままで、あまりにうまく行きすぎている反動だろうか。ほんの少しの、隠しごととも言えない自分の過去に、史鶴は妙な気まずさを覚えるようになっている。

(俺、ぜんぶ冲村がはじめてだと思ってるんだろうな)

嘘をついたわけではない。けれど真実を語れてもいない。それがひどく不誠実な気がして、史鶴の表情を曇らせた。

「ばか。引くか、その程度で」

むすっとして、長い腕で冲村は史鶴を抱きしめる。言葉につまったとき、いつもこうするのだと史鶴はもう知っている。

「けど、なんかわかった。史鶴、おとなっぽいし、妙に俺とかほかの連中の面倒みたり、親切にすんの、ナチュラルにできる理由。あれって、そのせいだったんだな」

「はは……気分だけは先輩だったから」

笑いながら、ほっとした。二十歳で専門学校に入り直している理由を、冲村は問わなかった。たぶん史鶴が触れられたくないことを、彼は気づいたのだと思う。

訊《き》かれなくてほっとしていた。大学を辞めたことや、そのきっかけとなった喜屋武のことも、冲村には知られたくなかったからだ。

「史鶴さんって呼んでもいいよ」

「ぜってー言わねえ」

ふん、と鼻で笑って史鶴の髪をくしゃくしゃにする。長い腕のなかで、やめろと大笑いしながらじゃれつく時間が、たまらなく嬉しかった。同時に、心苦しさも覚える。

「なんだよ、こんな細っこいくせに。肌とかつるつるじゃねえかよ、鬚《ひげ》もろくにねえし。年上とかわかるか、ばか」

「痛い、痛いって冲村」

頬をつまんで引っぱられ、もう勘弁と逃げる身体が床に倒れる。そのまま覆い被さられ、気がつくと四肢を絡みあわせてキスをしていた。

「……ふ、あ」

部屋着のトレーナーをくぐった手のひらが、最近弱みと知られた右の乳首をそっと撫でる。暖房を入れていても、冬場の恋人の指は冷たかった。だがそのひんやりした感触のせいだけでなく、やわらかかったそこは、冲村の指を認識したとたんに、くっと尖って硬くなった。

「ん、んん」

むずかるような声をあげてかぶりを振ると、さらに舌に吸いつかれ、胸を這《は》う手はふたつになった。揉み心地もない平たいそこを熱心に撫でていたかと思うと、服をめくりあげてきつく吸いついてくる。

「背中、痛くねえ？」

「ん……ちょっと痛い」

「んじゃ、ベッドな？」

いったん史鶴を抱き起こした冲村は、壁に立てかける状態になっていたソファベッドの端を引っぱって床に倒し、平らにする。もう片手であっさりそんな動作ができる程度には、慣れたらしい。

「な、史鶴……今日、さきに、頼めるか？」

口づけて濡れた唇を、親指がそっと撫でる。ねだるサインにこくりとうなずいて、ベッドのうえで脚を投げ出した冲村のベルトをはずしてやる。窮屈そうなブラックデニムから引きずり出したそれは、熱を持って硬かった。

「冲村、反応早いよ。なに期待してんの」

「史鶴のせいだろ」

ぶっきらぼうに言って、冲村は史鶴のメガネをはずし、近くの棚のうえに避難させる。

「俺まだ、なんもしてないよ」

「うっせえ。しょうがねえだろ、ここんち史鶴のにおいすんだから」

どうもちょっぴりにおいフェチの気があるらしい冲村は、少し気まずそうにしながらも開き直った。早くと頭を押さえるのは、傲慢だからではなく照れ隠しと知っているから、史鶴もおとなしく顔を伏せる。

「ん……気持ちい、史鶴」

髪を撫でながら、あまくうわずった声を出す冲村がかわいい。行き場のない手を置いた硬い腿がときどきひくりとするのも、史鶴の興奮を煽った。丁寧に舐めるより、本当はくわえて吸ったほうが気持ちいいのだろうに、冲村は無理にそれをさせようとはしない。

はじめてキスをした日、いつか頼むと言われたこれを、史鶴は早々に許した。というのも、史鶴と冲村はいまだに、身体をつなげる行為をしたことがなかったからだ。

「あの、冲村……」

「んん……？」

高ぶりきったそれから口を離し、萎えさせないように手のひらで刺激しながら、史鶴はこくりと唾《つば》を飲んだ。

「今日、あの、い、れる……？　俺、いいよ？」

目を逸らしたまま問いかけると、手のなかの冲村がひくっと動いた。正直な反応に恥ずかしくなっていると、さらりと髪が撫でられる。

「無理すんな」

「無理、とかじゃ」

「その顔のどこが無理じゃねえんだよ」

指摘され、頬をつままれた。顔が強ばっていたことに気づかされ、史鶴は自分が悲愴感溢れる表情をさらしていたのだと理解し、目を伏せた。

（俺、ばかだ）

昔のことを言えないのがつらい。頼むからもう、いっそ強引にでもやっちゃってほしい。そんな投げやりな気分で誘ったところで、相手がその気になるわけがない。

「言ったろ、史鶴がしたくなって、許せるって思えたらでいい」

もういいからとそっと横たえられ、お互いの乱れた服を脱がせあい、胸をあわせてベッドに転がった。うつむきがちの顔をあげさせられ、くわえたばかりだというのにキスをされる。

やさしく肌を撫でられるたび、ごめんね、と胸のなかでつぶやいている。それなのに沖村の手がどこまでもやさしいから、気持ちを置き去りに身体だけ熱くなる。

「はは。史鶴、勃ってる」

身体が重なり、反応を知るだけでひどく嬉しそうな沖村が照れくさく、史鶴は平手で背中を叩いて咎《とが》めたあとに言った。

「口で、いってもよかったのに」

「いらね。キスしながら、一緒にして」

そっちのほうがいいと沖村が言うのは、はじめてフェラチオをしたときに暴走した彼が、予告もなく史鶴の口腔にぶちまけ、派手に咳きこんでしまったせいだ。

(気、遣わせてる)

ふだんはわがままだったり、だだっ子のような言いざまもするくせに、ベッドでの沖村はとんでもなくやさしくて、いたたまれなくなるくらいだ。大事にされすぎて、恥ずかしくてたまらなくなる。そしてそのせいでますます冲村はやさしくなり——ますます史鶴は、本当のことが言えなくなる。

いままで何度かチャレンジはしたのだ。けれど身体の奥に触れられるたび、史鶴の身体はすくんでしまい、冲村が気を遣ってやめるというパターンができあがって、最近では冲村から求めてくることはなくなった。

——史鶴には俺が惚れて、口説いて流されたんだから、変な責任感じるなよ。

あの言葉に、本当は息が止まりそうだった。

冲村はなにも知らない。史鶴のキスがぎこちなく、触れあうときにも過度に照れるのも、いままで身勝手に使われることしか知らなかった身体が驚いているだけで、未経験だからではないのだということを。

最初の日、指でそこを触れられただけで過剰にびくついた史鶴になにを思ったのか、冲村は「待つ」と言ってくれた。

——それに、無理に入れたりとかしなくてもいいし。やっぱ、痛いんだろ？　俺、史鶴に我慢させせんのとか、やだし。

そのせいで、じつは経験者だということが、ますます言い出せなくなってしまった。

野島とつきあっていたころはともかく、喜屋武の手によって開発された史鶴のそこは、ただの排泄孔ではなくセックスのための性器に変えられていた。

喜屋武は自分を受け入れる『孔《あな》』を唇や舌さえ使っていじり倒し、泣きわめくまで史鶴を追いつめるのが常だった。執拗なそれにより、射精では味わえない快楽を覚えこまされたのは強烈で、若い身体はやみつきにさせられ、指でも性器でも、挿入されると、身も世もなくよがってしまうようにまでなっていた。

おまけにあの男は少しフェティッシュな性癖があって、上半身や性器に触れることには興味がなかった。だから冲村がキスをしたり、薄い胸や、細いけれど女性らしいまろやかさのない脚にもやさしく触れてくると、驚いてしまう。

それがもの慣れなさのせいだと勘違いしているらしい冲村に、いまさらすべて知っているとも言えなくて、ずるずると現状にあまんじてしまっていた。

「史鶴、いい？」

「うん、い、いい」

横向きに向かい合う状態で、お互いのそれを刺激する。冲村の指はすらりとして見えるけれど、裁縫などの作業をするせいか少したこができていて、それが引っかかる感じがたまらなくよかった。最初は硬い感触のそれが、体液に濡れてなめらかになっていく、その変化も好きだった。いまはセットしていない冲村の髪がさらさらと肌を撫でて、くすぐったい。

「史鶴、気持ちい？」

「んー……い、きもちいい、いいっ」

追いつめながら、冲村は史鶴の尻をぎゅっと摑む。何度も肌を重ねて知った、彼がいきそうになるときのくせ。たぶん、この身体に入れることを想像してくれているんだと思えば、嬉しさとうしろめたさに史鶴も高ぶる。

「あっ、あっ、あっ」

ひとの身体は、感覚を記憶する。史鶴のそこは、濡れて男をくわえこみ、締めつけることによって覚える快楽を知っていて、再生される感触と、想像でしかない冲村を受け入れる行為を脳内で混ぜあわせ、興奮を煽る材料にする。

まるで冲村を使って自慰をしている気分だ。そのうしろめたさも相まって感じてしまうのが、なおのこと史鶴は申し訳なくなる。

「顔見せて、史鶴。気持ちいい顔。こっち向いて……俺見ながら、俺の、して」

「ん、うん……っ」

うなずいて、涙の滲んだ目を必死に開く。汗ばんだ冲村の顔が近くて、何度も何度もキスしながら、お互いの手で閉じこめたそれをこすりあわせ、腰を揺すりあう。

「いく？　史鶴いく？　な、言って」

あいまいなごまかしのせいで、我慢させているのが申し訳なくて、だから言葉くらい、淫《みだ》らな顔くらい、全部望むようにしてやりたいと思う。

「あ、冲村、いく、い、いく……っ」

うわずった声で小さく訴えると、ぎゅっと先端を強く押された。一瞬の圧迫感のあと、ぬるぬると激しく刺激され、史鶴は「あ、あ」と小さく痙攣しながら達する。凝視するようにその顔を堪能したあと、冲村は史鶴のそれを自分のものに絡ませるようにして、史鶴の手のうえから激しくこすりあげ、くっと息をつめて射精した。

「は……っ」

短く、切れ切れの息が濡れた肌にぶつかる。冲村は終わったあと、長くため息をついて、苦しそうな顔ですがるようにぎゅっと抱きしめてくる。それはまるで、不完全燃焼を起こした欲情をこらえているかのようで、史鶴にはせつない。

（本当は、ちゃんと……抱かれたい）

史鶴も本音では、身体をつなげたいと思っている。気持ちも全部預けた男に丁寧に愛撫されて、抱いてもらったら、どれだけ気持ちよく幸福なのだろうと想像する。けれど同じくらい、それが怖いとも感じている。

（入れられたら、俺、おかしくなる）

感じて乱れて、とんでもない痴態を見せつけることになるはずだ。そしてそんな史鶴が『処女』ではないことが、ばれてしまう。

冲村はそのとき、どんな顔をするだろう。年齢を教えただけでも少し戸惑った顔をしたくらいだ、本当に引いてしまうのではないだろうか。

(最初に言ってしまえばよかったのか……？)

そう思った端から、言えるわけがないと思う。

もともと男が好きで、最初の彼からは束縛され虐《しいた》げられて逃げ出しました。前彼には身体をおもちゃにされて捨てられて、ついでに部屋から蹴《け》り出され、投げやりになって大学もやめました——。

(そんなこと言ったら引く。ぜったい、引く)

想像しただけで、さあっと血の気が引いていく。冲村が派手で乱雑なのは見た目だけの話だ。誰より細やかで、ロマンチックな部分も持っている彼に、昔の話など聞かせられない。

顔色の変わった史鶴に、冲村はめざとく気づいて、こつんと額をあわせてきた。

「どした？　疲れたか？」

なにも言えないまま、史鶴は黙ってかぶりを振った。なんでもないと史鶴が笑うと、なぜか彼は眉をひそめた。そして指を伸ばし、史鶴の額をぐいと押す。

「そういう顔すんな」

「ん？」

「自分だけ全部わかってて、なんもかんもひっかぶるって決めてる顔すんな」

毎度ながら、心が読めるのかというくらいに的確に言い当てられ、史鶴は押し黙る。そして、眉をさげたまま冲村をじっと見つめた。

「史鶴、俺のことばかだと思ってんだろ」

「え、なんで。そんなことないよ」

「俺が、面倒くさいこととかなんも考えてねえと思ってるだろ」

「え、え……？　そんな、違う」

いったいどこに向かう話なのかと呆《ぼ》けながら、とりあえず否定だけはしなければとかぶりを振る。だが沖村はむっつりとしたまま起きあがり、いきなり史鶴の頭を叩いた。

「いたいっ」

「まだ、俺の親に悪いとか思ってんだろ、ばか。それともなにか、史鶴は成人だから、責任感じてるとか言う気か。ふたっつしか変わらないだろ」

どうやら、ベッドに入る前の話をまだ気にしていると勘違いされたらしい。

（だよな。俺の過去なんて、わかるわけない）

剣呑《けんのん》な表情には少しだけ胸をざわつかせつつ、けれどこのカンのいい男でも読み違うことはあるのだと知ってほっとした。

しかし目の前で睨んでくる沖村に、顔をゆるめるわけにはいかなかった。

「史鶴、俺がいきなり言ったからって、簡単につきあったと思ってねえ？　ダチとかにもばらしたの、考えなしだって思ってただろ」

「そんなこと……」

ないとは言えるわけもなく、全裸で片膝をついたままの冲村の恰好にもいたたまれず、史鶴は目を逸らしてしまう。

「言っておくけど、俺、史鶴のことマジだからな。つか、もうちょっとしてから言うつもりだったけど」

ちょっと待ってろと言い置いて、冲村は立ちあがり、部屋の入り口近くに放り出していたバッグをあさりはじめる。

「冲村……？」

「ほら、これ」

ぽんと投げ出されたのは住宅情報雑誌だった。見ると付箋《ふせん》が貼りつけてあり、築年数は古いけれども間取りの広いアパートがいくつかピックアップされている。

「これが、なに？　冲村、ひとり暮らしでもすんの？」

「もともとそうしようと思ってたけど、最近、方向変えた。兄貴が結婚してヨメさん連れてくるらしいし、ぼちぼち出てけって言われてたんで――」

だんだん呑みこめてきて、史鶴はさきほどよりもよほど、顔色をなくしていく。

「いや、それ、無理！」

「来年一緒に住もう」

史鶴が叫んだと同時に、冲村はきっぱり言った。なにを言っているのかと唖然となり、続いて史鶴はいささかひきつった笑いを漏らした。

「も……もう、冲村。冗談もたいがいにしないとさ」

「史鶴」

「まだつきあいだして二ヶ月経つかってとこだろ。早すぎだろ、そういうの。なんでそんなあせってんの？」

「あせってんのは史鶴だろ」

決めつけるように言われて、史鶴は絶句した。冲村の目はいつものようにまっすぐで、史鶴のずるい逃げ腰や、うわべだけの反論を許さない。

「どっかで、こういうのよくない、どうしようってあせってるだろ」

「そんな、ことは」

「ないとか言わせねえからな。俺、史鶴のことはだいたいわかるっつっただろ。ほんとはえっらい気ぃ強いくせに、最近妙におとなしくて、俺の顔色うかがってることも気づかないほど、ばかじゃねえし」

ずけずけと言ってくれる。さすがに頭に来て、史鶴は冲村を睨んだ。

「だってっ……冲村は、なんでも急すぎるじゃないか！」

「あ？」

「川野辺にキスされて、むかっときてその気になって？　そんでその日のうちにエッチしたいっつって、三日もしないでいきなりまわりにカミングアウトしてっ」

「それがなんだよ」

「誰かに変なふうに言われたりとか、このさきのこととか、どうすんだよ！　展開早すぎるよ、俺、いっぱいいっぱいだし、ときどきついてけないんだよっ！」

わめき散らして、はっとする。あわてて見つめたさきの冲村は、奇妙に平静な顔をしていた。怒っているのかと思わず身をすくめると「……で？」と低い声がする。

「で、って」

「ほかに、まだあんだろ。言え」

「そ、そういう言いかたってどうかと」

「わかった言いかたな。気をつける。で？　ほかに文句は？　いま言えよ」

そうせっつかれると、言いづらい。なにより、文句を言えと言われても、とくに文句のつけようがないのが困ってしまうのだ。

性格はきつそうに見えておおらかな面もあるし、だらしないところもない。かといって几帳面すぎるわけではないから、息がつまるような思いをしたこともない。派手なのは服装や見た目だけで、それも目指す職業柄のことであり、金遣いもさほど荒くはないらしい。

趣味は服作りにファッションチェックで、遊びすぎるということもなく、端的に言って誠実でまじめ、そして素直だ。

（あれ、悪いとこ、みつかんない……）

考えれば考えるほど、文句のつけどころがない。けれど、それこそが冲村をまだよく知らないという証拠ではないんだろうか。煩悶しながら考えこんでいると、冲村はさらに言った。

「一緒に住んだら、俺ちゃんと家事とかするし。家賃は、卒業までは親も少し援助してくれるけど、生活費関係そこまで頼れねえからバイトもするつもり。史鶴がひとりになりたいときのために、部屋とかも別々にするつもりだし。なんかあと条件あるなら、言ってくれ」

「ま、ちょ、待って待って！」

いつの間にか、口論のはずが同棲に向けての話しあいにすり替わっている。慌てて起きあがった史鶴は、自分たちの姿に気づいてはっとなる。

「……つうか、マッパでする話？」

「それもそっか」

さすがに全裸では決まりがわるいと思ったのか、下着を穿《は》いたあとふたたびあぐらをかいた。史鶴も、手近に脱ぎ捨てたシャツを羽織り、メガネをかける。とたん冲村の、まだ汗の滲んだ裸の上半身が目に入り、思わず目を逸らしてしまった。

「来年って言っても、実際にはたぶん春くらいだろ。卒業とか異動とかで転居する時期になりゃ、空く予定の部屋あるって不動産屋も言ってた。したら、いまから三ヶ月か四ヶ月あるだろ。そうすっと、つきあいだしてから半年くらいにはなるだろ」

「なる、けどさ……」

「その時期になってから探したり準備しても、いいとこなんか見つかる可能性少ないし。いまから準備だけ、しててもよくね？」

現実的に冷静に、しかも理路整然とたたみかけられ、史鶴はなにも言えなくなっていく。黙りこんだままうつむく史鶴に、これ以上の話は無理かと判断したのか、冲村は雑誌を閉じた。

「そのころになっても、やっぱり史鶴が無理だっていうなら、俺は俺でひとり暮らしするし。とりあえず考えといてくれ」

返事も説得もできなかったあげく、譲歩までされてしまって、史鶴は困惑するしかない。身を硬くしてうつむいていると、しかたなさそうに息をついた冲村が、長い腕のなかに囲いこんでくる。あまり考えすぎるなと告げるように頭を撫で、抱きこんだ史鶴ごとベッドに転がる。

やさしい腕にあまやかされて、それでも史鶴は戸惑っていた。

(嬉しい……でも、怖い)

言葉というものは、大抵対になるようにできている。

天地、上下、アップダウン、そして躁鬱《そううつ》。

急展開だった冲村とのことについて、最初はただ浮かれているだけだった。

胸のなかも頭のなかもふわふわとして、地に足がついていないような感覚はまるで知らなくて——その一方で、ひんやりした不安が背中にへばりついている。

こんなに、なにもかもが楽しく嬉しいような気持ちになったことがなくて、どこかに落とし穴があるような気がする。

ただの杞憂と信じたくて、史鶴は冲村の腕の強さに、目を閉じていた。

＊　＊　＊

週が明け、一日の講義を終えた史鶴は川野辺と中山に呼び出されていた。

冲村の突発的交際宣言のあと、あまり顔をあわせないでいたのだが、例のショーに使うビデオ映像が完成したため、デモ用のデータが入ったＲＯＭを渡すことになっていて、断れなかったのだ。

待ち合わせのファストフード店内は混みあっていたが、相変わらず派手なふたり連れはすぐに見つけることができた。

「うぃっす、史鶴ひさしぶり」

「ど、どうも……」

史鶴はかなり緊張していたのだが、中山も川野辺もまったく以前と変わったところはなく、ごく自然な態度で、ハンバーガーをかじりつつ手持ちしてきたノートPCでデモを見せながら打ち合わせするうち、ごくふつうに話すことができた。

「おっけ、んじゃこれ使わせてもらうわ」

「問題ないかな、変更あったら言ってくれていいよ」

「だいじょぶだいじょぶ。忙しいのに悪かったな」

相変わらずゴスメイクの川野辺に、にんまりと笑われる。美少女と言ってもいい顔だちなのに、強烈なメイクのおかげで彼女の笑顔は迫力のほうが勝っていた。

とりあえず勤めは果たしたとほっとしたところで、彼女はいきなり問いかけてくる。

「ところでさあ、史鶴、冲村と同棲すんの？」

史鶴は飲みかけのコーヒーを吹きだすかと思ったが、なんとかこらえた。

「そっ……そんな話まで、してんの？」

「うん。あたしひとり暮らし長いから、いろいろ相談されてな」

「あー、俺もなんじゃかんじゃ訊かれたわ」

相変わらずオープンすぎて、どうしていいのかわからない。赤くなったり青くなったりと顔色を変える史鶴に、川野辺はにやにやしていたが、中山は仕方なさそうに苦笑した。

「まあ、俺らも驚いたけどさ。冲村、本気だと思うし、考えてやってくれよ」

「……いや、まあ……うん……」

友人がゲイの道に走るのを推奨するというのか。偏見はないのかと口ごもっていた史鶴の様子をじっと見ていたふたりは、顔を見合わせたあとに問いかけてくる。

「なあ、ひょっとして、ほんとはいやなのか？」

「冲村に押されただけか？　史鶴は、引いてんの？　男同士って、気になるもん？　俺ら、ホモくらいで引くようなタイプじゃねえから、わかんねえんだけど」

なんでヘテロだろうひとたちから、こんなことをまじめに問われなければならないのだろうか。どうもここしばらく、史鶴が常識としていたことが次から次にひっくり返って、情報を処理しきれない。史鶴は額を押さえてため息をついた。

「……なんか、きみらと話してると、気にしすぎる俺が変なのかって気分になってくる」

「ああ、まあ、史鶴は気にしぃだよなとは思うけど。ヘタレっつか」

相変わらず容赦なく言ってくれる川野辺の頭を中山が「おい」とどつく。

「あのな。まあ、あいつもちょっと先走ってんなあとは思うけど、かなり本気で考えてっから、できれば面倒見てやってくれよ」

その笑顔に、やはり初対面のときのような険が見えないのが不思議になる。なんと言っていいのかわからず戸惑う史鶴に、川野辺は眉をひそめた。

「なんなんだよ。史鶴、なにが引っかかってんだか、わかんねえんだけど。やっぱりホモがだめなら、そう言えばいいだろ？」

「いや、違う。あの、そうじゃなくて」

なんだよ、と睨むような目で見てくる川野辺の勢いに負け、史鶴はこのところ引っかかっていることを口にした。

「沖村、どうしちゃったんだろうって思って」

「なにがだよ」

「なんか急に大人になったみたいな……たった数ヶ月で、えらく変わったっていうか。それは、じつは中山にも思ってたんだけど。性格もすごく、違ってみえるし」

これが夏前、オタクだなんだと一方的に他人をなじっていた男と同じ人間なのだろうか。あのころの沖村はずいぶん苛立っていて、もっとずっと短気に思えたのに、あまりに違いすぎて面食らってしまう。

「最初、すごく俺のこと、目の敵にしてただろう。そんなにあっさり受け入れられるもんなのかなって」

それとも史鶴がなにか無理をさせているのか。またネガティブな思考に陥りそうになったところで、「ああ、そういうことか」と中山はうなずいてみせた。

「まあ、とっぱながアレだったから、びびらしちゃったんだと思うけど。俺ら、基本的にはそんなにけんかっ早くねえんだよ」

最初に会ったころの沖村が素なのではなく、いまのおおらかで子どもっぽい、そのくせ思慮深い彼のほうが本当の姿なのだと言われ、史鶴は目をまるくした。

「……そうなの？」

「こいつら見た目だけだからな、尖ってんの」

雑ぜ返した川野辺に「おまえは中身をもっとまるくしろ！」と怒鳴ったあと、中山は気分を落ち着けるかのようにコーヒーをすすり、言った。

「まあ、ほら。俺らがカリカリしてたのって、おまえらの科のあいつ。平井《ひらい》……だっけか？あいつのせいなんだよな」

「ああ、なんかすごく絡まれてたって聞いたけど」

あの一件のせいでアニメ科全般を目の敵にしていたのは知っている。うなずくと、中山はため息をついた。

「あのな、あれ絡まれたなんてもんじゃなかったんだわ」

「え……？」

「沖村、一時期しょっちゅう髪の色変えてたろ？」

言われてみれば、知りあった当初、半月に一回は髪を染めていた気がする。

「あれな。じつは、最初に青い髪で目ぇつけられたから、イメージ変えりゃいいんだろっていろいろやってみてたんだ。けど、どうもその……ゲームのアバターって、髪色もチェンジできたらしくて」

それでは、色を変えた程度では意味がなかったのか。驚きに目を瞠ると、中山は忌々しそうに舌打ちした。

「変えても変えてもつきまとわれて、実際には、ほとんどストーカーだったよ。俺らの実習所がある上北沢までつきまとったり、家の近くまで来たこともあるんだ」

「な……そんなに!?」

せいぜい、校内でつきまとわれている程度だと思っていた史鶴は、いまさら知らされた事実に目を剝《む》いた。

「マジだよ。すんげえしつこくて、メールとかもどこで調べたのか、ばしばし来るし。つってもまあ、学校用のアドレスだったから、スパム対策すりゃよかっただけだけど」

おそらく行動をともにする彼らも、とばっちりを食ったのだろう。苦い顔のまま深々と息をつき、「いまさらの話だけどさ」と疲れた声を発した。

「入学してすぐから、夏までの数ヶ月、ずーっとつきまとい。夏休みに入ってもかなりのしつこさで……じつは、冲村の母さん、あいつに突き飛ばされて怪我《けが》してんだよ」

「えっ!?」

「あんまり家の前うろうろしてっから、なにか用ですかって声かけたら、慌てて逃げて……そのときぶつかって、転んだ程度なんだけどさ。運悪く、酔っぱらいが捨ててったかなんか、割れたガラス瓶があったもんで、二針縫ったんだ」

史鶴はさっと青ざめた。ふだん見ていても、家族仲はよさそうで、外泊ひとつにも気を遣っていると思っていたが、もしかしたらあの密な連絡はそれが原因だったのかもしれない。

「おかげで冲村一時期、本気でキレそうになって、警察にも相談すっかっつってたんだ。けど、あいつの母さんがこれは不注意だって言い張って。ほかに実害はないし、ただのいやがらせ程度だからって、相当耐えてたんだわ」

「……そう、だったのか」

「俺らも警戒してピリピリしてたし、ついやつあたりみたいになっちまってて。史鶴とかムラジには、悪いことしたと思うけど、あの掲示板の件で、おまえらも被害者だってわかるまでは、一緒くたにしてた。ごめん」

それについては謝ると、ふたたび頭をさげられ、史鶴はそんなのはいいと慌てた。

「わかってさえくれれば、それでかまわないから。ていうか、そんなひどいと思ってなかったよ」

愕然としながら、出会った日の冲村のことを史鶴は思いだしていた。

――おまえ、なんで俺の名前知ってんだよっ⁉

怒りに燃えた冲村の目のなかに、うっすらとした恐怖が滲んでいた。あれは、つきまとう平井について嫌悪を持っていたからの過剰反応だったのだ。

掲示板でのいやがらせの際、冲村は平井の名前すらも知らなかった。そんな得体の知れない相手に、プライベートを詮索《せんさく》され、つけまわされていたら、平静でいられるわけがない。

（よく、こんなふうになれたな……）

それだけのことがあれば、オタクへの偏見は半端ではなかっただろう。けれど沖村は、史鶴だけでなく、ムラジなどに対してもふつうに接してくれている。だからこそ本来は短気でも、けんかっ早くもないという言葉は事実なのだと信じられたし、沖村の感じた恐怖や怒りを思えば、史鶴も落ち着いてはいられなかった。

「ほんとのとこ、引っ越したいってのは、それも原因のひとつ。家族巻き込みたくねえし、あと、史鶴になんかあってもいやだしって、沖村言ってた」

「でも、もう、あれからだいぶ経つのに」

平井はほとんど退学したような状態だし、そこまで過保護になることはないとつぶやくと、中山は眉をひそめた。口をつぐんだ彼はなにかを呑みこんだようだったけれど、川野辺は「あれ」と声をあげる。

「史鶴、ほんとに知らないのか？」

「知らないって、なにを」

いやな予感がして、史鶴は身を乗り出す。中山が「おい、川野辺」と留めたけれど、彼女はそれを無視した。

「平井のいやがらせ、まだ終わってねえぞ。ずっと沖村んとこ、メール来続けてる。そのうち痛い目見せてやるとか、くだらねえ脅しばっかだけど」

「なに、それ……」

そんなものは知らない。そう言いかけて、史鶴ははっとなった。

——どうせくだんねーメールだから、どうでもいい。

——あ、ああ。うん。一応、泊まるって連絡。

幾度か、冲村がメールの着信を無視したり、画面を見ているのをごまかしたことがあった。とても上手に隠されたから、史鶴はなにひとつ疑っていなかったけれど、あれはもしかして、平井からのものだったのだろうか。呆然としていると、中山が川野辺を叱りつけた。

「ばか、川野辺っ。史鶴にそれは言うなって言われてただろが！」

「なんでだよ、あのクソが冲村だけ狙ってるわけじゃねえじゃん、史鶴だって自衛するには知ってたほうがいいだろうが！　だいたい、当事者つまはじきにしてどうすんだっ」

口論するふたりの言葉から、冲村がかなり強く口止めしていたと気づく。不穏な事実をなにも知らずにいたことも、それを黙っていられたことも悔しくて、史鶴は歯がみした。

むかむかと腹が立ってくる。丸抱えであまやかそうとした態度の裏で、こんなふうにされて、くだらないことを気にして悩んでいた自分がばかみたいだと思った。

「……ごめん。もう打ち合わせはすんだよね。帰っていいかな」

「え、あ……」

開いたままだったラップトップをばちんと閉じ、ものすごい勢いで荷造りすると、史鶴は立ちあがった。

「いろいろ教えてくれてありがとう。用事ができたんで、失礼するね」

ひんやりした声で告げると、ふたりははっと息を呑んだ。微笑んでみせると、なぜかさらに顔をひきつらせ、慌てて言い訳をはじめる。

「あ、あのな史鶴。冲村は、おまえのためにだな」

「いや、あの、もしかしたら考えすぎかもしんないし――」

その言葉たちにもさらに冷たい笑みだけを向けて「やだな、べつに怒ってないよ」と史鶴は告げる。

「ただ、ものすごく、不愉快だけどね！」

そのひとことを発するとき自分がどんな顔をしていたのかは知らない。

ただ後日、あの川野辺すら言葉を失って、なにも言えなかったと相馬にこぼしたらしい。

「あたし、史鶴だけは、絶対怒らせたくないと思った」

心外なとそれで史鶴は不機嫌になったのだが、なぜかその場にいた全員はうなずいたのだそうだ。

（冲村のばかやろう……っ）

憤懣《ふんまん》やるかたない気分で、史鶴はずかずかと歩き続ける。行くさきはむろん、年下のくせして過保護を気取る、恋人のところだった。

＊　＊　＊

携帯メールの着信を知らせる音楽が部屋のなかに響きわたる。机のうえに放置したままのそれを一瞥《いちべつ》することもなく、史鶴は自宅のマシンの前で、黙々とマウスを操作していた。

「えっと、史鶴……メールきてるよ」

おずおずと相馬が口を開くけれど、史鶴はそれも無視して、画面上にあるキャラクターのカメラ位置と、陰影を調節する作業に没頭していた。

「カメラ位置これでいいかな。もっと右よりにパーンさせたほうがいいか……？　相馬はどう思う？」

「いまのでいいと、思うけど、史鶴、あの……」

相馬は携帯と史鶴の顔をちらちら眺めながら、なにかを言おうとした。続く言葉が予想できたので、史鶴は形だけ笑った唇でそっけない声を発する。

「じゃ、これでいいね。保存っと」

「史鶴、まじで怖いから、怒るなら怒ってる顔して！」

相馬が悲鳴じみた声をあげる。そちらの手にも携帯が握られており、史鶴はじろりと友人を睨《ね》めつけた。

「沖村から電話しろって言われた？　それとも機嫌とってなだめろって？」

相馬は「どっちも……」とぼそぼそ答える。

「史鶴、そこまで怒ることないじゃないか。オッキーだって、心配させたくないから——」

じろりと睨むと、相馬は言葉を引っこめ首をすくめてしまう。史鶴の背後にうずまく暗雲に「おどろ線が見えるよ……」と顔を引きつらせている。

史鶴は沖村とつきあいはじめてから、いちばん最悪な大げんかをした。そしてすでにそれから一週間は経過し、相馬は日々「胃が縮む」と泣き言を漏らしている。


中山と川野辺に平井の件を聞かされたあと、飲み屋でアルバイトをしている沖村に、【大事な話があるから、休憩とったらすぐ来て】とメールを打ち、史鶴は彼のいる店の裏で待機していた。制服のエプロン姿であらわれた沖村は、なにも知らず暢気《のんき》な顔で笑いかけてくる。

「どうしたんだよ、急に呼び出したりして……」

「なんで黙ってたんだよ！」

いきなり怒鳴りつけた史鶴に、沖村は一瞬ぽかんとした。けれど興奮気味に事情を知ったとまくしたてると、「あいつら、ばらすなっつったのに……」と舌打ちする。その態度にもかっとなり、史鶴は顔を険しくしたままにじりよった。

「ばらすな、じゃないよ。俺には心配する権利はないのか？　そういうふうに部外者扱いされると、すごく腹立つんだけど！」

「んなこと言ってねえだろ。それに史鶴、あいつは可哀想《かわいそう》だから、あんまり追いつめたくないって言ってたじゃねえか」

「それはっ……お母さんに怪我させてるなんて知らなかったからだよ」

沖村に「あのあとどうなった」と問われたときのことを持ち出され、史鶴は口ごもる。沖村はため息をついて、気にするなと言った。

「うちの親に怪我させたことで、平井もびびったらしいし、あのあとはさすがに家にまでは来てねえよ」

「でもメールきてるんだろ、終わってないってことじゃないか」

「俺ひとりのことなら、べつにかまわねえだろ。せいぜい、死ねとかばかとか、そのうち痛い目みせてやるとか、メールで書いてくるだけだ。半分以上意味わかんねえけどな」

「それ、脅しってことじゃないか！」

思ったより過激な文面に、史鶴の怒りは増した。

「なんで言ってくれないんだよ、メールとかネットのことの対処なら、俺だってムラジくんだってできるし、学校に言うことだって」

「学校はアテになんねえだろ。ネットに関しても、おまえらが俺よか詳しいのは知ってるけど、せいぜいメール届かなくするとか、それくらいしかできねえだろ」

冷静に指摘する冲村に、ぐっと史鶴はつまる。

「でもっ……一緒に考えるくらい、できた」

「俺はこれ以上、史鶴に考えさせたくなかったんだよ」

「どうして！」

声を荒らげると、冲村は深々とため息をつく。首のうしろに手をやる姿はいかにも面倒くさそうで、史鶴は胃の奥が焦げるほど腹が立った。

「だって史鶴、俺とつきあってることで、なんかぐだぐだ考えこんでっだろ」

「なに、それ……いま、そんな話じゃ」

「そんな話だろ。俺、おまえのことちゃんと見てんだから。ときどき、すげえ困った顔でため息つく」

いつでも寛容に史鶴の逃げ腰を許していた冲村が、はっきりと文句を口にした。そのことに、史鶴は少し傷ついた。

「俺に慣れれば平気かなと思ってたけど、いつまで経っても、引いた態度とるし。そんな状態で、平井のゴタゴタとか話したら、また悩むだろ」

「それとこれは、話が」

「ちがわねえよ。……つうか、なあ。史鶴」

ふっと短く、心を決めたような息をつき、冲村は言った。

「やっぱ同居の話は、しばらくおいとこう」

「な……なんでそんなことになるんだ」

「平井、やっぱまずそうだ。目につかないとこにいるより、一緒にいたほうが護ってやれると思ったけど、おまえにとばっちり行くのは、もっと困る」

冲村の言葉に、史鶴は目の前が真っ赤になるほど憤りを覚えた。

たぶん、自分の予想のあまさにも腹が立っていたのだと思う。また、こんなに感情が激するのはひさしぶりで、どこで気持ちをおさめればいいのかも、すっかりわからなくなっていた。

「それ、勝手すぎんじゃないの……なんで冲村はそうなんだよ、いっつも自分でどんどん決めて、俺の意見も聞かないでっ」

わなわなと拳をふるわせて史鶴が言うと、冲村もむっと眉根を寄せた。

「ふっても答えねえのは史鶴だろうが」

「断片的な情報しかよこさないで質問されたって、答えられない！　ちゃんと話せよ、いつも冲村が言うんじゃないか、『俺にわかるように言え』って！」

「——じゃあおまえも隠しごとすんなよ！」

いらついた声で放たれた言葉に、史鶴はすっと血の気が引くのを感じた。

「隠しごと……って、なに……」

「なんだかしらねえよ。けど俺と寝るたびうしろめたそうにして、いったいおまえ、なにがあんだよっ。ひとにばっか隠すなとか言うまえに、自分が吐け！」

沖村がやさしく逃がしてくれるのをいいことに、黙っていたのは悪かったと思う。けれども、こんなに感情がぐらついているいま、追及されたくはなかった。

「べつに、なんにも、ない」

「俺には心配する権利はないのか？」

さきほど投げつけた言葉を、そのまま叩き返される。真っ青になった史鶴は、なにを言っていいのかもわからずにかぶりを振った。

「言いたく、ない」

さすがに沖村も、これには耐えかねたのだろう。きつい目をつりあげ、怒鳴りつけてくる。

「じゃあ俺だって言わねえよ！　なんなんだよ、毎度毎度、浮気でもしてるみたいな顔してびくついて、こっちだっていいかげん疲れる！」

唇が震えた。さすがに悪いと思っていたけれど、そんな言いかたはない。やるせなさを通り越してむなしくなる。一瞬、すべてを放り投げたくなったが、史鶴は唇を噛んで耐えた。

（落ち着け）

じれったい苦しさを、冲村に強いていたのは史鶴のほうだ。浮気を本気で疑われているわけでもなく、勢いまかせの暴言だ。自分に言い聞かせ、青白い顔で平静を装った。

「……話になんないみたいだから、今日は帰る」

「史鶴！」

逃げるのかと睨む冲村に向き合い、史鶴は震える声を絞り出した。

「隠しごとは、お互いさまだよね。冲村のは、俺にばれちゃったけど、……ごめん、俺はまだ、言いたくない。それに、こんなふうにけんかしちゃってるようじゃ、ほんとに同居の件は、考え直したほうがいいと思う」

「ちょっと待てよ、俺は保留にするっつっただけだぞ。言いすぎたなら、謝る」

あせった顔で腕を摑み、こっちを向けと告げる冲村に、史鶴はかぶりを振った。

「お互い、頭冷やそう。休憩、終わるだろ。戻りなよ」

「……っ、勝手に決めつけるのはどっちだよ！」

強く摑まれた腕が痛くて、振り払う。そのまま背を向けて走り出したのは、まじめな冲村がアルバイトを放ってまで追ってこれないことを知っていたからだ。

「てめえ、あとで覚えてろよ！」

逃げるのは卑怯だと背中に叩きつけられ、史鶴は顔を歪めた。情けなくて、自分にも冲村にも腹が立って、もうどうしていいのか少しもわからなかった。

それから一週間、メールも電話も無視したまま、約束のPC講座もすっぽかし、史鶴は自分の殻に閉じこもっている。

「オッキーもメールとかじゃなくて、さっさと機嫌とりにこいってのに……」

相馬のぼやきはきれいに無視して、史鶴は保存のすんだファイルのプレビューを展開し、思うとおりに動くかどうか確認するためテストプレイを開始した。モニタのなか、なめらかに動くアニメーションが史鶴のメガネに反射するだけで、その目はうつろに遠い。

「史鶴さあ、自分ひとりで怒ってないで、ちゃんとけんかしろよ」

「けんか中だよ。だからこうなってる」

「そうじゃなくて、顔つきあわせて言いあえ！」

「言いあったらこうなった」

「屁理屈こねんなっ！」

沖村から様子を探られている相馬は「俺がいらいらする！」と頭をかきむしる。心配してくれている友人には申し訳ないが、ざわついた気持ちを静めることはできそうにない。

「……隠しごとするなって言われたんだ」

言えるわけもないのにと、ひきつった笑みを浮かべて史鶴はつぶやく。一週間、なにがあったと問いかけても黙りこくっていた史鶴の吐露に、相馬は目を瞠った。

「浮気でもしてるみたいに、びくつくなって。寝るたび、なにがうしろめたいんだって」

「史鶴……」

「言いあえって、それ言っちゃえばいいのか？　俺、沖村が思うみたいにうぶじゃないって。うしろ突っこまれたらすっごい乱れちゃうから、それで軽蔑されるの怖いって」

「史鶴、そういうのやめな。いつも言ってるだろ、卑屈ぶった自虐はみっともない」

やけくそのように吐き捨てていると、まじめな顔をした相馬が肩を叩いてくる。

「第一、沖村は、史鶴に彼氏いたくらいで引いたりしないよ」

「そんなの、なんで相馬にわかるんだよ！」

「わかるよ。史鶴以外はわかってるよ、みんな。あいつ、予想したより大人だもん」

ふだんは子どもっぽいくらいの相馬が諭すのに、史鶴はひくっと息を呑む。

相馬の言うのは事実だ。たしかに沖村は、見た目や言動の印象よりずっと寛容で、心も広い。けれど、完璧な大人というわけではない。

「だって、俺、俺は……沖村の昔のこと、気になる」

ぽろりとこぼれたのは、闇雲に怯えている心の奥の、本音だった。

「昔の彼女のこととか、知ったら絶対、落ちこむ。比べられてないかなって、怖いんだ」

あんなふうにまっすぐ、恋人を大事にできる沖村は、きっと史鶴よりいい恋愛をしてきたのだろうと思う。年下で、少し短気なくせに待つと言ってくれて、追いつめないようにもしてくれて——でもいつまでも踏ん切りがつかなかったら、どうなるのだろう。

「それは史鶴の考えでしかないだろ。そんなに嫌われるの怖いなら、さっさとやっちゃえ」

「そんな簡単に言うなよっ」

できるものなら、とっくにやっている。自分でもばかばかしいこだわりだとわかっていて、それでも踏み出せないのだ。

「あのさあ、こういうことは、自分から言うのがいちばんいいんだよ。史鶴だってわかってるだろ？　好きな相手のこと、ほかの誰かから聞かされるの、腹たつって」

この場合露呈した事実そのものは、問題ではない。隠されていた、そのことこそが不信と不安を呼ぶ。言われるまでもない指摘に、史鶴はうつむくしかなかった。

「恋愛沙汰はとくに、視野が狭くなるから、けんかしたらほっとくだけこじれるってあーちゃんが言ってた。だからちゃんとぶつかれよ、史鶴」

「相馬……」

「沖村、すぐ怒るけど辛抱強いよ。それに、すぐ投げたりしないだろ。そんなの史鶴がいちばんよく、知ってんだろ。自分でこじれさすなよ」

声も出ないまま、史鶴はこくりとうなずいた。

電話にも出られないのは、怒っているからだけではない。また揉めてエスカレートして、今度こそ本気であきれられたらと思うと、怖くてなにもできなかった。

「許して、くれるかな。冲村」

「許すも許さないも、昔の話じゃん。ま、嫉妬して不機嫌にはなるだろうけど」

だいじょうぶだよとあきれまじりに肩を叩かれる。ぎこちなく笑みを浮かべた史鶴は、また鳴動しながら呼び出しを伝える携帯に目をやる。『電話だよ。電話だよ』と繰り返すのは、ムラジからの着信設定だ。

『SIZさん、緊急事態』

「ど、どうしたの」

電話に出るなり、ふだんのおっとりしたムラジとは思えない、なにかを押し殺したような低い声が聞こえた。理由はわからないまま、史鶴はいやな予感を覚えて身がまえる。

『あのね、落ち着いて、PCのほうに送ったメールのURL、見て』

「いや、俺は落ち着いてるけど……なにがあったの」

いいから見ろと告げるムラジの切迫した気配に、わけもわからないままメーラーを立ちあげる。件名は【落ち着いて見てください】――いったいなにがあったのだろう。

メール本文に書かれたURLは、いずれもアニメーション関係の交流サイトや掲示板だと、見覚えのある文字列でわかる。史鶴とムラジのいるSNSのコミュニティや、史鶴がアニメーション作品を公表している企業WEBのブログコメントなどまで複数が並んでいた。

「どうしたの、史鶴」

「わかんないけど、これ、見ろってムラジくんが……」

ひとつめのURLをクリックし、ブラウザを起動させる。

奇妙なデジャブに、胸がざわついた。ムラジから緊急だと連絡を受け、史鶴がURLを開く。いつぞやとそっくり同じ展開だ。あの日は沖村への中傷が起きていた。

今日はいったいこのモニタの向こうに、なにが現れるのか。不安と緊張に破裂しそうなほど心臓が高鳴り、高速回線でつながるはずの数秒が、いやに重たく感じる。

「ちょ……なに、これっ！」

交流型掲示板のトピックタイトルに、相馬が悲鳴じみた声をあげる。

【ネットアニメーション作家のＳＩＺ、代表作の『ディレイリアクション』は盗作？】

いかにもゴシップふうの書き出しに、ぐらっと脳が揺れた気がした。

落ち着けと再三繰り返したムラジの言葉の意味を、史鶴は知った。

＊　＊　＊

史鶴の作品を『盗作だ』と中傷した投稿は、あっという間にＷＥＢ上に広まっていった。

【高校時代、ＳＩＺこと北《きた》史鶴は、友人の小説アイデアを盗用していた。犯罪行為に傷ついた友人はＳＩＺを弾劾したが、その悪癖はいまだにあらたまらず、いまものうのうとした顔で彼のアイデアを盗み続けている。わたしはいま、それをここに告発する！】

正義を気取った、大仰な書き出しではじまる非難の文章は、誰でも借りられる無料サイトのトップページに大きなフォントで表示されていた。

サイト内では『検証』と称したコーナーがあり、友人作の小説を一部引用し、史鶴のアニメとの類似点をあげつらねている。

高校当時、史鶴が作ったアニメそのものは存在していないため、あげられてはいなかったが、近年の作品でも、いくつか小説と類似したディテールやモチーフがあるとされていた。

悪意にまみれたこのサイトは、執拗に繰り返されるマルチポストにより、あちらこちらの掲示板やブログに貼りつけられたが、『ＳＩＺ』の昔からのファンたちは、当初それを真っ向から否定した。

【俺、ＳＩＺさんの作品は昔から観てる。べつにパクリと思ったことはない】
【ていうか嫉妬したやつのいやがらせだろ？】
【ＳＩＺのアニメ見てから、検証部分でっちあげたか、逆にあっちがパクった可能性もあるじゃん】

当初は根拠もなにもない、ただの誹謗《ひぼう》中傷として扱われていた。けれど、あまりに執拗なため、一部の人間の間からは疑いの声が出てきた。

また、尻馬に乗った連中のヤジも、事態をどんどん悪化させていった。

【まったくの事実無根なら、あの検証サイトはなんなの？　本名まで知ってんじゃん？】

【前から見たような話だと思ってたけど、そんなころから盗作してたんのかよ、最悪】

各所であからさまに史鶴を叩いたり、メールを送りつけてくる者もいたが、おおむねは支持の声が多かった。なかには悪意ではなく『ＳＩＺ』のファンとして、渦中にある作品ならば、疑惑が晴れるまではしばらく控えたほうがいいという指摘もあった。

【疑惑は信じていない。でも、いま表だって名前を出すのはやめたほうがいいのでは？】

【盗作疑惑のある作品を掲載してるなんて、まずいんじゃないですか？　意固地になってもいいことはないですよ。いまは時を待ちましょう】

いささか潔癖な反応をする者もいたが、冷静に状況を鑑みて、史鶴の作品をアップしている企業サイトに作品をおろすほうがいいとアドバイスするメールもあった。

企業側のほうもあまりに騒ぎが大きくなったため、『事実確認ができるまでしばらくおろします』と史鶴へ通達してきた。

史鶴は、ネット上では沈黙を貫いた。自分が違うと否定したところで、こうまで話が大きくなれば、どうすることもできない。ただひとこと、どうしても言いたいとブログのトップに一文を掲載した。

【ぼくは、自分の作品について羞じることはなにもない】

そのひとことを掲載したのち、SNSとブログのコメント欄はすべて、書きこみ不可の状態にした。毎日繰り返し入ってくる抗議メールやいやがらせメールにも、知りあい以外のものはすべてブロックするように設定しながら、史鶴は乾いた笑いを浮かべた。

(沖村の言うとおりだったな)

こうした攻撃を止める手だては、本当に少ない。我が身に降りかかって、その無力感ともどかしさ、むなしさにようやく気づかされる。

SNSも、本当は退会するつもりだった。主催に、迷惑をかけるからと申し出たけれど、相手側からは『必要ありません』との連絡を受けたのだ。

【あなたが作品をどれだけ真摯に作っているのか、こちらは理解しています。誹謗中傷に負けず、事態がおさまるまではこらえてがんばってください】

高校時代からのつきあいである主催者は、史鶴を信じると言ってくれた。むろん、一時閲覧不可の対応をとった企業サイト側の担当者も、『立場上いまはこうするしかないが、信じている』とわざわざ電話をくれた。

学校側でも、このトラブルの影響は出はじめていた。いままで史鶴が『SIZ』であると知っているのはムラジだけだったのだが、さらされた本名のおかげでクラスの連中にもそれがばれてしまったのだ。

疑わしい目をするものもいれば、励ましの言葉をくれるものもいる。しかしいずれの目にも好奇の光が宿っていて、神経はひりひりと痛んだ。

それでも、こんな中傷程度でへこたれ、単位を落とすわけにもいかない。史鶴は表面上はなにごともなく登校し、課題をこなすことに専念している。

けれど、気持ちはどうしようもなく、落ちていた。

いままでのように、学食で暢気に話すこともできない。自然、史鶴は講義の時間以外は、使用率の少ないPCルームにこもるようになっていた。

窓の外は、史鶴の気分を反映したかのような重い曇天。夕方からは天気が崩れると、予報でも言われていた。もうじき十二月になるというのに、しばらくは長雨が続くらしい。

「……まだ、あの騒ぎ、おさまんないの？」

「飽きるまではしかたないだろうね」

心配顔で問いかけてくる相馬は、毎日の授業が終わるなり、史鶴のもとへ押しかけてくる。ひとりで考えこむのはまずいからと、ほとんど家に泊まりこむ勢いだ。

「とりあえず、ぼくのほうでも、犯人捜し進めてる。ＳＩＺさんはしばらく、ネット見ないほうがいいよ」

めずらしく本気で怒っているムラジは、今回の件で誰よりもアクティブに動いた。知人、友人の伝手《つて》をすべて使い、検証もととなった小説が現存するのかを調査してもらっているそうだ。また、各所に投稿されたＩＰは擬装されたものだったらしいが、それを割り出すことのできる技術者にも心当たりがあるとかで、そちらにも頼んでくれているらしい。

「ムラジくん、面倒かけてごめんね」

「面倒なんかじゃない。ぼくのともだちも、本気で怒ってるんだ。これでＳＩＺさんが潰《つぶ》れたら、未来の日本アニメ界の損失だ」

おおげさな、と力なく笑う史鶴に、ムラジも相馬も痛ましさを隠せない目を向けた。その後ふたりで顔を見合わせ、おずおずと問いかけてきたのは、ムラジのほうだった。

「……沖村くんには、まだ連絡してないの？」

「俺が言ったから」

「今回の件、知ってるのかな……」

相馬の言葉に、「わからない」と史鶴はつぶやき、以前には沖村とすごした部屋をぼんやり眺める。

沖村とは、いっさい連絡をとっていない。もともと揉めていたうえに、今回のトラブルは史鶴のキャパシティを完全に超えていた。自分が見た目ほど落ち着いていないのは、史鶴もわかっている。

【しばらく、いろいろあるから、連絡しないで】

史鶴が一方的にメールを打った。戻ってきた返事は、携帯絵文字の怒りマークがぽつんとあって、文章はなにもなかった。

「なあ、このパターンでいくと、やっぱりコレも平井じゃないの？」

「だと思うんだけど、まだ尻尾《しっぽ》掴めないんだ……前回失敗したせいか、今度は擬装も凝ってる。ひきこもってる間に、勉強でもしたのかな」

まるい頬を強ばらせたムラジの言葉に「よけいな勉強すんなよな」と相馬は吐き捨てる。

「今回の件でネットに名前さらしたのは、個人情報の暴露だからね。本当に相手が平井なら、きっちり責任とってもらわないと」

だが、史鶴は陰鬱な目を伏せたまま、そのことについてはなにも言わなかった。

目の前で心配してくれるふたりには悪いが、史鶴はひとつの疑いを捨てられずにいた。

（あれは、平井じゃないのかもしれない）

はじめて検証サイトを見たとき、史鶴はその悪意に呆然としつつも、見覚えのある小説に衝撃を受けた。

（まさかこれ、野島……？）

ディテール部分が似ているのも当然だった。抜粋された文章は、あの当時野島が綴《つづ》っていた、そして史鶴がアドバイスした小説そのものだ。

——犯罪行為に傷ついた友人はＳＩＺを弾劾したが。

あの一文もあいまいながら、あの時期に起きたことと内容が合致している。

史鶴がいま使っているハンドルネームはＳＩＺ、本名をもじったそれに、野島が気づいたのだろうか。決めつけるわけにはいかないけれど、あの小説を持っているのは野島以外にあり得ない。

（本当に野島なのか？　だったら、何年も経って、どうしてここまでするんだ？）

いったい自分のなにが、悪かったのか。そんなにまで憎かったのかと頭を抱え、史鶴は冷えきった自分の肩を強く抱きしめる。

「史鶴……」

気遣わしげな相馬の声にもなにも返すことができないでいた史鶴は、突然開いたドアの音にびくりと肩をすくめた。

まさか冲村だろうかとうつむいていたけれど、かけられた声は予想とは違うものだった。

「……北、ここにいたのか。ちょっと話があるんだが、いいか？」

ドアに手をかけたまま、むずかしい顔をした栢野《かやの》がいた。反応したのは、相馬のほうがさきだ。

「先生、史鶴になんの用事」

「ここじゃ言えない」

「どうせネットの中傷の件だろ！　あんたたち、なんで被害者にばっかり詰め寄って――！」

「いい、相馬。ちょっといってくる」

史鶴を護るように睨みつける相馬の肩を叩き、いずれこの手の呼び出しが来るかと思っていたと、史鶴は無表情に立ちあがる。問題を知った学校長たちが、どう出るつもりかと考えると気が滅入《めい》るけれど、避けてはとおれない話だった。

「史鶴、行くことないって！」

ぐっと唇を嚙みしめ、唸《うな》る相馬に静かに笑いかけて、史鶴はまっすぐに栢野を見つめた。

「俺、やってませんよ」

「……わかってるよ」

栢野の言葉が本音かどうかはわからない。それでも肩入れしてくれていることは、うっすらと察せられただけ、ましだろう。講師と連れだって歩き出しながら、史鶴はこれからの時間を思い、陰鬱なため息をかみ殺した。

＊　＊　＊

予報は的中し、天気は夕方から崩れた。呼び出しのおかげですっかり遅くなった帰り道、傘を手にした史鶴は重たい足取りで歩く。

結果として、学校サイドからは、プライベートな問題、それもグレーゾーンということで咎めはなかった。だが、問題は重視していると告げられたときは、さすがに史鶴も顔色をなくした。

——早めに解決するのを祈ってる。ただ、問題がこれ以上大きくなると、それなりの対処を考えなければならないと思う。

要するに、やんわりと退学をほのめかされたのだ。もうこのひとにはなにを言う気もないと史鶴は軽蔑の視線を送り、無言のまま呼び出された部屋を辞した。

「平井のときは、ことが大きくなると面倒だから内密に、……だったくせにな」

校内で問題が起きればもみ消し、校外で問題を起こせば罰せられる。奇妙な話だと皮肉に笑いながら、自分がまた殻に閉じこもりそうになるのを知った。

なんだかもう、どうでもいい。辞めろというなら辞めてしまえばすむのだろう。

投げやりな気分で帰途につく史鶴は、一緒に帰ると言い張る相馬とムラジを断った。

——口がきける気分じゃない、ごめん。

そう告げると、相馬は怒りと哀しみを混ぜた視線で史鶴を睨んだが、いまは追いつめられないと感じたのだろう。黙ってひとりにしてくれた。

ぽつんと、駅から自宅までの夜道を歩きながら、どうしてこうなるんだろうと思った。

「俺、いったい、なにしたんだろうなあ……どうしてこんな目に、あうんだろ」

雨に冷えた外気が、史鶴の息を凍らせていく。白いひとりごとが、寂しく空気に溶けたところで浮かべた自嘲の笑みは、背後からの声に引きつった。

「おまえが、黙りこんで意固地になるからだ」

はっと振り向くと、そこには冲村が立っていた。傘を肩に引っかけ、もう片方の手はポケットに突っこまれている。

「なんで……いるの」

「なんでじゃねえよ。ぼーっとしやがって。ずっとうしろ歩いてたの、気づいてなかったろ」

いつの間に、と目を瞠ると、冲村は苛立たしそうに史鶴の腕を掴む。

「おき、冲村」

「黙ってろ」

自宅への道を足早に歩き出す。腕が痛いと訴えても、冲村はきかない。まるで引きずられているような状態のまま、史鶴は自宅アパートまでたどり着かされ、鍵も、ひったくるように奪った冲村が開けた。

「おまえひとりでほっとくと、ほんっとろくなことになんねえ」

ドアを閉めるなり、怒りを押し殺した声で冲村は言った。史鶴はなにも返す言葉がなく、無言で靴を脱ぎ、部屋へと向かう。

「なんで、トラブってること言わなかった。俺が、連絡待ってるって思わなかったのか」

「……」

「ムラジと相馬が教えてくれなかったら、そうやって黙ってるつもりだったのかっ」

追及する声も無視して、いつもの習慣どおり手を洗い、うがいをする。史鶴が濡れた手を拭おうとすると、靴を蹴り脱ぐようにしてあがってきた冲村に両肩を摑まれ、壁際に追いつめられた。

「無視すんな、なんか言え、史鶴っ」

「……手、拭きたいんだけど」

「そうじゃねえだろ！」

ばん、と冲村の両手が壁に叩きつけられる。悔しげに怒鳴る彼をうつろな目で見やると、いつものようにセットした髪ではなく、洗いざらしを適当にまとめた状態に気づく。

「どしたの、その頭。冲村らしくないね」

「髪なんかいじってる場合じゃねえだろうが……史鶴、そうやって俺のことも切り捨てて、ひとりでこもるな」

逃がすまいとするかのように、両腕を史鶴の脇について、冲村が睨みおろしてくる。

態度は強引なのに、まるで懇願するような声だった。凝視されて、つくづく冲村の視線には力があると感じた。弱っているいま、突き刺さるそれにどこまで耐えられるだろうと史鶴は思う。

けんかしているのに、心配してきてくれた。自分にはそんな権利もないのかと怒った史鶴が、まったく同じコトをしたじゃないかとなじっていいのに、冲村はそうしない。髪を乱したまま追いかけてきてくれた。とても嬉しい。嬉しいのに——どうしてこんなに、心が遠く感じるのだろう。

思った以上に疲れ果てていたことを、史鶴はいまさら意識した。だからこそ、会いたくなかったと唇を噛んでいると、もどかしそうに言葉を探し、冲村が声を絞り出す。

「そんな顔すんな。こんな程度で、負けんなよ。おまえ、そんな弱いやつじゃないだろ」

そのひとことに、史鶴は表情を凍らせた。

期待と励ましは、力が残っているときにしか有効ではないのだ。立っているのがやっとの史鶴には、それはあまりに痛かった。

「……頼むから、そんなに理想ばっか押しつけるな」

ぼそりと漏らした声は、あまりにうつろで低かった。冲村が、まるで他人を見るような顔で史鶴を見つめる。

「どういう意味だよ」

「まんまだよ。冲村が思ってくれてるほど、俺は強くない。ファンになってくれたのはありがたいけど、冲村の想像してるようなきれいな俺なんか、どこにもいない」

うっすらと笑いさえ浮かべて吐き捨てた史鶴に、冲村は一瞬目を瞠った。その目が、じわじわと怒りを孕《はら》んで細くなるのを、まるでスローモーションのようにゆったりと感じる。

「……理想？　俺がおまえに、なに押しつけた？　なに期待したって思ってたんだ」

「なにって……なんだろう。わかんないよ。冲村の感じてる俺のことなんか」

ふっと薄笑いを浮かべると、冲村の表情はますます険しくなった。

「史鶴が冷静に見えて抜けてることだって、そんなに強くないことだって俺知ってる。ものすごい人格者だなんて思ったこと、一度もねえよ」

そんなことわかっている。勝手に史鶴が、できた人間だと思われたくて、そして期待はずれだと思われたくなくて、自分で自分を鎧《よろ》ったのだ。

賞賛をくれた冲村の言葉に浮かれるまい、踊るまいとしながら、いつの間にか少し傲《おご》っていた。自身を過大評価することだけは避けようと思っていたのに、その気になっていた。

「俺のことばかにするのも、いいかげんにしろよ、史鶴。言いたいことあるなら、ひねてないでちゃんと言え」

唸るような声に、硬化していた心がずきりと痛む。けれど張った意地も、発した言葉もいまさら引っこめられず、睨みつけてくる冲村を同じ強さで見返した。

「そんな顔したら、いつも言うこときくと思ってるのか」

「誰が言うことききくってんだよ。史鶴が俺の思い通りになったことなんか、ねえだろ」

そのひとことは、かなりショックだった。史鶴は史鶴なりに、冲村には自分の心の、かなりの部分を明け渡している自覚があったし、たとえ表面上そうは見えなくても、振りまわされている感じは強かった。

「そりゃ……悪かったね」

「ごまかすな。おまえ、ほんとはなに抱えてんだ」

なにもない、とかぶりを振っても、冲村は引き下がらなかった。

「ムラジも言ってた。今回のトラブルが平井の引き起こしたことにしても、ネタになった小説の件について、謎が多すぎるって。疑惑がかかったら、きっぱり否定するはずのおまえが黙りこんでるのも、俺には腑《ふ》に落ちない」

やっぱり気づいていたのか、と史鶴は思った。調査を進めているムラジが、その件について史鶴を問いつめないことがおかしいと思いつつも、気遣わしげな顔をするのにあまえて自分からは口を割らなかったのだ。

「……言いたくないんだ」

小さな声に、冲村は史鶴が隠しごとをしていると確信したようだった。

「なあ、あの小説ってなんなんだ。心当たりがあるなら、俺にだけでいい、ちゃんと言え。そうじゃなきゃどうにもなんねえだろ……なんでそんなになってんだよ、なにがある！」

荒らげた声に、史鶴はもう限界だと思った。自分がいったい、なにをした。どうして責めるのだ。こんなに——こんなにもう、疲れているのに。

「冲村だからこそ知られたくない、って、思わなかったのか。聞いたら、俺と別れたくなるような話だって、考えもしなかった？」

「思わないし、別れたくなるわけがねえだろ」

即答に、史鶴は歪んだ笑みを浮かべる。

「俺が、身体だけもてあそばれて、捨てられるような人間なんだとしても？」

奇妙に平坦な声で吐き捨てると、冲村はなんの話だと眉間にしわを作った。

「あの小説書いたのは野島っていって、高校時代の俺のモトカレってやつだよ。盗作はしてないけど、アドバイスはしてあげた。似てるのは当然だよ」

ふたつの作品に似た部分があることなど、完全に失念していた自分をこそ史鶴は呪った。

（どうして、気づかなかったんだろうな）

野島を早く忘れたいと思いつめたせいか、記憶も薄れがちになっていたせいでうっかりした。これを覚えていたら、少しでもかぶらないようにとちゃんと避けただろう。

「野島は、才能ないくせにっていつも俺のこと見下してた。自分から好きだって言ってきたくせに、ホモになるのが怖くなって、おまえが悪いって言いながら、でも、やるんだ」

自分がなんでこんな話をしているのか、史鶴にはわからなくなっていた。心は冷えきり、声だけは奇妙に平静なのに、頭のなかがひどく興奮している。相反する状態に、ヒステリーを起こしていると自覚していたけれど、言葉はもう止まらなかった。

「はじめてのときなんか、血ぃ出たらドン引きされたよ。勘弁しろって言われた。次の彼氏には調教じみたことされて、それで覚えりゃ覚えたで、淫乱とか言われて、もうそんなんばっかだよっ！」

やけくそになって、人生のなかで最悪だったことばかりを激したままぶつけるたび、冲村はどんどん青ざめていった。

「……なんだそれ、おまえ」

「なんだって、なんだよ。みんな俺のこと好きとかいって、本当は欲しいのはセックスばっかで……やったら飽きるんだ。どうせ俺なんか、その程度なんだろうけど」

ははは、と感情とは裏腹の笑いがこぼれる。その後すぐに表情をなくし、史鶴はつぶやいた。

「だから、冲村にあんな、大事にされるたび、しんどかった」

かすれきった声でつぶやくと、冲村は史鶴の両腕を摑み、咎めるように揺さぶってくる。

「なんだよそれ、意味わかんねえ。迷惑だったのかよ。俺、重かったのかよ！」

そんなわけがない。本当に自分が、すごくいいものになれた気がして嬉しかった。けれどいまさらそんなことを言って、どうなるというのだろう。

いまの史鶴は、勝手に思いつめてキレたあげく、冲村の顔を歪めている。自分の心を護るためだけに、言わなくてもいいことをぶつけて――最悪だ。

「もう、捨てていいよ。こんな面倒なの……俺も、俺が、いやだ。冲村にやな思いさせて、こんな……みっともない……」

どんなことがあっても、史鶴は後悔をしたことがなかった。野島や喜屋武がどれだけ自分を傷つけても、それは自分ひとりでかぶればいいだけの痛みだった。

相馬は史鶴の現在を、まるで過去を捨てたかのように言うけれど、本当は違う、ただ面倒になっただけのことで、本質はなにも変わってなどいなかった。

けれどいまはじめて、冲村を傷つけてはじめて、過去のすべてを振り捨てたくなった。冲村を痛ませる原因となっている自分そのものすら、本当に捨てたかった。

今度こそ、幻滅されただろう。いままでまっすぐに見てくれた冲村の濁りない目が、冷たい軽蔑の色を浮かべることを想像するだけで打ちのめされた。

けれど、そうしたらもう、冲村にこんなつらい顔をさせずにすむのだろう。うなだれたまま、それだけはよかったとうしろむきに考える史鶴の耳に、冲村のうなり声が聞こえた。

「話になんねえよ、史鶴。自分で勝手に自虐的になって、浸るのもいいかげんにしろ」

「……ごめん」

肩を摑んでいた腕が離れていく。終わりかなと、ほっと息をついた史鶴の予想は、しかしここでも覆された。

「見当違いなこと謝るな。俺の質問したことに、なんにも答えてねえくせに」

ため息まじりの声に、思わず顔をあげる。冲村は怒った顔をしてはいたけれど、史鶴が考えたようなあきれも軽蔑も、覚えている様子はない。

「あぁくそ、思いっきり逸れてるじゃねえか。話戻すぞ」

「え、なに……」

「黙れ。史鶴が勝手にしゃべるとこじれんだ。俺が三つ質問するから、答えろ」

戸惑う史鶴を目で黙らせ、冲村はがりがりと頭をかいたあと、まずひとつと指を立てた。

「おまえは盗作なんかしてないんだな？」

まだ頭がついていかないまま、史鶴はこくりとうなずく。冲村は二本目の指を立てる。

「それから、比較された小説は、高校時代に野島ってのが書いた、これでいいんだな？」

ふたたびうなずく。「じゃあ、みっつめ」と前置きした冲村は、三本目の指を立てることはしなかった。

「モトカレはふたりいたんだな？　で、もう別れてんだな？」

「……うん」

苦い顔で肯定すると、冲村は強ばっていた肩の力を抜き、「だったらいい」とだけ言った。

「いいって、冲村、それだけ？」

意味がわからないと困惑する史鶴の頭を軽く叩くと、背を向ける。

「とりあえず、今日はそれだけ。ほかのややこしい話は全部、この件が解決してからだろ」

「……別れ話、ってこと？」

小さくつぶやくと、振り返った冲村に思いきり睨まれた。けれど史鶴の弱った表情に、しかたなさそうなため息をつく。

「俺がいまなに言っても信じねえんだろうけどな。これだけ覚えてろ」

「なに……？」

眉をさげると、腕を伸ばした冲村は史鶴をぐいと抱き寄せ、音を立ててキスをした。一瞬だけの、痛いような、少し乱暴なキスだったけれど、史鶴は腰から力が抜けていく。

「好きだっつの、ばか。別れ話なんか、誰がしてやるか」

「冲村……」

「けど、まだ怒ってはいるからな。けんかの続きは、また今度。今日からしばらく、やることあるから、連絡もしねえけど、勝手に落ちこむな。いいな？」

口を挟む暇もなくまくしたて、惚けている史鶴の頬をぺちっとたたいた冲村は、靴を引っかけて玄関から出て行く。閉じたドアをぼんやり眺めていた史鶴は、しばらくしてから、へなへなとしゃがみこんでしまった。

去り際に気づいた、冲村の長い脚にまとうボトムの裾は、泥はねがついていた。たぶんムラジあたりから話をきくなり、飛び出して、走って、ここまで来てくれたのだ。

「ひー……」

膝を抱え、顔をうずめて情けない涙声を隠す。誰も見るものもいないけれど、いきなりゆるんだ涙腺に、史鶴自身が困惑し、どうしていいのかわからなかった。

沖村の残した言葉とキスに、ここ数日真っ黒に固まっていた心が解き放たれていく。

なにも問題は解決していないのに、嬉しくて、ほっとした。

沖村が好きだと、いままでいちばん強く、思った。

＊　＊　＊

沖村が訪ねてきた夜の翌日、心配していた相馬に、ある程度かいつまんで顚末《てんまつ》を話すと、「だから言ったじゃん」とあきれ顔をされた。

「ていうかさあ、あんだけべったらべったらくっついて、俺やムラジくんにまで独占欲まるだしにする男が、あっさり史鶴をあきらめるとは思わなかったからね」

反論の言葉もなく、史鶴は真っ赤になって黙りこむしかなかった。

学校はまだ少し居心地が悪かったけれど、いちばん嫌われたくない相手に、いちばん欲しい言葉をもらえた事実が、ぼろぼろだった心の芯を支えてくれている。

(あとは、なるようにしかならない)

いまの史鶴はあれほど取り乱したのが不思議なくらい、落ち着いた気持ちで、事態の終焉を待っていた。

「ところで、ムラジくんは？」

ＰＣルームに、いつものふっくらした友人の姿がないことを怪訝に思ったのか、相馬は首をかしげて問いかけてくる。史鶴はほんの少し、申し訳なさそうに眉をさげた。

「じつは……例の件調べるからって、学校休んで自宅でネットに張りついてくれてる」

協力してくれるのは、ムラジやその友人だけではない。ＳＮＳでの史鶴の仲間たちが、いくらなんでも『ＳＩＺ』がそんなことをするのはおかしいと考え、あちこちしらみつぶしに探してまわってくれているのだそうだ。

「まじで？　すっげえな。俺、そっち方面は役に立たないからなぁ」

さすがにネットには疎《うと》い、と悔しそうな相馬に、史鶴は微笑む。

「相馬には充分、助けてもらってるよ」

「俺はなんもしてないよ。あ、でもあれだ。もし、ほんとに警察関係必要になったら、あーちゃんに訊いてみよう」

夜の商売をしているだけあって、昭生にはいろいろな伝手があるらしい。また、現在保護者に頼ることもできない史鶴にとっては、世知に長けた昭生は頼もしい味方だ。

「迷惑かけるかもしれないけど、そのときは、頼っていいかな」

「いいに決まってるよ。ってか、あーちゃんに話したら、店の常連に弁護士さんもいるから、なんかあったら知恵貸すように頼んでおくって言ってた」

苦笑して、素直に申し出を受け入れた史鶴に、相馬は嬉しそうな顔をした。

(ホントに俺、ばかみたいだった)

かたくなな自分を、何年も見守ってくれたり、自分の時間を潰して史鶴の名誉を守ろうとしてくれる大事な友人と、その保護者。怒っているくせに、別れないと断言してくれる恋人。助けてと手を伸ばせば、いくらでも差し伸べられる腕の多さに、泣けてきそうだ。

「だいじょうぶ、ちゃんと正義は勝つんだよ」

にんまりと笑った相馬は、なにかをたくらむような顔をしていた。いったいなにを考えているのやらと思いつつ、史鶴は微笑んだ。

「……だといいな」

広まった悪評はどうにもならないだろうけれど、いずれ風化するまで待てばいい。穏やかに笑って、史鶴はそのときを待っていた。

(沖村は、いま、どうしてるのかな)

やることがあると出ていったけれど、もしかしたらショーの準備だろうか。

あれきり連絡はないけれども、史鶴はすっかり頭も冷えた。冷静になれば、きっとけんかもしないですむだろう。

忙しいときにわずらわせてすまないと、今度会えたらちゃんと謝りたい。

それから、照れたり臆したりしないで、自分も好きだと伝えたい。

(とにかく、待とう)

まだ雨は続いている。これが晴れたら、もう少し気持ちも軽くなるだろう、そう思った。

そして史鶴の盗作騒ぎのもととなった、検証サイトの小説のソースが見つかったというムラジからの連絡が入ったのは、それから三日後。

奇しくも、きれいに雨のあがった日のことだった。

＊　＊　＊

不眠不休で各人に協力をあおぎ、独自に調べていたムラジは少し疲れた様子だったが、その顔には充足感が滲んでいた。

「あの小説、個人で小説サイト開いてるひとの無断転載だった」

史鶴の部屋を訪れた彼は、相馬と、なぜか冲村をたずさえていた。なぜ一緒に、と驚いた史鶴に、ムラジは少し口を尖らせる。

「あのね、ＳＩＺさん。昔の知りあいかもしれないなら、ちゃんとそういう情報も教えてよ。冲村くんが教えてくれなかったら、まだ情報が絞り込めなかったよ」

「え……」

はっとして冲村をあらためてみると、彼の顔にもムラジと似たような疲れが漂っている。

「もしかしたら野島さんが犯人かもって思ったんだよね？　ともだち疑いたくないのはわか

るけど、無実を証明するためにも、話してほしかったよ」

ムラジの言葉から、かつてのクラスメイトだ、という程度の説明にとどめてくれたのがわかる。すべてを知る相馬は、なにも知らないふりで小さく笑うだけだった。

（怒ってたのに、調べてくれたのか）

やることがあると言っていたのは、ショーの準備などではなく、これだったのだ。なにも言わず、口の端だけをあげてにっと笑う沖村に、史鶴は自分の目が潤むのを知った。

「はいそこ、見つめあうのはあとでふたりっきりでよろしくね」

間に割りこむようにして、わざとらしくその場をしきる相馬に、史鶴はあわててうつむく。沖村は否定もせず、ただ「うっせえよ」と顔を歪めた。

「あの……どうやって探したの？」

かすかに頬を赤らめ、史鶴が問いかけると、ムラジは持参した自分のマシンを立ちあげる。

「まずね、あの検証サイトの告発文から考えて、ＳＩＺさんの高校の名前で検索かけた。それで、引っかかったブログがいくつかあったんだ」

高校時代の他愛もない昔話をしている記事が引っかかり、それのリンクさきをつぶさに見てまわっていったところ、あっさりと問題の小説は見つかった。

「この『ＳＩＺＵＫＩ』ってハンドルのひとが、いまは趣味で小説書いてるみたい。ブログのコンテンツのひとつだった」

「シズキ……？」

それは野島の、昔使っていたペンネームだった。彼の下の名前は、一騎《いっき》で、それと史鶴の名前を混ぜて作ったと、照れたように言っていた。

野島のことで、痛みにつながらない記憶を思いだしたのははじめてで、史鶴は、小さく息を呑んだ。複雑な表情に、ちらりと沖村が視線をよこし、あわてて表情をつくろう。

「で、あの……結局あの検証サイトは、誰が？」

「安心していい、野島さんじゃないよ。本人も、ものすごく驚いてた」

SNSのメンバーとムラジが、誹謗中傷に作品を利用されていると彼にメールを書き、本人からも「まったく知らなかったことだ」という返事をもらったのだそうだ。

おまけに、あの盗作云々《うんぬん》の話は、そのサイト内で私小説的に綴られている、懺悔《ざんげ》のような掌編の内容を、ひどくねじ曲げたものだったこともわかった。

「野島、そんなこと書いてたのか……？」

「読めばわかると思うよ。これ、そんなに長くないから、読んでみて」

ムラジが表示させたブラウザの中身を、史鶴は震える手でスクロールしていく。

小説のタイトルは、『懐かしい年への手紙』――文豪作家の有名作品のものと同じだ。オマージュ的に引用したことを説明する文章があった。

『あの頃の僕は、まったく情けないまでに愚かしくて、決して喪《な》くすべきではない存在の代わりに自分の卑小なプライドばかりを抱えこんでいた』

そんな書き出しではじまる小説に、史鶴は少し笑った。文学少年だった野島は、もったいをつけた言いまわしが好きだった。覚えのあるくせの強い文体が綴るそれに、浮かべていた笑みは徐々に薄れていく。

当時の『僕』は、小説家になることを夢見ていた。同じようにマンガ家を目指す――小説内では史鶴とおぼしき人間はそういう設定になっていた――友人と夢を語り合うのが楽しくてたまらなかった。だがあるとき創作に詰まり、相談したところ、自分には思いつけないアイデアをあっさり考え出され、そのときから純粋な好意がねじれていった。

『僕は嫉妬した。こんな発想はまったく僕にはない。どう考えても八方塞《ふさ》がりの話に思えたのに、Sにかかれば幼稚な作品が、驚くほどの膨らみや拡がりを見せた。認めたくはなかった。だから周囲に喧伝《けんでん》したのだ。僕がこれを考えたのだ、彼こそが、僕を真似たのだと』

いっときの見栄に振りまわされ、大事な友人をそういう形で傷つけてしまったこと、自分のくだらない自尊心が招いた離別を、野島は淡々と語っていた。

『僕は、彼のことが本当に大事で、尊敬していた。でも矮小な僕の心は、彼の才能を妬《ねた》み、それが自身に与えられないことを恨んだ。好意を持っていただけに、そのことは僕を打ちのめし、最低なことにそれをすべて彼の責任と、なすりつけ、貶《おとし》めた。――最低だった』

あくまで友情の物語として書かれてはいたけれど、史鶴にとっては、それがはじめて伝えられた、野島の謝罪と、懺悔だった。

そして、エンドマークのついた小説の末尾には、こうもつけくわえられていた。

『これをもし、彼が見つけてくれたなら、沢山《たくさん》謝りたい。S、ごめん。ごめん。ごめん。ごめん。謝るしかできないけれど、かってきみに伝えた気持ちの全部が、嘘だとは思わないでほしいと、ずるい僕は考えている』

画面が、ゆらりと霞《かす》んだ。頬を伝って落ちるそれを拭いもせず、史鶴は唇を嚙みしめる。背中がふわりとあたたかくなり、無言のまま冲村に抱きしめられたことがわかった。

「……ちゃんと好きだったってよ」

史鶴にだけ聞こえる小さな声で囁かれ、こくこく、と言葉もなくうなずいた。

長く埋まることのなかった胸の空洞が、あたたかいなにかにふさがれていく。

——僕は、彼のことが本当に大事で、尊敬していた。

高校時代、もうなんの価値もないと疲れ果てるまで痛めつけられたすべてを、この一文で許せる気がした。好きだと告げた気持ちに嘘はなかったと、それを知っただけでも、渇いていた心が潤った。

うしろから抱きしめてくる腕にしがみつき、しばらく史鶴は泣いた。そして、大きく洟《はな》をすすったのをきっかけに、ムラジが口を開く。

「野島さんは、このブログ、SIZさんの名誉挽回に公表してくれって言ってた。自分でも、事実無根の誹謗中傷に利用されて、場合によってはこのサイトの相手を訴えてもいいって。いま、ブログのトップにあげるために、その説明文を書いてくれてるらしいよ」

「そう……」

史鶴は赤い目で、不器用な笑みを浮かべる。濡れた頬を照れたように拭うと、相馬がすっとタオルと、いつものインスタントコーヒーを差し出した。

「勝手知っちゃってるんで、勝手にやりました」

ありがとうと微笑んで受けとり、涙につまっていた喉をコーヒーで潤す。落ち着いたのを見てとり、ムラジが顔を引き締めた。

「でね。もうひとつ、続きあるんだ。この、検証サイト。IPの擬装を割り出してくれたともだちがつきとめたんだけど……アップしたのはやっぱり、平井だったよ」

誰に対しても丁寧な彼が、平井を呼び捨てたことで、相当に怒っているのだと知れた。

「野島さんのブログ発見したのも、高校名からたぐれば簡単だった。たぶん、SIZさんをターゲットにして、なにかしてやろうと思ったんだと思う」

平井は野島の小説を発見し、それをもとにして、史鶴に都合の悪いように話をでっちあげたのだろうとムラジは語った。

「いまはもう、みんな野島さんのコメントアップを待って、SNSの連中とかが反論ぶちあげる用意してる。だからこれで、ネットの問題はある程度カタはつくと思う。……でも、S

ＩＺさん」

あらためて、ムラジは居住まいを正した。涙にぼんやりしていた史鶴は、なにごとだろうと首をかしげるが、相馬と冲村は深くうなずいている。

「ＳＩＺさんのことだから、もうそれでいいって言うかもしれない。でも、ぼくはねえ、今回の件だけは絶対許せないんだ。ありもしない盗作騒ぎでっちあげて、ＳＩＺさんの本名をさらして。平井くんが、自分もクリエイター気取りでいるから、よけいに許せなかった」

「ムラジくん、でも……」

「だから、ごめんね。こっちでも平井くんのＩＰの割り出しはさせてもらったけど、それじゃどうにもならないから、警察に話して、ネット対策課のひとに、正式に依頼した」

まさかそこまで手を打っていたとは思わず、史鶴は「えっ⁉」と声を裏返す。

今回の件ではあまりに悪質だということで書きこみのあったブログの管理者や企業サイトの管理側などもＩＰの提供をしてくれたのだそうだ。

「でも、俺、被害届も出してないし……どうやって」

「はーい、そこは保護者代理が、あれこれと」

手をあげたのは相馬だった。ぎょっとした史鶴は、この間のたくらみ顔はこれだったかと、顔をしかめる。

「相馬、勝手に昭生さんの伝手使ったね⁉」

「ていうかー、あーちゃんがー、俺にまかせろって言うからあ。まかせちゃった」

てへ、とかわいこぶってみせる相馬にはもはや言葉がない。

「でもねえ、史鶴が動かなくっても、もうひとり被害者いるんで。話は簡単だったよ」

ほらそこに、と指さした相手は冲村だ。失念していた事実に、背中にへばりついたままの男を振り仰ぐと、冲村は顎《あご》を史鶴の頭に乗せてくる。

「被害者そのいちとして、手続きはさせてもらった。まあ、山のように証拠メールはあったしな。うちの母親の件もあったんで、あっさりいったぜ」

「でも、お母さん、そういうのやだって……」

「史鶴がめちゃくちゃにされたって話したら、『史鶴ちゃんが大変！』っつって、あのひとのほうがいきり立って、率先して警察に走ってった。念のため、怪我のときに診断書だけはとっとかせたのが役に立ったな」

史鶴ちゃんってなんだ。常々思うが、冲村母に史鶴はどんな立ち位置で語られているのだろう。少し訊くのが怖い気がして、その件については不問に付した。

「ごめん、冲村。なんか、面倒かけて」

「気にすんな。つうか……あの野郎が史鶴に矛先変えたの、俺のせいだし」

「え、どういう意味……」

苦々しくつぶやく冲村は、ため息をついて史鶴をぎゅっと抱きしめる。いいかげん、ムラジと相馬の目があることは気にしてくれないだろうかと思いつつ、黙りこんだ彼氏の腕をそっと叩いた。けれど答えはなく、代わりに口を開いたのは相馬のほうだ。

「オッキーねえ。知らん顔してたけど、じつは一回、カチコミかけてたんだって」

「はあ!?　どういうこと、冲村」

驚き、史鶴は冲村の顔を凝視した。気まずそうにした彼は、渋々と抱きしめていた腕をほどき、視線から逃れるように距離を取る。

「……史鶴には言いたくなかったけど、メールの内容がだんだん物騒になってってたんだ」

平井は冲村に執拗に嫌がらせメールを送っていたが、彼がまったく動じもせず、いらついていたらしい。

「俺個人に殺すだなんだ言うのはいいけど、家に火ぃつけてやるって書いてきた」

ひきこもりのくせして言うだけは達者だ。唇を歪める冲村に、史鶴は顔面蒼白《そうはく》になる。

「それで、どうしたの……」

「いくらなんでもこりゃ脅迫だからな。中山たちとも相談して、とりあえずあいつの親に話しつけにいった。見た目でなんだかんだ言われんのもシャクだったんで、頭もフツーの色にしてってた。川野辺なんか、ゴスメイクとったの数年ぶりつってたぜ」

なんでもないことのように言う冲村の頭は、いまはグリーンがかっている。一時期、茶色に染めていたのはそういうことだったのかと気づかされ、史鶴は目を潤ませた。

「なん……なんで、そういうの、全部、ないしょで」

「あのときは俺の問題だったからな。けど、それが却って火ぃつけちまった。俺はともかく、家族とか史鶴になんかしたら承知しねえ、つったのがアダになったんだ」

直接家まで乗りこんでいってかなりきつく怒ったため、平井は冲村自身には手を出すのをやめたが、ターゲットを史鶴にすり替えたようだった。

「ああいう人種は、ウイークポイント見つけて突くのはうまいよ。自分が臆病だからね」

穏やかなムラジにしてはめずらしく辛辣《しんらつ》なコメントだと思いきや「ミヤちゃん曰《いわ》くだけど」と、つけくわえるので、史鶴は納得した。

「ともかく、俺が平井んちに行ったときに、ちゃんと念書は書かせてあったんだ。俺にも、周囲の人間にもなにもしないってな。それ破ったら警察行きだって言ってあったのに破ったわけだから、実刑はつくだろ」

「え……でも、平井くんって未成年じゃないの？」

史鶴が問いかけると、うんざりとかぶりを振ったのは相馬だった。

「あのね。あいつも史鶴と同じ年だったんだって」

「え、そうなの？」

「受験失敗してからひきこもったって、先生に聞いたの史鶴だろ？」

それはそうだが、細かいことまでは聞いていなかったため、そこまでとは知らなかった。

社会的ひきこもりの定義は、半年以上、自宅にひきこもっていることだとは知っているが、短期間でもそう呼ばれることはあるからだ。

「史鶴のこと、妙に目の敵にしたのも、年が一緒なのが原因だったみたいだよ。史鶴は受験に成功したのに、わざわざ入り直しただろ。それもばかにされたみたいだったんだって。あーちゃんの頼んだ弁護士さんが、言ってた」

幼稚にすぎる言いがかりに史鶴はどっと疲労を覚えたが、それは自分が知らない間にすべてが終わっていたあっけなさにもよるものだった。

「もう、みんな……俺、当事者なんだからさあ……」

「気持ちがひきこもりだった史鶴には、反論の余地なし。というわけで、はい、念書。こっちは弁護士とおしてるから、法的拘束力もばっちり。ネット、電話、それからむろん生身でも、冲村と史鶴についていっさい接触しませんってさ」

ぴらっと相馬が差し出したのは、茶封筒に入った書類だった。受けとったものの、なかを見る気にはなれなくて、史鶴はそれを机のうえに置く。

「あとは、ネットの誹謗中傷については、平井の親のほうから、示談の申し入れあると思う。それは史鶴が被害者だから、史鶴が決めて対処して」

相馬の言葉に、史鶴はうなずく。史鶴自身はもう、今回の件は終わったことにしたいと思うけれど、冲村と史鶴の中傷や冲村の母への傷害で、平井の逮捕は確定らしい。こちらが和解に応じなければ、実刑がつくことになると、昭生の知りあいの弁護士は言っていたそうだ。

「弁護士費用って、どんくらいかかるの？　窓口になってくれたんだろ？」

「あー、そこはあーちゃんが、ツケで払わせるって言ってたから、いいんじゃないの？」

いったい弁護士先生が、昭生にどんなツケがたまっているのか。なにやら複雑な事情のありそうな気がしたので、史鶴は賢明にも聞かないことにしておいた。

あらたまって、三人を見まわす。そして史鶴はおもむろに正座し、深々と頭をさげた。

「みんな、ありがとう。助けてくれて」

声が少しだけ潤んで、視界がぼやけた。三人ともなにも言わず、ムラジはにっこり微笑み、相馬は史鶴の頭をくしゃくしゃにした。

そして冲村は、やっぱり抱きしめてくる。泣き笑いの顔で、史鶴もその背中に腕をまわしたけれど――恋人たちの抱擁を邪魔したのは、ムラジの声だった。

「あ、ねえSIZさん。野島さん、例の文章、アップしたみたいなんだけど……」

「……けど？」

見て、と告げられたブログのトップエントリーには、今回の件について自分の小説をもとに、ある人物が傷つけられたこと、このような形で創作物を利用され、とても遺憾であることが記されていたが――締めの文章からブランク行を数行あけた最後の一文に、史鶴は目を瞠る。

『かつてのきみへ。もしも僕に謝罪の機会をくれるなら、このアドレスにメールをくださ
い』

＊　＊　＊

野島が東京に来ると告げたその日は、とてもよく晴れていた。

就職説明会が水道橋で行われるそうで、史鶴の学校からもほど近い。待ち合わせに指定したのは九段下の駅。話しあいの場所を決めたのは、冲村だった。

「なんで、北の丸公園にしたんだ？」

「店に入って話せる内容かどうか、わかんねえだろ」

ぶすっとした顔で答えた冲村は、ふたりきりで会わせたくないと、史鶴に同行していた。

「まあそうだけど……口、挟まないでくれよ？」

「話してる間は、なるべく離れておいてやるよ。けど状況によったら、口出すぞ」

「べつにけんかとかにならないってば……謝りに来てくれるんだし」

史鶴としては、もうあのブログと小説で過去のわだかまりはだいぶほどけたが、やはりふたりきりになるのは抵抗があり、ついていくという冲村の申し出を了承したのだ。

緊張の面持ちで駅の出入口に立つ。指定した時間は、五分ほどすぎていた。

「まだ来ないかな」

「こっちの人間じゃねえし、電車の時間、読み違えたかもな」

「武道館に近い出口って言ってあったんだけど、わかるかな……」

そわそわきょろきょろする史鶴とは裏腹に、冲村はむっつりと腕を組んで微動だにしない。その不機嫌の理由を思いいたるほど気持ちに余裕はなく、史鶴は出入り口階段をじっと見つめた。

やがて、電車が到着したらしく、幾人か階段をのぼってくる人影がみえた。ごくりと息を呑み、じっと目を凝らしていると、スーツの青年がゆっくりと階段から現れる。

「の、野島……っ」

思わず駆け寄り、名前を呼ぶと、一瞬びくりとした彼は視線をめぐらせ、史鶴に気づいて目を細めた。

「史鶴」

ほっとしたような笑顔が穏やかで、彼はこんな顔をしていただろうかと史鶴は驚く。見慣れないスーツ姿も、記憶にあるよりずっと短い髪も、まるで知らない人間のようだ。

「ひ、ひさしぶり」

「うん、ひさしぶり。元気だったか」

「う、うん、なんとか。そのスーツ、就職活動で？」

「うん。着慣れないから、肩凝ってる」

ネクタイをいじった野島の姿に、三年という時間の長さを噛みしめる。ぎこちなく言葉を交わすふたりの間に、冲村の低い声が割りこんだ。

「立ち話してもしょうがねえだろ。行こうぜ」

「あ、ああ。ええと……きみは？」

はっとなった野島は、冲村の恰好にかなり驚いたようだった。なにしろ今日の冲村のジャケットはロング丈のヘビ柄、デザインも相変わらず攻撃的で、髪の色は金をベースに、赤いメッシュを入れている。その強烈なファッションに目をまるくしたのち、彼はちらちらと史鶴と見比べる。

そして冲村は、野島の誰何《すいか》の声には答えずさっさと歩き出すから、史鶴はあわてた。

「ちょ、ちょっと冲村……あ、あのね野島。同じ学校の冲村っていって」

「——行くぞ、史鶴！」

説明の途中で、まるで怒鳴るように告げる冲村に、野島がかすかに眉をひそめた。

「なあ、俺が言うことじゃないけど、彼、怖くない？　史鶴、脅されたりしてないよな？」

「そんな、冲村は見た目ああだけど、ぜんぜんそんなんじゃないよ。今回の件でいろいろ助けてくれたんだ。今日も、心配してついてきてくれただけ」

あせって弁明すると、野島はふっと声をおとした。

「心配か。まあ、うん。しかたないよな。俺のしたこと、知ってるんだろ?」

「あ、そんなつもりじゃ……」

「いいよ、気にするな」

史鶴がはっとすると、野島はにっこりと微笑んだ。穏やかそうな笑顔がまだ見慣れず、史鶴もまたぎこちなくなってしまう。

「でも、ごめんね。あいつ、態度悪くて……なんで怒ってるのか、俺もわかんないんだけど」

「……そう」

会話の接ぎ穂が見つからず、とりあえずと冲村の代わりに謝った史鶴に、なぜか野島は眉をさげたまま笑う。複雑なものを滲ませた表情に、気分を害しただろうか、なにかまずいことを言っただろうかと、史鶴は困惑する。

「そんな顔するなよ。ただ、史鶴は相変わらずだと思っただけだ」

「え、そう?」

「そう。昔は俺がああしてえらそうにして、史鶴を振りまわして、史鶴がまわりに謝ってた。……いまは、立場が変わったってことだ」

もう外側にいる人間なんだよな。つぶやく野島になにを言っていいのかわからないまま、史鶴は口をつぐんでしまう。そして、長い脚でさきを進む冲村の背中だけを眺め、足を動かし続けた。

九段坂をお堀沿いにのぼっていく。春になれば見事な桜並木になるだろう通りも、いまは冬枯れのさびしい状態だ。

日本武道館の入り口でもある、田安門を通り抜ける。千鳥ヶ淵沿いの散策路にさしかかったあたりで、冲村が口を開いた。

「ぼちぼちいいんじゃねえの。話しても」

肌寒い時期、昼間とはいえ北の丸公園には人気《ひとけ》も少なかった。木漏れ日がさす、迷路のような散策路を進みながら、水を向けられた野島が会話の口火を切った。

「メールありがとう。くれると思ってなかったから、嬉しかった」

「う、ううん。こっちこそ。わざわざブログに、説明してくれたし」

野島のブログが公開されてからすぐに、例の検証サイトはサーバーからおろされていた。無料サーバーとはいえ、違法なアンダーグラウンドサーバーではなく、企業が広告掲載をする代わりに提供するそれであったため、警察からの指導ですぐに削除になったらしい。

だが、史鶴の感謝に、野島は顔を歪めてしまう。

「あれは、俺が引き起こしたようなものだから……」

「やめよう、それは。もう、メールでいっぱい謝ってもらった」

今日の再会を決めるまでに、何度かメールのやりとりをした。お互い遠慮がちで、謝ってばかりの文章だった。ことに野島の謝罪は、毎回のように書かれていて、史鶴はもう謝らなくてもいいと何度も告げたのだ。

「でも、顔を見てちゃんと、謝りたかったんだ。会ってもらえるかどうか、すごく怖かった。だから史鶴が来てくれて、本当に嬉しいんだ」

真摯な顔で告げる野島は、あのころの暴君ぶりが嘘のように落ち着いた性格になっており、当時吹聴してまわった事実もひどく反省していた。

「あのころの俺は、ほんとにばかだったと思う。いま、ほんとに後悔してる」

「野島……」

「進路のこととか、漠然と不安で。そのせいで、史鶴とつきあってても、このさきどうなるんだろうってひどく不安だった。史鶴のこと好きになったのは、俺がさきだったのに、途中で怖くなったんだ。それを、全部おまえのせいにしてた」

受験のいらつきもあって過度のやつあたりをしたことなどを、野島は本気で悔やんでいるのだと言った。

(ほんとに、変わったんだな)

冲村のいる前で、野島が過去に言及したことこそが、史鶴を驚かせた。

冲村は少し距離をとって、史鶴を見守ってくれている。それでもぎりぎり会話が聞こえるか否か、という位置にいるのだ。

かつての野島は、誰であれ史鶴との関係が露呈することに怯えていた。史鶴自身も、それは同じだったと思う。地方の狭い街で、お互いのことがばれたら、完全にコミュニティから締め出されるという恐怖感は、いま東京に暮らして感じるそれの比ではなかった。

「ただ、史鶴にいなくなられたときは、ほんとにショックだった。それにおまえ、東京に出たあと、誰にも引っ越しさきの住所教えなかっただろう」

「あ……うん」

逃げるようにして上京した史鶴は、その後、喜屋武と同棲したことを親にも隠していたため、しばらくは携帯電話以外の連絡ツールがいっさいなかった。むろん、その携帯も東京に来て買い替えていたため、親以外は史鶴の電話番号を知らなかった。

「それだけ、俺に知られるのがいやなんだって思い知ったとき、さすがに落ちこんだ」

「ごめ……」

そういうわけじゃないとか、言い訳をしようと思ってできなかった。あの時期、史鶴が野島から逃げたくて、誰も彼もと連絡を絶ったのは事実だ。

「いいんだ。それくらい、俺、史鶴のこと追いつめた。潰そうとしてたんだ。だって、史鶴はそうしてなきゃ、俺の前からいなくなっちゃうって思ってたから」

「なんで、そんな」

「なんでって、読んだだろ？　小説。あれが本音だよ」

史鶴は答えられず、うつむく。あれから何度も読んだ、野島の小説の一節はもう、覚えてしまった。

『きっといつか彼は、僕などの手に届くわけもない高みへと行ってしまうのだろう。ともに笑い、ともに歩いた道はいずれ、ふたつに分かたれている。それに気づかず、無邪気に僕を慕ってくれる彼が、いつか僕を捨てていく彼が、いっそ憎かった』

だから過剰に史鶴を押さえこみ、自信を失わせるようなことを言ったのも、周囲にわざと史鶴を貶めることを吹聴して回ったのも、根っこは同じだと小説のなかの彼は自嘲していた。

「大学に入って、史鶴がいなくなって、目が覚めたんだ。俺、なんであんな小さかったんだろうって、恥ずかしかった。結局、自分で史鶴のこと手放したんだって」

史鶴はなにも言えず、ふるふるとかぶりを振る。

「おまけに……あの小説が原因で、まさか、あんなことになるなんて思わなかった」

野島はぐっと唇を結び、やるせない顔をした。

いままでは小説家になるという無謀な夢は捨て、本当にただ趣味で書いて発表しているだけだった。そして三年が経ち、史鶴のこともなつかしい思い出として、そして過去にひどいことを言ってしまった懺悔として綴った作品のつもりだったのだそうだ。

「俺は、いつも史鶴を傷つけるしかできないんだな」

「そんなこと、ない！　ちゃんと謝ってくれたし、あの小説、俺、嬉しかったよ」

たぶんお互いに、幼かったのだ。野島があそこまで極端な行動に出なくても、史鶴のほうが勝手に思いつめて、恋が壊れた可能性はいくらでもある。

「俺だって、嫌われるの怖かったから、野島の言うことにちゃんと反論もしなかった。まわりに弁解もしなかった。ただ閉じこもって、逃げるだけが楽で、だから、そうしたんだ。ずるかったのは、俺もだよ」

今回の一件で、相馬やムラジ、そして冲村に学んだことだ。自分が無実と知るなら、声を出して主張すればいい。逃げるのではなく、戦って勝たなければならないことはある。そしてそれを見守って、助けてくれるひとは、いるはずなのだ。

「俺たち、もっと子どものころみたいに、ちゃんとけんかすればよかったんだ。でも、途中からできなくなった。どっちもきっと、弱かったんだ」

幼馴染みで、えらそうなくせに本当は気の小さな野島へと、史鶴は懐かしさの混じった視線を向けた。きっぱりと告げた史鶴の目の強さに、野島はどこかさびしそうに笑った。

「史鶴、本当に変わったんだな。はっきり言うようになった」

「ん、……ていうか、これが、地なのかもしれない」

そうかもしれないな、と野島は笑い、視線を落とした。

「俺がそういう史鶴を、閉じこめてたんだな。……もっとやさしくしてやればよかった。いやな思いばかりさせて、ごめん。史鶴、許してくれるかな」

「もう、許してるよ。許したよ。だからもう、忘れていいよ」

だから罪悪感を抱えていることはない。そう告げると、哀しげに笑いながら野島は言った。

「忘れたくない、って言ったら？」

「え？」

「痛い思い出でも、俺は、史鶴については、なにひとつ忘れたくないんだよ」

そのとき、はじめて気づいた。史鶴を見つめる野島のまなざしには、まだ未練のようなものが残っている。

「大学出たら、俺、こっちで就職する。そしたら史鶴、また会ってくれるか？」

「えっと、それって」

「だめかな」

どういう意味に受けとればいいのだろう。予想していなかった状況に面くらい、けれど、会うだけなら――とうなずきかけた史鶴を遮《さえぎ》ったのは冲村だった。

「どっちにしろ、あんたと史鶴はもう、終わってんだろ。つか、未練残さないでくれよ、これもう、俺のにしてんだから」

「冲村っ⁉」

いつの間にか距離をつめ、相変わらずのノリで堂々言い放つ冲村に、史鶴は思わずなにを言うかと怒鳴りつけた。

「どうして、話してる間は口挟まないって約束しただろ！」

「状況によるっつったろ。いまのは話じゃなくて、どう見ても口説きじゃんか」

「そ……っんな、ことは」

「あるんだよ。だから俺は史鶴がこいつと会ってるこの状況も、ホントは納得してねえんだよ。つうか俺以外の男とふたりっきりになるな」

「ば、ばかじゃないのか……」

相変わらずの嫉妬まるだし男に、史鶴はもはや絶句した。けれども、その発言のおかげで、まだ彼のなかで終わっていないことを知った。

先日、ムラジたちと四人で会った際にも、抱きしめられてはいた。けれど、「全部終わるまで、けんかは保留」と言われたまま、はっきり決着もつけずにいたから、少しの不安は残っていた。

（俺まだ、『冲村の』で、いていいんだ）

恥ずかしいし、野島の前で言うことかと腹もたつ。けれど安堵の気持ちが心のほとんどをしめていて、ゆるみそうになる頬を必死で引き締めた。

「なんか、ああ、そういうことか……」

野島は、冲村の乱入にしばしぽかんとした顔をしていたが、おたつく史鶴を見ているうちに我慢できなくなったらしく、小さく噴きだした。

「俺も、これくらい開き直れる強さがあったら、別れないですんだかな」

「つうか、別れてなかったとしても、奪ってやっから。もう帰れよあんた」

「冲村！」

敵意丸出しの冲村に恥ずかしいやら嬉しいやらで叱りつけると、野島はおかしそうに笑う。

「史鶴のそういう顔見たの、ひさしぶりだ。……そうだな、けっこう怒りっぽいんだった」

「いや、あの、これは」

「いいよ、わかった。でも、東京にはあまり知りあいもないしね。まったく縁を切るのはさびしいから、ふつうにともだちとして、たまに会ってくれるくらいは、いいのかな？」

問いかけは、史鶴にではなく冲村へのものだった。

「いらねえちょっかいかけんなよ」

「冲村、もう、やめろって！」

じろりと睨む冲村に、野島はわざと作ったような、不遜な笑みを浮かべてみせる。

「むろん、友人として節度は保つよ。無理やり迫ったりはしない。でも史鶴に隙ができたら、つけこませてもらいたいなあ、という程度には未練はあるよ」

「の、野島もなに言ってんだっ」

もういやだ、と真っ赤になって史鶴が悲鳴をあげる。そのうろたえぶりに、野島は声をあげて笑った。

「冗談だよ、だいじょうぶ。東京に来るまでには、あと一年以上あるけど、そのときは、メシでも食おう。同窓会みたいな感じで。それならいいだろ？」

「う、うん」

「またメールを書くよ。今日はありがとう、史鶴。……冲村くんも、史鶴をよろしく」

「言われる筋合いじゃねえし」

最後まで感じの悪い対応をする冲村に、野島はまたからからと笑った。なにか吹っ切れたようなそれは、かつて史鶴が初恋をした彼と、なにもかわらない笑顔だった。

＊　　＊　　＊

九段下駅で野島とわかれたのち、史鶴と冲村はＪＲの御茶ノ水駅方面に向かって歩き出した。その長い道のりが終わるまでを、冲村はひどく不機嫌な顔で歩き続けていた。

（えっと、なんか怒ってる……？）

さきほど、野島に食ってかかったときには、不機嫌そうではあったが、いつもの冲村だったと思う。けれど、彼と別れてふたりきりになったとたん、冲村の気配がどんどん冷たく、硬くなっていくのを史鶴は感じていた。

（なんでだ。俺、なにかしたか？　それとも本当は、ずっと怒ってたのか？）

いろいろ言ってくれた言葉を信じればいいのか、妙な冷たい怒りを感じる気配を察したほうがいいのか、史鶴にはわからなかった。

あまりの沈黙に耐えかね、史鶴がやっと声をかけたのは、改札を通ってホームに向かう途中のことだ。

「あの、冲村」

「なんだよ」

冲村の表情は硬く、妙に低い声ではあったが、返事があった。機嫌をうかがうような自分の態度に少し思うところはあったけれども、無視されてはいないことに史鶴はほっとした。

「今日、これから、どうするんだ？」

「史鶴は？」

「俺、は、帰るけど……とくに、用事はないし」

野島との話がどのくらいかかるかわからなかったため、この日の予定は午後から空けてあった。けれど、冲村の都合はどうだったのだろうか。歩幅をあわせる気もない様子で、どんどんさきへと進んでいってしまう彼は、もしかしたらこのまま帰ってしまうのだろうか。

（それは、やだ）

保留にしたけんかを、今日こそやってしまうべきだろう。もういろいろと片づいて、先延ばしにする必要はない。

史鶴は思いきって冲村に「部屋に来ないか」と誘うことにした。

「冲村、あのさっ。もし、今日――」

「あ？」

ホームへ向かう、階段の手前。声をかけた史鶴に振り向いたその瞬間だった。

「なにやってんだ、てめえ！」

（えっ？）

なにが起きたのか、史鶴はわからなかった。冲村が振り返るなりものすごい形相で、史鶴を怒鳴りつけ、手を伸ばしてくる。

驚いてとっさに身を引いたとたん――誰かにどんと、強く背中を押された。

「史鶴！」

ぐらりと傾《かし》いだ身体。視界には、斜めに歪んだ階段が映る。

（落ちる――！）

血の気が引き、反射的に目をつぶった史鶴は、次の瞬間首のあたりにがくりと衝撃を受け、そのあと激しくなにかにぶつかった。

「わ、あ、あ……っ!?」

質量のあるものが階段を転げ落ちていく音がした。続いて、女性が放った大きな悲鳴に、その場は騒然となる。

「おい、なんだ、どうした」

「ひとが落ちた、階段から！」

救急車を呼べと叫ぶひと、駅員を呼ぶ声。だが、予測とは違い、身体に痛みはない。

「……？」

きつく身を縮めていた史鶴が気づけば、襟首のあたりを強引に掴んだ冲村が、長い腕で階段脇の手すりを捕まえたまま、史鶴をぎりぎりで支えていた。

「お、冲村、あり……」

ありがとう、と言いかけた史鶴は、蒼白な顔をした冲村が、史鶴ではなく階段の下を睨みつけているのを知った。視線のさきを追いかけ、史鶴もまた顔色をなくす。

「冗談じゃねえよ……クソが……」

呻きながら史鶴の身体を抱き直した冲村は、脂汗をかき、肩で息をしている。疲労などではなく、極度の緊張のせいだとすぐにわかった。事態を把握した史鶴は、がくがくと全身を震わせる。

「――てめえ、本気で殺す気か、平井‼　次、史鶴になんかやらかしたら、俺が殺すぞ‼」

その場を凍りつかせるような冲村の怒声が向けられたさき。

かつてのクラスメイトが、折れた足を抱えて、ひいひいと泣きわめいていた。

平井が史鶴を突き飛ばそうとしたことは、まっさきに悲鳴をあげた女性の証言でも決定づけられた。

＊　＊　＊

突き飛ばされた直後に冲村が、強引に史鶴の身体を抱きこんで引っぱったため、勢いの逸れた平井は勝手に転がり落ちてしまったらしい。

——ちょっと脅してやろうと思ったんだ。パパにもママにも、ネット禁止って言われて。あいつらのせいだ。あいつらが悪いんだ。

搬送された病院でそのまま取り調べを受けた平井は、子どものようにひいひい泣きながらそう語ったと、史鶴は昭生に紹介された弁護士から聞いた。

逆恨みでとんでもないことに巻きこんでくれた平井については、考えたくもない。つきとい禁止の言い渡しを破ったことから、今度こそ実刑は免れないらしい。

けれどそうでなくとも、階段のうえから、すさまじい殺気を放って怒鳴りつけた冲村には本気で怯えているようで、たぶん今後はさすがに絡んでこないだろう、とも。

（なんかもう、疲れた）

はじめて警察で調書を取られるという経験をした史鶴は、ぐったりしたまま帰途についた。

ようやく乗ることができた電車のなか、当然のように隣に座る冲村もまた、顔色が悪い。

ただし、びりびりするほどの怒りのオーラを放ったままなので、史鶴は少し息苦しい。

ほんの少し前まで、これからのふたりをどうするか、という話をしなければと思っていた。だがいまとなっては、あの程度のことで悩んでいたのが、本当にばかばかしくも、おかしい。

「……ふふ」

「なに笑ってんだよ」

史鶴よりよほど神経を摩耗したのだろう冲村が、ぎろりと睨んでくる。心配しすぎて、怒りのゲージがさげられないせいだと知っているから、怖くない。

「おまえ、ヘタすりゃ死んでたんだぞ。笑ってる場合か！」

冲村の言葉は、大げさでもなんでもない。平井は骨折と全身打撲ですんだけれども、駅の階段を転がり落ち、打ち所が悪ければ本当に、命も危なかった。冲村のとっさの動きがなければと思うと、ぞっとする。

けれど史鶴は無事で、変な方向に引っぱられた首が少し、寝違えのように痛む程度だ。なにごともなかった証拠だと思えば、この痛みさえありがたい。

「冲村は？　腕、痛くないか？」

史鶴たちも念のため病院で診察してもらったけれど、首の筋を軽く違えただけの史鶴より、冲村のほうが状態は悪かった。無理に身体をひねって、階段脇のバーを摑んだ手でふたりぶんの体重を支えたため、肩が脱臼《だっきゅう》しかかっていたのだそうだ。

「俺はいいんだよ。……っとに、どこまでわかってんだよ……」

いらいらした態度を隠さない沖村を、かわいいと思った。

野島にも喜屋武にも、不機嫌な顔をされると史鶴は怯えた。きらわれたくないと縮こまって、なおのこと彼らを不快にさせていた。次はどんな攻撃をされるのか、今度こそ裏切られるのかと、身がまえてばかりだったからだ。

けれど沖村なら、どんなに睨まれても、怖い顔をされても、少しも胸の奥は冷たく縮こまったりしない。間違ったり揉めたり、傷つけあっても、振り捨てたりしないという確信があるからなのだろう。

あきらめ、乾ききっていた史鶴の心に、沖村はこれでもかと愛情を注いでくれた。むずかしく考えこみがちな史鶴に、わかりやすすぎるほどのストレートな気持ちをぶつけて、いつの間にかそれなしではいられなくなるほどになっていた。

「沖村、ありがとう」

「もういい、さっきも聞いた」

「うん、でも、ありがとう」

「だから、いいっつって――」

「ほんとに感謝してる。好きだよ」

うんざりとうなだれ、聞き流そうとした沖村は、さらっとつけくわえたひとことに一瞬かたまり、目を瞠ったまま史鶴を凝視する。

電車のなかは、まだラッシュ時には遠く、都心と逆方向に流れていくせいか、ひとも少ないとはいえ、ちらほらとひとがいないわけではなかった。

それでも、いま言いたかった。

「今度、けんかしようって言ったけど、それは謝るから、なしにしない？」

「史鶴……？」

「それで今日、いろいろあったから、泊まってくって、お母さんに言ってくれる？」

冲村はふいと顔を逸らして、口をつぐんだ。ただ、隣り合った史鶴の手を、身体の隙間に挟むようにして、ぎゅっと握りしめてくる。

言葉ではない答えに、史鶴は少しだけ顔をほころばせた。

＊　＊　＊

冲村は史鶴の部屋にはいるなり、ごつめのロングジャケットを無造作に脱ぎ捨て、部屋の真ん中にどっかりとあぐらをかく。態度は大きいけれど、おもむろに携帯を取りだして、律儀に母親にメールを打つさまはかわいいと思った。

（電車のなかとか、歩きながらは絶対しないいんだよな）

冲村は意外にお行儀のいい男なのだ。しかし、メールを送信し終わるなり、くるりと振り向いて史鶴を見やる目は、およそかわいいとはほど遠い。

「連絡した」

「あ、うん」

やはりまだ怒っていたのか。びりびりした気配と声に顎を引いた。ほんの少しびくついた史鶴の表情に、冲村は一瞬だけ目をつりあげ、はあ……と深く息を吐いた。

「な、なんだよ」

「おまえ、わかってて今日、誘ったんだよな？」

まだ不機嫌さを引きずった声での問いかけに、こくりとうなずく。「本当かよ」と小さくぼやいて、冲村はソファベッドを背にしたまま、史鶴を手招いた。

「わっ」

近づくなり強く腕を掴まれ、そのままソファのうえに押しつけるように抱き寄せられる。

「わ、じゃねえだろ、もう」

およそあまさのかけらもない、剣呑な声でしゃべるくせに、史鶴の身体を包む腕は少しだけ緊張している。

「けんかはなし、つっといて、家に来いって。しかもあんなん、あったあとで！　なんなんだおまえは、俺のこと試してんのか！」

耳元で怒鳴られて、反射的にびくっとなる。けれど怖がっているわけではないと教えたくて、史鶴は背中に腕をまわした。

「まじで勘弁しろ！　ほんとに、まじで……突き飛ばされたとき、頭真っ白んなった」

ぎゅっと腕の力を強め、急に声から力が抜ける。思いだしたのか、ぶるっと沖村の身体が震えた。

「もー待ってやんねえぞ、わかってんのか、ほんとに！」

「……ごめんね、沖村」

強気に見える沖村が、行き場のない憤りに震えるさまが痛ましくて、史鶴は懸命に背中を撫でる。

「謝りゃいいと思ってんだろ。ほんとに史鶴は……俺、怒ってんだからな」

「そんなことない。さっきの沖村、顔色真っ白だった。ほんとに心配かけた。肩も、痛い思いさせちゃって、ほんとにごめん」

史鶴を護って痛めた肩を、そっとさする。医者からは、脱臼についても処置も早かったため、今夜は少し痛むだろうけれど、心配ないと言われていた。

「湿布する？　平気？」

心配で問いかけたのに、なにか意味不明な唸りをあげた沖村は、史鶴の腕を振りほどいて押さえつけてくる。

「その話じゃねえよ、俺が怒ってんのは」

「え、なに……」

きょとんと史鶴が見あげると、「がー、むかつく！」とわめいて冲村は髪をかきむしった。

「黙って見てりゃ、俺の前でぼーっと口説かれて、あれでなんで俺が怒らないと思うんだっ」

「は？　そっち⁉」

危ない目に遭わせられ、警察沙汰にまでなったというのに、冲村の怒りポイントはそのずっと手前のところでとどまっていたらしい。

「そっちもクソもあるかよっ。つーか、アレがおまえに無理やり突っこんで血ぃ出させた相手だろうが。約束したから口も出さないし、殴らなかったけどな！」

本当はしめあげてやりたかったとうめき声を発する冲村に、史鶴はうわっと眉をひそめた。

「けんか、もう、なしにしようって言ったじゃないか」

「けんかにはしねえよ。けど俺が腹たってんのはしょうがねえだろ」

「この間は、もう気にしてない感じだったじゃないか！」

どうして蒸し返すんだと史鶴が目をつりあげる。勢いで冲村の胸を押し返すけれど、逃げようとする史鶴の腰を捕まえられ、背後から抱きしめられる。抱擁だけでは足りないとでも言うように冲村は史鶴のメガネを取りあげ、少し乱暴に隣の部屋へと放った。

「冲村！」

「あいつにはさせたのに、俺のときはいやがったのは、なんでだよ」

壊れたらどうすると言いかけて、肩口に顔をうずめた冲村の言葉に史鶴は固まった。

「……いやがった、とかじゃ、なくて」

やはりそういうふうに思われていたのか。史鶴が青ざめていると、いきなり肩に嚙みつかれた。

「痛い！」

「どうせ捨てられるとか、言いやがったよな。俺もそうだと思ってたのかよ」

顔が見えなくなってはじめて、史鶴は冲村がただ怒っているだけでなく、傷ついてもいたのだと気がついた。

ムラジや相馬の前で、ふつうに振る舞っていたのは、平井の件が終わるまで保留と告げていたからだろう。そして、史鶴があの誹謗中傷に、本当に疲れて傷ついていたからだ。

「ふざけんなよ。俺すっげえ気ぃ遣っただろ。大事にしただろ。なんでそれでそんな考えになるんだよ。そんな、史鶴のこと適当にしたやつらと、一緒にすんな！」

怒鳴られて、身がすくんだ。それと同時に申し訳なくて、情けなくて、嬉しかった。

堂々と、というよりふてぶてしくもある態度や、基本はタフな心にいつもあまえてしまうけれど、彼はまだ十九だ。

（年下なんだよな。いつも、うっかりするけど）

気持ちのコントロールも懐の深さも、その年齢にしては破格だろうと思うけれど、全部呑みこめるほど大人ではない。史鶴をかつて抱いた、そして傷つけた男を目《ま》の当たりにして、流すつもりだった憤りが燃えあがってしまったのだとしても、当然のことだった。

それに気づけなかった史鶴が、無神経すぎた。

「……ごめん」

史鶴を包むくらいには大きい、けれど、かつてつきあった喜屋武などに比べると少し骨っぽい感触のする身体だ。まだ十代の青さを引きずっているのだとわかるこの背中に、史鶴の関わったあれこれは、どれほど重かったのだろう。

「沖村が重いんじゃなくて、俺が重いんだよ。ごめんね」

「べつに重くねえよ、ばか」

少し拗《す》ねたような声で、額を、さきほど噛みついたあたりにぐりぐりと押しつけてくる。史鶴は背後に腕をまわし、そっと沖村の頭を撫でた。

言葉ではもうさんざん謝った。沖村が疲れて傷ついたのは史鶴のせいだ。だから、慰めるのもなだめるのも、史鶴の役割だ。

しばらく、なでなでと頭を撫でていると、感情をおさめるように深呼吸した沖村がやっと顔をあげる。

「史鶴は頭いいけど、そのぶん暗く考えるとろくなこと考えねえのがわかった。もうこうなったら、容赦しねえから」

「うん」

「あと、春までとか悠長なこと言ってやんねえ。もう決めた。アパート見つかり次第引っ越すからな。準備しろ」

「……うん」

「それから、いまから、全部すっから」

「うん、……え？」

逆らわず、こくこくとうなずいていると、ふたたび腕を引っぱられ、ベッドに倒された。

「え、え、なに……んん、ん！」

突然変わったテンションと状況についていけないでいると、嚙みつくようにキスされる。

「あの野郎に見せた顔、俺が知らないのはむかつく。だから、全部見せろよ」

「え、ちょっと、ちょっと待って、ちょっとっ」

どうしてこう、いつもいきなりなんだとうろたえていると、耳をかじられ、首を嚙まれた。さっきのような、咎めるための痛みを与えるそれではなく、あまく、肉の弾力をたしかめるような歯の動きに、史鶴はぞくっと身体を震わせる。

「なんでだよ。なにがやなんだよ。もう待たないっつったろ」

「いやとかじゃなくて、だから、ちょっと待ってて っ……」

少し抵抗すると、また強く噛まれる。じたばた暴れるうちにシャツのボタンがはずされ、胸がはだけられていく。

「いた、痛い、冲村、痛いから！　骨のとこは痛い！」

鎖骨をかじられ、悲鳴をあげる。ひとしきり、あぐあぐとあちこちを好き放題噛んだ冲村は、しあげに長く痛いくらいのキスをした。

「んん……！」

のっけからきつく絡む舌に、史鶴は呻いて腰をよじる。しゃぶりつくように舌を吸われ、口腔をいじりまわされて、必死になって冲村の背中にすがり、やわらかい素材のシャツを握りしめた。

（やばい、もう、なんか）

いろいろあって疲れたはずなのに、身体がかなり熱くなっている。それとも、神経の疲労が逆に、妙な飢餓感を生んでいるのだろうか。

ひとつ間違えば、こうして抱きあうこともできなかった。ならばこの時間、冲村に肌を預けることができる僥倖《ぎょうこう》を嚙みしめて、流されてしまいたい――。

「……ん、んえ……っ、え？」

うっとりとキスに浸っていた史鶴は、しかし唐突に身体を引き起こされ、くらくらと目をまわした。流れ的には、このままなんとなくなだれこむパターンじゃないんだろうか。

「じゃ、風呂入ってこい、史鶴」

「え、えっと……？」

あれほどいやらしいキスをしておいて、よくそんな余裕があるなと、史鶴は少し呆けた。だが続いた言葉に、ぼけている場合ではないと知らされる。

「俺一応、ちゃんと調べたから。史鶴、知ってんだろ？　アナルセックスの準備のやりかた」

「うっ……」

「いますぐやっちまいてえけど、そうすっとたぶん、史鶴に怪我させたりしかねないし」

ぼっと音がするほど顔が赤くなった。冲村の言葉があてこすりなどではなく、真剣に問うているのがわかるから、なおさらだ。

真剣に、本気で、冲村は史鶴を抱くつもりでいる。

「準備の時間だけなら待ってやるから、その時間で覚悟決めて、ベッドに来い」

「か、覚悟って」

うろたえて目を泳がせていると、史鶴の手がぎゅっと握られた。

「史鶴に、俺を入れる。よくしてやれっかわかんねえけど、とりあえず知識だけは仕入れてきたし、努力する。そんで、もし、痛くさせたり、怪我とかさせたら、ちゃんと手当もするし看病もする。血ぃ見たって引いたりしねえよ。あと、エロエロになってくれんなら、そっちは歓迎」

ずたぼろになって言い捨てたそれらを、ひとつひとつ拾いあげ、なにも心配はいらないからと沖村はかきくどいてくる。

言葉はとんでもなく即物的で、ムードもなにもあったものではない。けれど、なによりも史鶴が欲していた気持ちがこもっている。

「抱かせてくれんなら、なんでもする。だからもうおまえ、全部よこせ」

真剣な目で、否やは許さないと告げる沖村は、握った史鶴の手の甲を、もうひとつの手で軽く叩く。

「なんで、そこまですんの……？」

「だから、忘れんなよ。俺が史鶴を好きなんだからな。好きなやつ大事にすんの、あたりまえのことなんだ。前のふたりが失敗したからって、それを俺にあてはめんな」

凄《すご》むような顔で、まるで怒っているように声を叩きつけてくるのに、言葉はどこまでもやさしい。

ときどき横暴で、わりとわがままで、そのくせ全力で史鶴のことを包もうとする沖村に、たぶん気持ちは全部持っていかれた。渡せていないのは、痩《や》せっぽっちの身体ひとつだ。

「だからもう、逃げんなよ。逃げたら、ほんとに俺、強姦でもしかねねえからな」

物騒に脅されて怖いのに、どうしてもやはり嬉しくて。

半泣きになってうなずくのが史鶴の精一杯だった。

＊　＊　＊

風呂をあがると、有無を言わさずベッドに倒された。

ふだんなら気を遣って自分もシャワーなり浴びる冲村は、史鶴の腰をまたいで逃げられなくしたまま、ばさばさと服を脱いでいく。

細身に見えるけれども引き締まったラインの身体が、頭上であらわになっていく。インナーを頭抜きで脱ぐ仕種《しぐさ》に、伸びやかな腕が交差し、胸筋と腹筋がうねるさまを、史鶴は畏怖と感嘆を持って眺めた。

「くそ、いてえ」

ファスナーをおろすのにつっかえるくらいになったそれに悪態をつき、苦心しながらボトムを蹴り脱いだ冲村に、史鶴は風呂あがりの肌をさらに赤く染める。

(なんか、もう。なんだこれ)

冲村があまりにやる気満々で、笑ってしまいそうなのに、そのあせりに却って煽られている。どうしていいのかわからず、寝転がったまま微動だにしない史鶴の腕を両方摑み、マットレスに押しこむようにして体重をかけた。

「いろいろすっけど、逃げんなよ？」

「……うん」

長い前髪の隙間から、まるで睨むようにして念押しをされた。

ここまできて逃げる気はない。ひさしぶりの行為に緊張はあるし、少しは怖いけれども、ぎらついた目で史鶴を見つめるその顔が、本当は必死だからだと知れば、どこにも行けない。

「んむっ……！」

ふだんより数倍乱暴に唇をふさがれて、強引な力で脚を開かされる。胸や首筋を吸う力も容赦がなく、かなり痛かったけれど、痕《あと》をつけるなと言うことはできなかった。

たぶんこれは、罰なのだと思う。昔のことにこだわって、冲村を受け入れきれもせず、護ろうとしてくれれば反発し、そのくせ心配ばかりかけてやつあたった。

「おき、むら。冲村、冲村」

意固地な性格のせいで、素直でやさしい冲村を怒らせ、傷つけた。彼は絶対認めないだろうけれども、たぶん哀しませただろう。けれど、もう謝るなと、代わりに史鶴をよこせと言われたから、史鶴は腕の力を強める以外、なにもできない。

「おい、あんましがみつくな」

やりにくいと距離を取られたのも、怒った顔をするのも、照れているからだろう。

あわせた胸の鼓動が早いから、わかる。緊張して、少し怖くて、でも痛いくらい相手を求めているると、左胸の鼓動が教えてくれる。

「ごめん、すごく、好きだよ。ほんとに」

いつもは複雑にセットされている髪に指を差しいれ、かき乱しながら胸に抱きしめる。苦しいくらい乱れている心音を教えたいと思った。

(伝わったかな)

頬を胸に押し当て、ほっと息をつく冲村の反応に史鶴が唇をほころばせる。だが、そのすぐあと、尖った場所に感じた刺激が、指先までの疼痛となって走り抜けた。

「んっ」

きゅう、と吸いあげられたのは右の乳首だったのに、どうしてか左もぴくりと疼いて硬くなる。横目で変化に気づいた冲村が、下から上へと指の腹で弾くように刺激してきた。

もうひとつの手のひらはゆるやかに腰へとまわされていたけれど、史鶴が身じろぐとすぐにほどかれ、体側を腰から脚にかけて何度も往復する。

(うあ、やば……)

腋下から腰骨まで、さらりと撫でられるのに史鶴は弱い。誰もそんな触れかたをしたことがない。冲村だけにもらう愛撫は、史鶴の形をたしかめるような手つきだといつも思う。

「ん、ん……あっ?」

「暴れんなよ」

あちこちに吸いついていた唇が、徐々に下へと降りていく。あせって起きあがろうとしたところで、膝を摑んで持ちあげられ、じたばたと膝からさきだけが宙をかいた。

「あ、なに、して」

質問に答えはなく、脚の指先がくわえられる。一本ずつ、左右のそれをすべてねぶるようにされたあと、土踏まずに舌を這わされた。

「なにしてんだよっ、なんか、ヘンタイっぽい！」

「史鶴の足、やわっけえ」

「ちょっと、冲村……っ」

史鶴の抗議の声は、ことごとく無視された。くるぶしを嚙まれ、ほとんど体毛のない臑《すね》にべろりと舌を這わされる。爪先に辿《たど》りついた道順を逆に、徐々に徐々にうえへと這いのぼる冲村の唇に、ぞくぞくと身体中が震えてくる。

「やだ、それ、なんか恥ずかし……」

「平気だって」

平気じゃない！　と訴えても無視される。それがいよいよ、膝からうえへとのぼってきたときには、到着する場所を予期して史鶴は半泣きになった。

「やだ……やだ、いいよ、そんなの！」

口淫はしてあげたことはあっても、されるのはなんだかんだで断っていた。いままでは史鶴が恥ずかしがっているからと控えていてくれた冲村も、今日ばかりは引いてくれない。

「全部食うんだから、じっとしてろ。嚙むぞ」

そんな言葉を、薄い下生えを指で撫で梳《す》き、腿をこれ見よがしに舐めながら言われて、どうすればよかったのだろう。

自分の脚の間に冲村の顔。そんなものすごいアングルで見つけた、舌なめずりする恋人は、史鶴の少しぼやけた視界にも、強烈だった。

「ン——……っ！」

ぬちゃりと舌が絡みつき、すぐにぬるぬるした熱いところに包みこまれた。史鶴は長くあまいうめき声を発し、がくりと背中を仰《の》け反《ぞ》らせる。

（あ、やばい。やばいやばいやばい）

最初は加減もなにもわからない、めちゃくちゃなやりかただった。

けれど、しつこいくらいにしゃぶられ、舌で先端をはじかれ、腰からさきがでろりととろけきって、自分ではどうしようもなくなる。なにより、妙に器用でこつを摑むのが早い冲村は、史鶴が感じる場所を自分で発見しては、容赦なく責めてくる。

「ああ、なるほどな。わかった」

「な、にが、ぁ……っ」

これが、と見せつけるように舌を這わせながら、冲村は目を細める。

「史鶴がいっつもしてくれたの、自分が感じるとこばっかだったんだな」

その指摘に、全身がかっと熱くなった。そして当然、冲村がいじるそれも顕著に反応する。

「な、覚えて。俺は、ここが好き」

くびれた部分をきつく吸うようにされて、史鶴の腰が跳ねあがる。その動きを利用してずるりと口のなかに呑みこまれ、隠しようもない淫らな声がほとばしった。

（こうやって全部、ほんとに）

朦朧《もうろう》とするほど、隙間なく感触を植えつけられた史鶴は、自分の身体が全部、冲村のものになっていくのがわかった。

遠慮もなく卑猥な音を立ててそれをする間、開いた脚の奥、尻が強ばるたびに冲村はそれを揉みたててくる。肉をこねる手つきに、さきほど風呂場で自分がほどこした準備が仇《あだ》となり、史鶴はうわずる声を抑えきれなくなってきた。

「うあっ、あ、そ、そこや、や」

「なんで。もう、いいだろ？」

許したはずだろうと言いきって、冲村は狭間に指をすべらせ、ついにそこに触れた。何度か、少しだけなだめるようにつついたあと、指の腹を押し当ててやさしく押し回す。史鶴は、びくっと身体中で反応した。

（わ、やだ、やばい）

指の腹で押し揉まれるそこは、史鶴が決めてきた覚悟のおかげで、ぬるついたものがまといついている。窄《すぼ》まりのうえにぬめりを拡げるように、指の腹で円を描くようにされて、どんどんそこが痺れてくる。

「あ、も……っは、あ、あああ」

びく、びく、と腿が痙攣し、シーツをかかとで蹴ってしまう。

強く押しつけられるわけでも、刺激されるわけでもない。なのに、ひくんひくんと粘膜が反応し、奥が、まるでなにかを吸いこもうとするかのようにふるえはじめるのがわかった。

当然気づいた冲村は、少し意地悪そうに笑みを浮かべた。

「史鶴。ここ、濡れてんな」

「うう——……っ」

少しだけ笑いを含んだ指摘に、本当に自分が自然に濡れたような気分になった。

実際、わざわざローションまで塗りこめてきたのだから、生理現象だろうと人工物の塗布だろうと、意味合いとしては変わりがないのだろう。

「自分で塗ったのかよ。なあ、これ……自分でいじった？」

それ以外ないだろうと、史鶴は唇を嚙みしめる。

恥ずかしくてたまらなかった。けれども、まるごとよこせと言われて怖かったのに嬉しいから、できるだけ冲村が醒めないでいてほしかったから、ひさびさの行為に緊張しながらもうしろをほぐしてきたのだ。

「指、いれていいか？」

「あ、あんまり、言うな。そういうのっ」

真っ赤になって史鶴が必死にかぶりを振る。覚悟は決めたし、拒んでもいない。けれど羞恥を煽るようなことばかり言われると、いたたまれなくなる。震えながら強ばった顔を向けると、冲村は予想とは違う目で史鶴を見ている。

むろん、行為への興奮や好奇心はある。けれどその目は、ひどく真剣だった。

「やなら、ちゃんと言え。それもちゃんと聞くから。ほんとにやなら、我慢、すっから」

「あ……」

「からかってるばっかでもないんだ。史鶴が本当にいやなことなら、ちゃんと引く。それに、言われなきゃわかんないことも、あるから」

そうだった、と史鶴は背中の力を抜く。これは喜屋武でも、野島でもない。史鶴を本当に全部知りたいと言う冲村だから、預けられる。史鶴はごくっと息を呑み、口を開いた。

「い、れて、いいよ……」

羞恥に喉が震えて、ほとんど声にならなかった。「え？」という顔をする冲村に腕を伸ばし、首筋を抱く。互いの身体に滲んだ汗が滑って、密着感が増した。

「いいよ、指。ちゃんと入るから、入れていいよ」

これ以上大きな声を発することはできなくて、耳元でささやくように告げる。恥ずかしくてそうしただけのことだが、沖村はぶるっと背中を震わせた。

「エッロい誘いかたすんのな、史鶴」

「い……ちが、あう……っ！」

「じゃ、入れる」

そんなつもりじゃないと言うより早く、長い中指が忍んでくる。聞かなければできないと沖村は言ったが、言質《げんち》さえ取ってしまえばためらいはないらしい。

（あ、うわ、そんな、いきなり）

ぐっと押しつけてくる指。にちゃりと音が立って、史鶴のそこは震えながらゆっくりと、沖村の指のぶんだけ開いた。

「すげえ濡れてる。ぬめぬめの、ぬるぬる」

「ばっか、あ……そう、して、きたんっ……あっあっ」

ひさしぶりの異物の感触と、興奮を隠せない声。そしてほんの先端だけを抜き差しされるだけで、あられもなくよがってしまいそうな自分に史鶴はとまどっていた。

目の奥がちかちかして、指先や耳まで痛い。鋭敏になりすぎた皮膚がシーツにこすれるだけで、飛びあがるほど感じる。

（なんで？　ひさしぶりだから？　でももう、そこ、ずっと使ってないのに）

どうして、と視力のせいばかりでなく、うっすら滲んだ涙に曇る目を凝らすと、史鶴は自分の脚の間をいじる冲村の腕を、見てしまった。

（……なにこれ）

立てた膝、細い腿の狭間にあるそれが、小さく水音を立てて揺れている。なかに感じる指がここにつながっている。広い、骨の形がきれいな肩を揺らし、腕がくっと筋肉の影を作る。

冲村は目を細めてじっとそこを覗きこみ、ぺろりと唇を舐める。もっと感じさせようと、あの指で、冲村の、長く器用でやさしい——指で。

「——っ、あ、う、や、やだ、やあー……！」

「えっ」

意味不明のうわずった声をあげ突然腰を跳ねあげた史鶴に、指を動かしていた冲村がぎょっとした顔をする。

「え、な、なんかしたか、俺」

「ちが、ち……っ」

答えられるわけもなく、史鶴はぶんぶんとかぶりを振る。片腕をあげて目元を覆い、表情を隠すのが精一杯だった。

冲村の手が、指が、史鶴のいやらしいところに触れ、セックスそのものといっていいような、こういう時間以外に絶対しないような動きをしている。その事実にいまさら思いいたって、それで――とんでもなく感じた。

（もう、やだ、俺。ものすごい、されたかったんじゃん）

なまなましいことをしているのだと、いまさら思い知った。そして自分が見たように、沖村にも見られていることを、これもいまさら羞じらっている。

「なあ、ほんとにどうしたんだよ、史鶴」

「で、でんき」

「あ？」

「電気消して……」

いろいろいっぱいいっぱいで、灯《あか》りを落とすことも忘れていた。もう全部本当に見られたんだとわかっていても、泣きそうになりながら小さな声で懇願する。

「なんでだよ、もういいだろいまさら」

「消して、頼むから、あんま、見ないで」

「だから、なんでだよっ」

苛立ったように沖村が史鶴の腕を摑む。史鶴の顔は痛いくらい真っ赤で、目があったとたんくしゃくしゃと泣きそうに――というより、泣き顔に歪んだ。

「は、はずかしぃー……」

ぼろ、とこぼれたそれに、冲村は絶句した。史鶴も自分の反応が、違う意味でも恥ずかしかった。なにも知らないわけでもないくせに、なんだこのうろたえかたは。そう思うのに、どうしようもなく恥ずかしいのだ。

「史鶴って、ほんっと、変なやつだな」

冲村はため息をついて、言った。あきれたようにも聞こえたそれに、史鶴はびくっとする。

「わ、わかってるよ……っ」

「わかってねえよ。つか、なんでここで俺が電気消すと思うよ」

そんな顔で、恥ずかしいとか言われて、男が止まるか。おまえほんとに経験者か？

最後は少し早口に言いきって、冲村は長い指を奥まで差しこんだ。ずるっと滑るように入ってくるそれに史鶴は目を瞠って首を逸らし、自分でもびっくりするような声を出す。

「さっき言っただろ。史鶴は頭で考えると暴走するって」

「うあ、はあ……っ、あ、あ、あんん」

「だからもう、考えるのおしまい」

言われなくてももう、まともな思考を紡ぐことなどできそうになかった。

押しいり、抜き出す動きがひどく卑猥だった。指の股まで深く差しこんだかと思うと、そのまま小刻みに揺らしては史鶴のなかのなにかを探そうとしている。

「なあ。史鶴、いいとこ、どこ？　あるんだろ、このなか」

「んえ……あっ、あ……そ、こ。さっき、かすった」

「どこだよ。くそ、わかんね……」

「あ、ふあ！」

闇雲にあちこちを探られるうちに、偶然いきあたった場所。史鶴は小さく叫んで腰をバウンドさせ、冲村は汗ばんだ顔のままぺろりと上唇を舐め、にんまり笑う。

「……みっけ。ここな？」

「あっ、あっ、あう、やう！」

仕留めた場所を二本の指の腹でつまみ、ぐりぐりと押し揉まれて、史鶴は悲鳴じみた声をあげた。漏れそうになるほど感じて、それを切れ切れに訴えれば、冲村がさらに愛撫をしつこくする。

「な、どんくらい拡げたら、いいの」

「なに、も……なに、が、あっ」

「指。三本？　四本入れるくらいになりゃいい？」

「しら、知らない、も……っ」

考えるなと言ったなら、答えを求めるな。喋《しゃべ》れる状況ではないことくらい、察しろ。

「好きに、しろよっ。冲村の好きに、していいから、だから」

もうわけがわからないと、朦朧となるまま言い放った史鶴は、冲村の肩に両腕をまわして引き寄せる。

「いれ、て、もう、もう、焦らすな……っ」

「……うお」

息を切らし、切れ切れの声で懇願すると、冲村がごくりと喉を鳴らした。腕のなかでびくびく震え、腰を突きあげるように上下させる史鶴を見おろして、熱っぽい息をつく。

「なるほどな。こうなっちゃうから、やだったんだ？」

「知らない、もう……ほしい、冲村っ」

「やるって、すぐ」

ぐいと足を拡げられ、腰の位置があわせられる。指でそこを押し広げられ、史鶴が、なにか大事なことを忘れたような――と思ったときには、もう冲村は侵入を開始していた。

「え、まっ、まって、コンドーム」

「……っ、どしても、つけねえとまずい？」

はっと正気づいた史鶴があわてるけれど、いまさら止まらないと、史鶴の奥に性器を押しながら、冲村が言う。

「史鶴、なんかまずいことになる？　なら、抜く」

この場合双方に責任がかぶさることになるのだが、そんなことをいちいち言って興ざめされたくなかった。なにより史鶴自身がもう、待てないと訴えたのだ。

「いい、たぶん、だいじょぶ……きれいに、してるし」

そのままおいでと誘いこんだのは、もうこれ以上冲村を待たせたくなかったからだ。うん、とうなずいた冲村は、史鶴の目を見ながらぐっと腰を入れる。互いの粘膜を圧迫する感触に、同時に「あ」と声を漏らした。

先端が入りこんだ。ぞくぞくっと史鶴の身体が震え、冲村は胴を震わせる。

「あ……はいる」

ぽつりとつぶやく冲村は、眉をひそめ、唇を少しだけ笑うような形に歪めている。相手の身体を征服するときの、少しだけサディスティックな悦《よろこ》びに浸る男の顔。見知ったそれなのに、やはり冲村であれば、屈辱にも感じない。怖くもない。

身体をふたつに割くかのようなそれが史鶴の奥へと入りこんできて、史鶴は小さく呻く。

「史鶴、痛くねえ?」

「う、うん、うん」

平気だと言ったけれど、少し嘘だった。やはり少しは痛かった。けれども充溢感と、ようやくという安堵と、鮮明な快楽への予感が入り混じって、史鶴はただ、あまく乱れきった声をあげる。

「く、う……あ、ああ、あ」

なめらかに沈んでくる棒状の熱。ただ挿入しているだけなのに、極まりそうなのはお互いに同じとわかった。史鶴はかすれた声で呻いて、冲村の背中にしがみつく。冲村はもう言葉もなく、ぐっぐっと腰を押し入れ、もうちょっと、もうちょっと、と迫ってくる。

「あ、あ、あ、……入ったっ」

奥までそれが刺さったとき、冲村は感極まったような声で呻いた。史鶴は圧倒的なその質量に、胸を上下させて、眩暈のする視界を必死に耐える。

「史鶴……どう？」

冲村は史鶴の湿った髪を梳きながら、問いかけてくる。

「俺は、すげ、いいよ。史鶴は？」

答える余裕などないまま、かぶりを振る。ひさしぶりの挿入に驚く粘膜は少し硬く、指でほころばせてはいたものの、まだ快感というほどのものを拾いきれてはいない。

けれど、史鶴は冲村の前でみっともなく乱れてしまわずにすむことが嬉しかった。

「ごめん、きついか。でも、もう、動く……」

冲村は、深々と息をつくなり、腰を動かしだす。ぬるりと引き出し、ずん、と押しつける。

「やべ、ほんと……これ、いい……っ」

「あ、ま、待て、まってっ」

まだついていけない、そう訴えても、冲村はもう聞こえていなかった。

ゆっくりだった動きが次第に速くなり、はっはっと息をきらして冲村は腰を振り続ける。

逃げを打とうとする身体を、肩を摑んで押さえつけられ、激しく唇に嚙みつかれる。

（ばか、嘘つき！）

いやならやめると言ったくせにと、強引すぎるそれに少し腹が立った。けれど、たぶんそれはあまえすぎだろうと、すぐに史鶴は怒りをおさめた。

こんなに我慢できなくなるまで、焦らしたのは史鶴だ。そして夢中になって求めてくれる沖村のことが、本当は——嬉しくてたまらない。

「史鶴、史鶴……史鶴っ」

「ん、んん、ん、ひ……っ」

沖村の背中を抱くと放熱するかのように熱く、汗で濡れていた。打ちつける腰の律動が、手のひらにも伝わる。必死に動きをあわせながら、さきほど火をつけられた官能が、やっと沖村の情熱に追いついてくる。

「ああ、あ、……あっ！」

濡れた声を発し、沖村の肩にしがみつく。身体が快楽に落ちるのは、突破口さえ見つかればあっという間で、ぎこちなかった腰のリズムが突然嚙みあった。

「うわ、史鶴、も……っ、やばいって」

「だ、って、だって」

きもちいい、と少しあどけない声で告げ、史鶴は自分から腰を動かし、沖村のそれを複雑

に締めつける。

「だからすんなって、……くそ……っ」

悔しそうに舌打ちした冲村は、両手で史鶴の腰を摑むと、なおのこと激しく揺さぶり、鎖骨や乳首に嚙みついて、身体の間に挟まれた性器を手のひらに包んだ。

「あ、だ、だめ、だめ、それ、出る」

「いいよもう、俺もやばい。いっちまえ」

「やだ、まだ、……そんな」

もっとずっとつながっていたいのに、もっと欲しいのに。潤んだ目で訴えて腰を絞る史鶴に、冲村は目をつりあげて歯がみした。

「だってじゃねえだろ、ほんとおまえ、タチ悪いっ。いっちまえ、もう！」

「や、や、やああ、ああ、ああっ！」

こっちが持たないと首筋に嚙みつかれ、身体がしなるほど強く抱きしめられる。深く、奥でつながったまま何度も揺さぶられて、史鶴はぐらぐらになったまま、いつも言わされてすっかり唇が覚えた言葉を、いままでいちばん淫蕩な声で、叫んだ。

「いく、いく、冲村、いく……っ」

「……っ」

抱きついた背中に、ざわっと鳥肌が立つのがわかった。耳をくわえた冲村が、最後にひときわ強く突き入れたあと、史鶴のそれをぎゅっと摑む。

がくがく震えながら、流しこまれてくる快感の証。ぬめったそれを、はじめて身体の奥で知りながら、史鶴は同じ熱で冲村の手のひらを汚していた。

「も……史鶴、最、高……」

息を切らした冲村が、本当に嬉しそうにつぶやくので、強引すぎたこともなにもかも、全部許せた。

＊　＊　＊

「気づいたんだけど」

「なに……？」

ようやく汗が引くかというころ、ぼんやりとした声で冲村が言った。

「むかむかと、むらむらって似てんだな」

「はあ？」

気持ち的には問題なかったが、ひさびさの身体を好き放題食べ散らかされ、史鶴はさすがにぐったりしている。というのに、冲村はけんかして以来、ほんの数時間前まで続いていた不機嫌さなどまるで忘れたような顔で、史鶴の髪をいじっていた。

「俺、自分がなんであんなに怒ってたのかわかんねえや、いま。いろいろたまりまくってたけど、なんかすっきりした」

上機嫌の冲村に反比例して、史鶴の機嫌はゆっくり下降した。

（ていうか、結局、そこか？）

今日にいたるまで、冲村の機嫌の悪さにさんざん気を揉んだのに、そんな理由か。軽蔑された、機嫌を損ねた、嫌われた？　そのいずれも想像するだけで泣きそうなくらい不安にさせられたのに、この浮かれた気配にあきれてしまう。

「なにそれ。結局やれなくて、不満だったってこと？　そんなことで、俺、あんな怖い顔されたり、怒鳴られたりしたわけか」

「ちげーよ、いや、……全部は、違わないんだけど」

史鶴が顔をしかめると、少し慌てたように、冲村が抱きついてくる。

「でもおまえ、いつもいやそうだったじゃん。あれ、きつかったんだぞ」

「さっきも言ったじゃないか、それは。俺はいつも、いいって言ったよ」

すんだ話を蒸し返すなと睨むと、冲村は冲村でむっとした顔になる。

「そう言いながら、すっげえ悲愴な顔すんだよ。できるかよ、そんなんで」

過去の露呈に怯えたのも事実だが、本当はしてほしかったし、いつも抱きしめられるだけでも嬉しかった。ただ過剰に照れてしまってうまく反応できなかった部分もあると、ちゃんと伝えた。

しかし、実際に、拒まれたと感じた冲村の気持ちは、どうしようもなかっただろう。

――浮気でもしてるみたいな顔してびくついて、こっちだっていいかげん疲れる！

あれもたぶん、冲村の本音だ。大事にしてただろうと、昔の男と一緒にするなと怒鳴ったのも、まぎれもない本心だ。

「はじめてなんかなーと思いこんでたし、怖がられるの、やだったからな」

だからそうじゃなくてほっとしたと告げられ、史鶴は小さくつぶやく。

「……冲村は、はじめてが、いいのかなと思ってた」

「なんだよそれは」

「エロいとか思われて軽蔑されんの、やだったんだ」

まだ言うかと、冲村はいらいらした顔を見せた。けれど史鶴が哀しげに目を伏せるから、強く抱きしめてくる。

「俺はどっちでもいい。つうか気にしてる余裕なかったし、なんか史鶴、すげえかわいかったし……」

すごくよかったし、と小さく、嬉しそうにつぶやいたあと、冲村は少しあせったように史鶴の顔を覗きこんだ。

「あ、えと、そっちもよかったか？」

「……わかるだろ、そんなの。女の子じゃないんだから、いったふりじゃごまかせない」

まじめに問われて、赤くなる。わざわざそんなこと、言いたくなんかない。それでも、目力のある冲村にじっと見つめられて、答えないわけにはいかなくなった。

「よ、かった……よ」

「ほんとか？　ちゃんと感じてくれてた？」

「ん」

目に見えてほっとするあたり、本当に『男』だなあと、自分の性別を棚に上げて史鶴は感心した。自分があまり性欲が強くないせいか、抱かれるポジションだからか、それとも単なる性格の問題かはわからないが、史鶴はあまりセックスに征服欲とか支配欲を感じない。ただ、抱きあって安心したい。好きだと実感したい。そこに付随する快楽も、まあ、かなり好きなのは否定はしない。

そしてその両方を、ちゃんと与えてくれたのは、冲村がはじめてだ。けれどそこまで言ったら、図に乗りそうな気がするので、とりあえず黙って抱きしめられておいた。

「まあとにかく、史鶴が経験アリなのは、俺に自信なかったんで、ちょうどいいんじゃねえの。結果オーライで」

「え、……自信ない？」

冲村が発する言葉としては、かなりめずらしいことを聞いた気がした。史鶴が目をまるくすると、冲村は顔をしかめる。

「しょうがねえだろ、俺そんな経験豊富じゃねえもん」

「……うそ」

史鶴は呆然と目を瞠る。どうにも信じられず、まじまじと冲村を見つめていると「嘘ってなんだよ」と彼は不機嫌になった。

「去年まで高校生で、ガッコは一応まじめに通ったし、合間に服作ってバイトしてたんだ。そりゃ彼女できたこともあったけど、電話とかメールとかデートとか、時間取られるし金かかるってわかってから、誰かとつきあう気なかった」

ますます意外で、史鶴はまばたきをして驚きを振り払った。

「だって冲村なら、適当に声かければ……本気の彼女じゃなくても、軽いつきあい、とか」

「俺がそういう面倒なことするかよ。それに、よく知らない相手と寝るの、怖いだろ。病気とか、そうじゃなくても、やばい相手だったらヤだし」

今度は面倒に怖いときた。

あまりにギャップがありすぎて目を白黒させていると、いまは赤いメッシュの入った、金色の髪がさらりと流れる。

しょっちゅう色を変えるせいで、きっと傷んでいると思っていたのに、触れたそれはなめらかで指どおりがよかった。手入れしているのか、川野辺がいじっているのだろうか。

何度もそれを撫でつけたあと、史鶴はそっと問いかけてみる。

「あのさ、俺は、怖くなかった？」

「史鶴が？　なんで？」

「だって、男で、過去アリだぞ。病気とかならそれこそ、こっちの世界のほうが怖い」

本当にいいのかと見つめると、なにをばかなと冲村はあきれた顔で頬杖をついた。

流れるようなきれいな筋肉にうっかり見惚《みと》れそうになっていると、彼はまた心臓を止めるようなことを言う。

「史鶴がそんなことに気をつけないわけねえし。雑学ハカセだし、ビビリだし」

「……慎重って言ってくれないかな」

わざとむっとした顔をするのは、照れ隠しだ。口は悪いけれども、要するに信用してくれているということだろう。それも手放し、嬉しくないわけがない。

「けどちゃんと教えてくれたじゃん。コンドームつけないとって」

「だって、そりゃ……基本のケアっていうか」

「俺、暴走しちまったけど、史鶴が平気っていうなら平気だろうと思った」

「だからそういうのは、勢いでするると怖いから！　ちゃんと気をつけろ！」

「はーい、センセイ」

相馬の口まねでふざけてみせるから、怒った顔も数秒ももたない。史鶴がつい笑ってしまうと、無言でじっと見つめられた。

なんだろうかと思っていると、ふわりとしたキスが落とされる。

「史鶴にさ、入れたらさあ」

「んん……？」

くすぐったくなるくらいに何度もついばみながら、冲村が言う。

「あー俺、許されてんなあとか思って。史鶴に」

「許す？　なにを」

「よくわかんねえけど。好きにしていいよ、って言われて、それってけっこうすげえなあとか思って。だって史鶴だし」

支離滅裂なことを言っているのに、史鶴はそれこそ彼の口癖のように、『なんかわかった』気がした。言語ではなく伝わる、抱きあうというのは、たぶんそういうことなのだ。身体だけじゃなく、ふたりのなにかが深い場所でつながる。

三番目の恋ではじめて知った、ふたりだけのコミュニティで、ふたりだけに通じる言語を共有する、そんな密接な関係。

見つめあって、お互いの頬をそっと撫でる。唐突に、冲村は問いかけてくる。

「な、好き？」

「……ん、すき」

史鶴の小さな声に、冲村はにま、と緊張感のない顔で笑い、「俺も」と頬をくっつけてくる。強面《こわもて》ぶっているくせに、ふたりきりの時間だととことん、あまえんぼうな男だ。

(どっちが、かわいいんだか)

めいっぱい怖そうなふりをしていたくせに、素の冲村は無邪気で子どもっぽい。そのくせ思いがけなく懐も深くて、怒りっぽいかと思えば寛容だったりする。

これはまいったなあ、と史鶴は内心ため息をつく。

(全部、ツボ……)

大事にされたくて、してもらえなくて哀しかった史鶴の、裏も表も全部観て、寂しがる隙もないくらいに「くれ、よこせ」とねだってくる。

わがままさまで、いとしい。ときどき腹もたつけれど、言い返せるしけんかもできる。たまに意地も張るけれど、あまり根に持たず、ごめんなさいを言いあえる。

そして、こんな彼だから、好きになった。

「……冲村、好き」

ぎゅっと、あざやかな色の頭を抱きしめて、史鶴はつぶやく。たぶんこういうストレートな表現を冲村は喜んでくれる。だったら、いくらでも伝えようと史鶴は思う。

「さっきから、好き好きばっかかな、俺ら」

バカップルみてえと笑うけれど、こういうことがずっとしたかった史鶴にはたまらない。

潤んだ目を見られるのがいやで、史鶴は積極的にキスに応えた。口の端に吸いつかれ、頬を噛まれて笑って逃げながら、ふと口を開く。

「あのさ、冲村。今日さ、歩いたじゃん」

「あ？　ああ、それが？」

九段坂を歩きながら、前を行く冲村の背中をじっと見つめた。うっすら冬模様の翳《かげ》りがあったけれど、それでも晴れた空は明るかった。

木漏れ日が冲村の肩に複雑な模様を描くのを、じっと眺めて歩いた。考えてみれば、隣で話していた野島よりも、冲村ばかりを見つめていたように思う。

「考えてみたら、冲村と外に出かけたの、はじめてだったなって」

「ああ、そういやそうか。いっつも会うの、部屋か学校だったし」

単純にお互い、それ以外に時間が取れなかっただけのことだ。もともと史鶴はインドアだし、冲村もそう出歩くことが好きなほうではないらしい。

けれど、たまにはいいかなと思った。

「今度さ、ふたりでまたあそこ、歩きたいって言ったら、いやだ？」

「べつに？　なんもねーとこだけど、史鶴がデートしてえならつきあう」

あっさりとした返事に、史鶴の脳裏をよぎったのは、いつぞやの相馬の言葉だった。

――いんじゃないの、史鶴。青空デートでもなんでも、やってくれるよ？　こいつ。

つくづく、ひとを見る目は相馬のほうがうえなのだなと感じる。幼い顔をしていても、幼少期から水商売の複雑な人間関係を目の当たりにしていた彼は、ひとの機微に聡《さと》い。

小さく噴きだしてしまうと、冲村が怪訝な顔になる。

「なんだよ?」

「なんでもない」

乱れた髪を梳いて、形のいい頭を引き寄せると、史鶴は自分からそっと唇を触れあわせた。

「ん……っ」

冲村のキスに熱がこもってくる。触れあう時間が長くなり、吸う力が強くなった。舌がちらちらと隙間を這って、なかに入れてとせがんでくる。合間の会話さえ、愛撫だ。

唇は、開いた。たぶん心も、もう全開で、脚を思わせぶりに触られると、次に続く言葉はいわれなくてもわかった。

「……もっかい、っつっても、怒んない?」

「怒んないよ」

「無理してねえ?」

「して、ないよ……」

本当はちょっと腰がつらいし、明日のことを考えると怖いのだけれど、肩をついばみ、腰をさすってくる冲村の情熱が嬉しすぎて、拒めない。

ゆっくりと指を入れられて動かされる。さきほど、内部で出されたそれが指の動きにつれてとろりと動くのがわかり、史鶴は細い声をあげた。

「ひ……あ」

喉を反らして仰け反ると、力の入った腰からなにかが押し出されるのがわかる。なまなましい感触に小さくかぶりを振ると、冲村が舌打ちをする。

「あ、くそ……出てきた。せっかく奥に出したのに」

「ば、ば、ばかっ。そもそも、ゴムつけないとだめなんだからな」

次はそうしろと胸を押し戻すと、倍の力で押さえこまれる。

「んだよ。きれいにしたからいいっつったの、史鶴だろ。心配すんなよ、んなしょっちゅう生じゃやんねえ。でも」

こつんと額をくっつけ、ぐりぐりしながらあまえてくる。

「今日はいいだろ。はじめてしたんだからさ。史鶴に俺のにおい、つけたい。いいだろ？」

「マーキングでもする気か」

あきれたふうに言ってのけながら、いっそもう全部冲村のにおいに染まってしまえば、寂しくないのかと史鶴は思った。

「……一緒に住んでも、毎日は無理だよ」

あっさりと、抱きあう前に提案したことの答えを史鶴は口にした。冲村はちょっとだけ目をまるくしたあと、にやっと笑う。

「そこまで見境なくねえよ。まあ……これからしばらくは、ちょっと見逃して」

覚えたてで、夢中だからと悪びれずに言ってのけ、がばりと押し倒してくる。史鶴は狭いベッドを笑って逃げながら、背中に張りつく冲村の腕をぎゅっと握りしめた。

とんでもないことの起きた一日だったのに、胸の奥がしっとりとあたたかい。

恋人とセックスをした。ただそれだけで、冗談のようにしあわせになってしまったことが、おかしくも恥ずかしい。

それでも、早く、ふたりで暮らす日が来ないかと感じているいまを、史鶴は心から嬉しく思った。

＊　＊　＊

盗作疑惑騒ぎは、野島のブログで真相が発表されたことにより、史鶴の立ち位置を『嫉妬され攻撃された被害者』という形に落ち着かせ、一応の終息となった。

事件の余波で、史鶴の盗作を疑う声も多少残ってはいたが、情報が伝わるのも廃れるのも早いネットの世界では『もうその話は古い』と捨て置かれる程度だ。

史鶴のところに、いまだにいやがらせじみたメールを送ってくるものがいたりもするが、ただの野次馬でもあるし、日を追うごとに少なくなっている。

あの一件が史鶴にもたらしたものはいろいろあったけれど、いちばんわかりやすい変化は、学校での呼び名が変わったことだろう。

「お疲れさま、ＳＩＺさん。もう帰る？　たまには飲みにいかない？」

「ＳＩＺさん、今度の新作いつアップするのー？」

いままで、年上ということもあって、ムラジ以外にはなんとなく遠巻きにされていた史鶴に、同じクラスの連中が一気になついてきたのだ。

「新作はまだ準備中。用事があるから、またね」

それどころか、今回の件であのＳＮＳを知り、入会した者もかなりいた。いままでなんとなく無気力に学校に通い、遊び半分だった連中も、真剣なクリエイター希望の人種を目の当たりにして、触発されたらしい。

愚痴の多かった講師は、最近妙に活気づいている生徒たちに戸惑いつつ、嬉しそうだ。

野島とも、たまにメールのやりとりをしている。

冲村は少し不満そうだけれども、彼が上京してくるまでには同居もはじまっているだろうから、つけいる隙などないと不敵に笑っていた。

むろん、いい変化ばかりではない。痛々しい爪痕は、残っている。史鶴はほんの少しだけ他人の目が怖くなったし、結局は実刑を受けるしかなくなった平井や、彼の家族たちのことを思うと、気持ちは沈む。

けれど沖村が、もう気にするなと言い続け、必ず隣にいてくれるから、いつかはこのできごとも昇華できるようになると思う。


「どしたの史鶴。なんか、ほわーっとして」

ぼんやりと考えながらPCルームで沖村を待っていると、相馬が小首をかしげて問いかけてきた。

「あー、うん、ちょっと寝不足で」

あまり追及されたくないと目を逸らした史鶴は、昨晩の記憶を掘り返してそっと赤面したが、続く相馬の言葉には、絶句するしかなかった。

「違うよ、ぼけてるっていうんじゃなくて、なんかこう……空気がまるい？」

「え？」

「うーん、色にたとえると、ピンクな感じ？　変な意味じゃなく、かわいい感じの……」

言いさして、それこそ頬を染めた史鶴に気づき、相馬は目を眇《すが》めた。

「ああ、そう。変な意味のほうでよかったわけね」

「……ほっといて」

違うといまさら言うのもむなしく、史鶴は無言でそっぽを向いた。

投げやりにあきらめ、単調にすぎていくグレーな日常に、あまんじて生きていた。

バイトして、学校に通って課題をやっつけ、自宅に戻れば自作アニメを作る史鶴の日々のカリキュラムに、しっかりと『恋愛の時間』は食いこんだ。

相馬の言うとおり、いまはどうしようもなく世界がピンクで、あまい。

（そういう発想がまた、恥ずかしい……）

けれど浮かれる自分を止めることもできず、史鶴が視線を逸らしたさき、大きなガラス窓から晴れた空が見えた。

青い空が、目に眩《まぶ》しい。沖村の髪の鮮やかさが映えるなと思う。

彼をモデルにしたオレンジの髪のキャラクターが出てくるアニメーションは、少し長編にしようと思っている。めげなくてタフで、ちょっと短気だけれども、憎めないヒーローにするつもりだ。ついでにムラジや相馬をモデルにしたキャラクターも出してやろうかな、などと史鶴は考えている。

アニメのなかのヒーローほど完璧ではない、けれど史鶴にとっては誰より恋しいそのモデルは、もうすぐここにやってくる。

ムラジの、少しゆっくりな足音と一緒に、エッジのきつい靴音が、徐々に近づいてくる。

ドアの開く瞬間、史鶴は空の色にも負けないようなあざやかな笑みを浮かべていた。

贅沢な午睡

その薄い手のひらが、まるで千円札を顔にめりこませるごとく鼻先にべちんと叩きつけられた瞬間、沖村功《おきむらこう》は自分にいったい、なにが起きたのかと思った。

「きみらがどれだけ偉い人間か知らないけど、単なる思いこみや価値観の違いで他人をばかにするわけ？　この絵に卑猥な意図を感じるなら、それはきみがいやらしいんじゃないのか」

目の前にいる彼は、それこそあだ名をつけるなら『メガネ』とか言われそうなくらい、おとなしそうで、見た感じはまったく暴力沙汰《ざた》に慣れている気配もない。

けれどまったく引く様子もなく、きつい目で睨《にら》みつけてくる。

「ひとの作品をリスペクトもできないような未熟な精神状態で、どれほどのものが創れるっていうんだ」

沖村は基本的に、ひとに叩かれた経験がなかった。

けんか相手に拳で殴られそうになったことはあるけれども、幸いにして長身のうえ運動能力も高かったので、厳しくも愛情深い母親が『顔だけはパーフェクト』と自慢する顔に、疵《きず》をつけるような真似をされたことはない。例外は幼いころ、それこそ母親に叱られたときの仕置きくらいのものだろう。それにしたところで、長じてからはタイミングも読めるようになり、振りかぶった手のひらを察してするりと逃げたものだった。

それが、成人を来年に控えたこの年で、なんの抵抗もできず、ひっぱたかれてしまったのは、相手を見くびっていたからとしか言いようがない。

きゃしゃとまでは言わないが、骨っぽい肩をいからせるさまは、少しも強そうに見えないのに、妙な迫力があった。

（なんだ、こいつ）

まじまじと眺めおろしながら、冲村が考えたのは、もったいない、ということだ。

並び立つと身長差はすごいのに、さして小さい印象がないのは、手足が長くて等身のバランスがいいからだ。ただ、そのせいで既製服では幅と裄丈《ゆきたけ》が嚙みあわないから、大きめの服のなかで身体が泳いでしまうのだろう。

メガネの奥、目が悪い人間の常で少し潤んでいる目は、睫毛が長くてきれいに澄んでいた。この分厚いフレームをやめ、野暮ったく重たい前髪を切ればきっと、ほっそりした輪郭や繊細な目鼻が際だつはずだ。

名前も知らない、アニメーション科の痩せたメガネ。隣にいた、気弱そうな少し太めの青年は、彼を「シズさん」と呼んでいた。

（シズ、か）

スタイルのいい細身の似合わない服、野暮ったい髪型に隠した、聡明な目。きつく睨みつけてきた視線が、妙に冲村の頭に残っていた。

SIZ《シズ》の本当の名前がわかったのは、夏休みが明けてすぐのことだ。

なにがなんだかわからないまま学校の講師連中に呼び出された日、冲村はこれ以上ないというほど腹の立つトラブルの被害者になっていた。

誰がやったのかもわからない、ただとにかく、アニメーション科の北史鶴《きたしづる》という人間の借りたマシンから、中傷記事は投稿されていると言われ、待機させられた冲村のもとに現れたのは、あの『シズ』だった。

弱そうに見えるくせにえらく気丈なのは相変わらずで、潔白だと言ってのける口調はどこか冷ややか。頭に血がのぼっていた冲村だったけれども、それは半分以上、落ち着き払った史鶴への苛立ちのせいだった気がする。

煮え切らない学校長にもむかつき、処分にもならない平井《ひらい》については、正直にいって未成年のうちに闇討ちにでもしてしまおうかと思うほど憤っていたが、それよりもプレビュー画面で見せられた史鶴の作品が頭に残って離れなかった。

（こいつ、なんかとんでもなくないか？）

画面のなかで動いた史鶴の作品は、冲村が想像していた「アニメ」とはかなり毛色の違うものだった。

幼児むけの、いかにもマンガっぽいものとも、昨今流行《はや》りのやたら目がでかくて異様に長い髪をツインテールにしているのでもない、どちらかと言えば絵画的な、あたたかみのある絵。色味はシックで、尖《とが》ったところもなにもない、きれいな描線。

やわらかいのに、ひどくさみしそうな表情をするキャラクター。

ひと目見てから気になってどうしようもなく、かといってお互い馴れあうには状況がまずすぎる。悶々とするまま家に戻った冲村は、気づけば自宅にある兄のパソコンを借りて、延延と検索を繰り返していた。

【シズ　SIZU　しず】

いろいろな表記で打ちこみ、検索語に「アニメ」などとつけくわえてみる。なんとなくの予想だったが、あのレベルの人間が、ただの専門学校生ではない気がした。たぶん、なんらかの形で作品発表をしているか、場合によってはなにかの賞などを獲得しているのではないかとの予想は、当たっていた。

【期待の新鋭、SIZ先生の意欲作！　『ディレイリアクション』配信中！】

そんなアオリが検索サイトに引っかかり、クリックしてみると、WEBサーバーも運営する企業のアニメーション投稿コンテンツだ。素人相手に先生づけかよ、などと少ししらけた気分になりつつ、表示された動画のスタートボタンを押す。

ごく短いアニメーションのようで、表示されている分数は十分に満たない。しばらくするとタイトルテロップのようなものが、手書きとおぼしいレトロチックな文字で表示された。バックに流れるきれいな音楽以外、音はない。モノローグや台詞《せりふ》はテロップふうの文字で表示されるので、グレーがかった画面は、どこか昔の無声映画のような印象があった。

ぼろぼろの男がとぼとぼとした足取りで歩く。近未来ふうの背景描写に、やはり絵がうまいな、などと理性的な感想を持っていたのはほんの数秒のことだった。

誰も居ない、機械だけの世界で、男は自分の理想郷を作る。無骨なデザインのロボットたちには表情もなにもないのに、仕種《しぐさ》や言葉は上品でやさしいものだった。

きれいでやさしいすべてに囲まれているのに、ひとり年老いていく男は、ロボットに看取られながら最期につぶやく。

『わたしは、ゆるぎなく、ひとりだ』

そして男が目を閉じ、真っ暗になった画面には短いテロップが表れる。音楽はフリー素材のものを使用したのだな、と意識と乖離《かいり》したところで感じ、冲村はうっかりまばたきを忘れていたまぶたを動かした。

「お、っと……？」

ぼたぼたぼた、と目からなんだか落ちてきた。鼻の奥がずるずるする。我慢していたらそのうち、完全に呼吸するための器官がふさがった。

「なんだこれ」

嗚咽《おえつ》するほどの涙なんて、冲村はもうずいぶん流していない。高揚に涙がじわっとくる程度のものは、たまに感じたことはあるけれど、感動の、それも自分の感情が鷲摑《わしづか》みにされて、ぐちゃぐちゃにされて、どうしていいんだかわからないような気分での涙なんて、ほとんど忘れていたのに。

「うわ、くそ、なんだよこれ」

つぶやくと、ぐしゃりと顔が歪んだ。ほんの十分程度のアニメーションなのに、きれいな音楽に乗せて繰り広げられる不思議な世界が、冲村の全部を持っていった。

480×600ピクセル、つまりモニターでは見た感じ百五十平方センチメートル程度の大きさしかない、圧縮された動画に、ものすごく大きな世界が詰まっている。

『わたしは、ゆるぎなく、ひとりだ』

字幕みたいに流れてくる、言葉に息が止まった。

あんな涼しい顔をして、どんな思いを持って、史鶴はこの言葉をしゃべらせたんだろう。

無性にそれが知りたくて、そしてあまりに哀しくて、冲村はじくりとする胸を自分で摑《つか》んだ。

のちに思えば、このときにはすでに、冲村は史鶴に惹《ひ》かれていたのかもしれない。

誰かの言葉に胸を揺さぶられ、いったいどういう人間なのか、強烈に知りたくてたまらなくなる、そんな経験など、十九年の人生で一度もなかったのだから。

そして、知れば知るほど意外な顔が出てくる史鶴に、あっという間に落ちていた。

＊　＊　＊

「史鶴、引っ越しさきのリスト、ちゃんと見たか？」

「んー、見たよ」

ぼんやりした声の返事に、半分嘘だなと冲村はため息をつく。史鶴の目は、冲村が付箋《ふせん》を貼りつけた住宅情報誌にはなく、このところ集中して取りかかっているアニメーションのプレビュー画面に釘付けだ。

土曜日、休日の昼間。よく晴れたその日、めずらしくお互いアルバイトが休みになったけれども、約束がなければめいめい勝手に好きなことをしてすごすのがふたりのルールだ。

とはいえ必要があって話しかけているのを適当に流されるのは、あまり気分がよくない。

「しーづーるー。生返事してねえで、見ろって」

無駄と知りつつ、冲村はため息まじりに小言を言う。

「史鶴、まじめに聞け！」

「うーん、だから冲村が決めてくれていいってば。俺の条件は全部話したじゃん。家賃払える範疇《はんちゅう》で、電車代がそんなにかからなくて、床がしっかりしてればそれでいいよ」

返事をする声が妙に抑揚がない。まだ『あっち』の世界に頭がいったままだと判断し、冲村は長いため息をついて、忍耐の二文字を噛みしめる。

（いろいろ考えてやってるっつうのに、こいつは……）

押しの一手でモノにした史鶴が、まじめで神経質そうな見た目の印象よりもかなり大雑把だということは、つきあってしばらくしたらすぐにわかった。というより、なにごとにも頓着がない。衣食住に関してはそれがかなり顕著で、こだわりがないにもほどがある。

逆に冲村は、ファッションは言うまでもなく、ライフスタイルにはそこそこ、こだわりがある。こと住環境はかなり大事で、譲れないラインはいくつかあった。

「じゃあ、もう、俺が勝手に決めるぞ？」

「うん、いいよ」

あっさり答えられると少々張りあいがなくてがっくりくる。同居に関して過去にいろいろ痛い目を見ている史鶴が、最初は微妙に腰が引けていたのを知っているから、なおさらだ。

（あんま、正面きって考えたくねえんだろうなあ）

作品に集中しているのもあるだろうけれど、一度了承しておきながら、時間が経つにつれて史鶴は同居の件に関して口が重くなった。

またなんだか複雑に考えている可能性はあるが、はっきりNOと言わない限りは、話を進めるつもりだ。むろん、NOを口にしたところで聞く気もない。

それに史鶴は一度、任せると言ったものに関してあとから文句をつけることもないから、これは本当に好きにさせてもらおう。そういう意味では、相方にこだわりがないのは楽だと、ポジティブに考えることにした。

提案した引っ越しさきで選択基準にしたのは、近場に小学校があるかどうか、という点だった。住宅地付近に小学校が多いと、住民の目が行き届くので治安がいい。逆に大学が多いと、はめをはずした学生たちが面倒を起こすこともあるので、物騒だったりするのだと冲村に教えたのは、彼を生んだ母親だ。

(とにかく、安全第一だ)

眉をひそめつつ、冲村は目星をつけてあった物件の情報を、携帯で検索する。

平井の事件があってから、冲村が史鶴の周囲に対して少しばかり神経質なのは否めない。なにしろ、階段から突き飛ばそうとしたその瞬間を目の当《ま》たりにしてしまったのだ。あんないかれたやつがそうそういては困るけれども、変な男に絡まれでもしたらやっていられない。

とにかく、冲村は史鶴がものすごく大事だ。正直、周り中の人間を「色目使うな」と牽制してまわりたいくらいにはかわいい。悋気《りんき》の被害を受ける当人は呆れてくれるけれども、冲村の警戒心は案外、的はずれなものでもなんでもない。

史鶴はまったく無自覚だが、よくモテる。しかも老若男女、全方位だ。ぱっと目を惹く華やぎはないが、清潔な印象のルックスは好感度が高い。面倒見もよいのでなつかれやすい。クールぶっているけれど、じつはけっこう感激しやすかったりするところもかわいがられる一因だ。おまけに案外見栄っ張りなので、自分の負の面はよほどの相手でない限り見せない。

（ほんとはえっらい警戒心強いくせにな）

史鶴は一見すると、穏やかで誠実な性格だと思われがちだが、あれは人見知りのあまり誰に対しても礼儀正しく振る舞うからだと、いまの冲村は知っている。

本質は強気というより相当に頑固で、いったんへそを曲げると殻に閉じこもる性格はときどき手に負えないが、冲村としてはよかったのだろうかと思っている。誰彼かまわずなつかれては、神経がもたないからだ。

むろん、つまらない男に二度ばかり引っかかっただけで、自分が価値のないものだと勝手に決めつけたのは、あまりに短絡だし悲観的すぎると思う。ちょっと根が暗いとこあるなあ、とあきれることもあるけれど、それくらい他人を遮断してくれていないと、こっちが困る。

（ま、それは、あんまり心配しなくてもいいんだろうけど）

狭い史鶴のアパートをぐるりと見まわすと、ぎっしりと詰めこまれた書籍とマシン。よそからちょっかいをかけられることはあろうけれど、史鶴はこの狭い世界から、まずめったに踏み出さない。他人が入りこむのも、むろん許すこともないから、安心だ。

だが、いくらここが史鶴の要塞だと理解しているとはいえ、あまりにこちらを放っておかれるのはいささか腹も立つ。

「史鶴、明日は不動産屋に電話して、予定取れたら下見行くからな」

「んー」

「あけとけよ、予定。聞いてるか？」

振り返りもせず、うんうんとうなずいている。さすがにむっとして、椅子に座った細い背中にのしかかり、顎を肩に乗せてやる。

「もう、なに、聞いてるってばちゃんと」

不機嫌が表に出やすい冲村とは真逆で、史鶴はよほどでなければ表情を険しくしない。作業の邪魔をされても、穏やかに笑ったまま振り返る。

（これがずるいんだよなあ）

メガネの奥の目が少し濡れたような色になっていた。といってもこれはいつものことで、そんなに近眼の度はひどくないものの、目の悪い人間の例に漏れず、史鶴の目は潤みがちだ。それを色っぽいと感じるのは、欲目ばかりではないと思う。

「史鶴はさあ、困るよな」

「は？　なにいきなり」

きょとんと目をまるくする史鶴は、いつもの感情をセーブした大人っぽさが薄れている。気を許しきった相手にだけ見せるあどけない表情に、独占欲をくすぐられてむずむずするあたり、けっこう重症だなと思いつつ、冲村は史鶴の肩口で鼻を鳴らした。

「なにって、そういう顔すっからだろ」

「……意味わかんないし。それに、困ってるのはこっちなんだけど」

「んー？　なんで」

相馬に毎回「おんぶおばけ」と称されるポーズのまま、冲村は史鶴から離れない。もぞもぞ身じろぐたび、尖った肩胛骨が当たって少し痛いけれど、腹の前で組んだ腕はほどかない。

「冲村、ほんとに身動きできないし、邪魔」

「んー」

さらにどっしりのしかかると、史鶴はため息をつき、冲村をへばりつかせたままふたたび作業に戻る。拒否されなかったのをいいことに、膝立ちの状態で体重をかける。

背もたれの部分が少し邪魔だが、こうしてくっついていると妙に安心した。

（あーやっぱ、いいにおい）

史鶴のにおいは、二十歳をすぎた男だと思えない。ちょっと植物的なあまさがある、せっけんとシャンプーのにおいは、よく洗った洗濯物を、しっかり天日に干したときの、あれに似ている。インドアなくせに、ひなたのにおいがする史鶴の首筋に鼻先をくっつけていると、離れがたくなるのも困る。

うっかり眠気を誘われ、さらに体重をかけると、史鶴が笑いを含んだ声で言う。

「おまえちょっと眠いだろ。寝ちゃえ」

「べつに眠くねえよ」

「嘘つけ。昨日も引っ越しさきのこと調べたり、下準備したりで、あんまり寝てないだろ」

肩越し振り返り、少し眉をさげて笑う。至近距離のそれはやっぱり穏やかで、冲村は、この顔は好きだとぼんやり思った。

「いろいろ任せちゃって悪いけど、俺、ほんとにこだわりないから。むしろ不得意だから、冲村が決めてくれると助かるよ。ありがとう」

微笑む史鶴に、冲村は小さくときめいた。これだから史鶴はずるい。うっちゃらかしかと思えばきっちり礼を言うべき場面ははずさないし、そういうときに限って冲村の好きな笑顔を惜しげもなくくれてよこす。

「夕飯作ってあげるから、少し寝るなら寝ちゃえよ。俺も、これ、キリのいいとこでおしまいにするし。今日、泊まってくんだろ？」

うしろに手をまわされて、軽く頭をぽんぽんされる。子ども扱いの手つきは少し不快なのだが、細い指でなでなでとされていると、いつも確実に眠ってしまう。

だがいまは、眠るよりもっとしたいことがあるのだと、冲村は史鶴に強くしがみついた。

「お子様！　ちゃんと布団で寝ろ！」

「ん、史鶴と寝る」

「俺はまだやることある……こらこらっ」

作業椅子を回転させてこちらを向かせる。ちょっと強引に腰を摑み、半分抱きあげるようにして無理やり机から引きずりおろすと、いつものソファベッドにふたりで転がった。ふたりで寝るには狭いけれど、そのぶん密着感があるので、冲村はこれが気に入っている。

「冲村っ」

「なんもしねえから、いっしょに寝て、史鶴」

「だから、作業が――」

「あとでいいだろ。くっついてたい」

抱きこんで身動き取れないようにしてしまうと、史鶴はあきらめたように口を歪め、手にしたままだったペンタブレットと、かけっぱなしのメガネをテーブルに置く。

「まったくもう……冲村って、ほんっとに予想外に、あまえん坊だよね」

しかたのない、とため息ひとつで許す史鶴は、やはり穏やかに笑ったままだ。この顔も好きだと思うが、それと同じくらいきらいだなあと冲村は思う。あきれた声には答えないまま、首筋に顔をうずめて鼻先をこすりつけた。

口ではなんだかんだ言うけれども、あまえられるのもスキンシップも、史鶴は好きだ。本当は、ぺったりあまえたいのは史鶴のほうだと思う。だが彼の性格上、自分から素直にくっついてくることはめったにできないから、冲村はわがままのふりで史鶴をくるみこむ。

「無理して、寝てねえのはどっちだ、ばか。青白い顔しやがって」

同居することを決めたあとから、史鶴が少しだけ緊張状態にあるのに気づかないとでも思っているのだとしたら、あまい。

やさしく、理性的に装った表情は、史鶴の気持ちが平静ではないときにこそ表に出る。あの微笑は、なにか我慢しているか、問題を無意識に考えまいとしているときの特徴だ。

「……たいしたことないよ」

少なくとも、ごまかしはしなかった。顔色を見れば一目瞭然であることを、史鶴もわかっていたのだろう。だからこそ歯がゆく、冲村はぎゅっと史鶴を抱きしめる。

『わたしは、ゆるぎなく、ひとりだ』

ディレイリアクションの主人公の言葉が、ふと浮かんだ。あれは史鶴の本音なのだろう。

隣に冲村がいても、史鶴は基本的にひとりだ。ひとりであろうと、かたくなでいるからだ。

あまり内面的なことに悩まない冲村には理解できないが、史鶴はゲイセクシャルであることを、相当昔から悩んでいたらしい。そのことで家族にも距離を置き、気持ちを預けようとした相手の選別を間違えたせいで、いらぬところで独立心の強い性格になっている。

それに気づいているのはたぶん、冲村ひとりだろう。——いや、たぶん、もうひとり。

——ぶっちゃけ、冲村には感謝してるし、感心したよ。

誰より童顔のくせして、保護者気取りで言ってのけたのは、相馬《そうま》だ。史鶴とのつきあいは数年になる彼は、精神的にひきこもりやすい史鶴にことあるごとに「外を見ろ」と言い続けてきたらしい。だから冲村とのことも応援はしてくれている。がっちり釘は刺されたが。

──史鶴が変わったの、オッキーのせいなんだからさ。もし、浮気だのなんだので、ひどく傷つけるような真似したら、俺、黙ってないからね。

誰がするかと鼻で笑ってやると、信じたからな、という重たい言葉で任された。

とはいえ冲村にしても、史鶴の全部を抱えきれるなどとうぬぼれてはいない。自覚はするが短気だし、気が高ぶるとけっこうずけずけものを言う。まだ社会的にもまったく半人前で、プロへの足がかりを摑んでいる史鶴には一歩も二歩もリードされてはいる。

「もっと、成長しねえとなあ」

小さくつぶやくと、腕のなかの生き物がごそごそ身じろぎをする。「なにが？」と見あげてくる目はさっきよりさらに潤んでとろりとしていた。

やっぱり寝不足だったなと苦笑したあと、冲村はそっと唇を触れあわせる。ふわっとやわらかい史鶴の唇は、キスのたび一瞬だけこわばり、そのあとおずおずとほどけていく。

いずれ卒業し、お互い仕事についたら、どういうふうに変わっていくかはわからない。そんなあやふやなものについてまで、妄信的にもなれなければ、責任を取れるとは言えない。

だが冲村は、史鶴のように「いずれ別れるのかも」といったような、観念的な部分での不安はまったくなかった。面倒くさいけんかをしても仲直りできることは実証済みだし、冲村は大抵のことなら史鶴を許せると――まあその前にさんざん怒鳴りつけるくらいはするだろうが――思う。

なにしろ、史鶴ほど冲村の気を惹く人間はいないのだ。厄介で複雑な性格をしているけれども、それはそれで興味深い。なにより、彼の生み出す孤独であたたかい世界そのものに、冲村はまいっている。そして、あの世界を大事にしてやりたいと思っている。

ゆるぎなく、ひとりでいる史鶴の世界の端っこで、冲村はあのアニメの最期に彼を葬送《おく》ったロボットのように、じっと立って待っていることくらいはできると思う。

（いや、まあ、黙っては、いらんねえだろうけどな）

たぶん相馬もムラジも、もっとたくさんのひとびとが、ひとりで踏ん張る史鶴を支えている。意固地な子どもが、ひとりでできると言い張るのを、見守るように。

もう少し史鶴はそれを、わかってくれればいいと思う。たぶん必要な強さはもう手にしているから、早くそれに気づけばいいと、そう思う。

（まあ、これ以上頑固になったり、気ぃ強くなられても面倒くせえけど）

ぼやくような本音はとりあえず、心の奥に引っこめておこう。

なめらかな額に額くっつけて、もう少ししっかりと史鶴を抱きしめ、冲村は目を閉じる。

カーテンを引き忘れた窓の向こうは青空。晴れた日の昼寝はなんだかぜいたくな気分だ。

一足早く午睡《ごすい》に落ちた史鶴の寝息が、首筋をくすぐって、少し笑った。

あとがき

皆様こんにちは、崎谷です。じつは今年（０８年）は腰痛のため、夏頃に少しお仕事を休ませていただいたので、ひさしぶりの全編書き下ろしとなります。

総合デザイン専門学校を舞台にした今作「アオゾラのキモチ―ススメ―」。自分自身、デザイン系専門学校に通っていたので、今回の話は思いきり当時のネタを大放出でした。わたしは相馬と同じ専攻でしたが、ＤＭくんみたいなキャラは実際にいて、テストのくだりとか一部実話です。ほんとにダンジョンマスターって書いた男子がおりました。

一応このあともシリーズ続行の予定です。仮タイトルだけは決定していて、副題が「トマレ」と「チュウイ」……つまり信号機な感じなのですが、じつのところ予定キャラのなかでもっとも「止まれ！」と言うべきなのは沖村ではないかしら、と思っています。

派手×地味という組み合わせは何作か書きましたが、今回がいちばん極端。沖村のキャラ造形的に、ここまでぶっとんだファッションの攻めは書いたこともないです。

またこの沖村は、短気で乱暴かと思いきや、意外に大人？　と、どっちの方向に走っていくのかわたし自身さっぱりわからないところがありましたが、気分的には史鶴と一緒に楽しく振りまわされてみました。大人でもない子どもでもない沖村は、あんまりスタンダードなキャラではないかもしれないんですが、ひさしぶりに、好きな子を真っ向から大事にしようと頑張る攻めが書いてみたかったので、楽しかったです。対する史鶴については、メガネっ子オタクながら、はずすと美人という、まあお約束な感じで（笑）でもそのままおとなしいウブな子にするのはなあ……と思い、若いくせにちょっと気持ちが疲れてる、やや過去アリの子、と、これはわりとスタンダードなキャラになりました。

ムラジや相馬も元気に動いてくれて、ひさびさに若者がうぞうぞ出てくる話を書けて、満足です。そしてこの話を書こうと思ったのも、カットがねこ田米蔵さんに決定していたからで……というかぶっちゃけ、『ねこ田さんならメガネっ子！　そしてスタイリッシュ！』とか思って両極端なそれをブレンドしたらこうなったという身も蓋もない裏話がありますﾞ（笑）。ねこ田さん、またお仕事できて嬉しいです。これ以上ない冲村と史鶴をありがとうございます。特に冲村はねこ田さんあっての造形かと思ってます。ムラジも相馬もかわいくて、改稿中は本当にずーっと眺めて頑張りました。大感謝です。またしばらくシリーズでおつきあいいただきますが、どうぞよろしくお願いします。

いろいろご迷惑をおかけした担当さん、毎度申し訳ありません……お身体大事になさってください。相馬のカットをしっかり入れるあたりはさすがでした（笑）。

そしてチェック担当Ｒさん、ＳＺＫさん、修羅場で目覚ましになってくれた冬乃にも感謝。

なにより読んでくださった皆様に、ありがとうございます。

信号機シリーズ（？）来年に続きます、どうぞよろしくおねがいします。

✦初出　アオゾラのキモチ—ススメ—……………書き下ろし
贅沢な午睡……………………………書き下ろし

崎谷はるひ先生、ねこ田米蔵先生へのお便り、本作品に関するご意見、ご感想などは
〒151-0051 東京都渋谷区千駄ヶ谷 4-9-7
幻冬舎コミックス　ルチル文庫「アオゾラのキモチ—ススメ—」係まで。

幻冬舎ルチル文庫
アオゾラのキモチ—ススメ—

2008年11月20日　第1刷発行

✦著者　崎谷はるひ　さきや はるひ

✦発行人　伊藤嘉彦

✦発行元　株式会社 幻冬舎コミックス
〒151-0051 東京都渋谷区千駄ヶ谷 4-9-7
電話 03(5411)6432［編集］

✦発売元　株式会社 幻冬舎
〒151-0051 東京都渋谷区千駄ヶ谷 4-9-7
電話 03(5411)6222［営業］
振替 00120-8-767643

✦印刷・製本所　中央精版印刷株式会社

✦検印廃止

ISBN978-4-344-81495-0　C0193　Printed in Japan